LES AUTODAFEURS 2
ma sœur est une artiste de guerre

Du même auteur au Rouergue

Les autodafeurs 1 - mon frère est un gardien - **2014, roman doado.**

À mes trois mecs d'amour.
M. C.

Couverture : © **Barrère & Simon**

www.lerouergue.com

doado

Marine Carteron

LES AUTODAFEURS 2

ma sœur est une artiste de guerre

rouergue

prologue
quelque part au large de Rhode Island

Depuis l'aube, un incessant ballet d'hélicoptères perturbait le ciel gris de Block Island et les mouettes, agacées par le vrombissement sourd des rotors, piaillaient avec véhémence leur indignation à chacun de leurs passages.

Si ces oiseaux de mer avaient été plus curieux, ils auraient probablement remarqué qu'en plus d'être bruyants, ces engins déposaient au sol de bien curieux passagers dont l'immense cape n'était pas sans rappeler quelque étrange volatile blanc ; mais les mouettes n'en avaient cure, aussi, dès que le dernier appareil se fut posé, reprirent-elles leurs activités sans se préoccuper de ce qui se déroulait à quelques centaines de mètres de leur bec… et qui risquait pourtant de bouleverser l'avenir du monde.

Réunis dans l'immense bureau vitré surplombant les falaises déchiquetées de l'île, les membres du Consistoire des Autodafeurs attendaient avec impatience l'arrivée de leur Grand Maître. Depuis que celui-ci avait repris les rênes de leur organisation, jamais le but qu'ils poursuivaient depuis vingt-quatre siècles n'avait semblé être aussi près de s'accomplir et tous cherchaient à connaître la raison de leur convocation. Il faut dire qu'ils avaient de quoi être surpris : la dernière réunion plénière du Consistoire remontait à 1942, date à laquelle, sentant le vent de la guerre tourner du mauvais côté, les Autodafeurs avaient dû se résoudre à abandonner leurs objectifs en attendant qu'une meilleure opportunité s'offre à eux…

Vêtus de leurs longues aubes rituelles, cachés derrière leurs capes et leurs masques blancs, nombreux étaient ceux qui, malgré la tradition et les consignes, discutaient à voix basse pour tenter de comprendre la raison de leur présence sur cette île reculée.

Enfin… tous sauf un !

Pour Charles Montagues, la question n'était pas de savoir ce que le Grand Maître allait annoncer. Non, ça, il le savait. Le problème de Charles Montagues était qu'il se sentait… mal à l'aise. Jamais avant ce jour il n'avait été admis à participer aux réunions du Consistoire et il avait beau savoir que c'était un immense honneur que lui avait fait le Grand Maître, il ne pouvait s'empêcher de frissonner ; pour la première fois, il mesurait l'ampleur de sa trahison : il portait le masque, la cape et l'aube des Autodafeurs ; il était l'un d'eux, l'un de ceux qu'il avait juré de combattre dans sa jeunesse, l'un de ceux qu'avaient combattus son père, son grand-père et tant d'autres avant eux.

Charles secoua la tête, il ne fallait pas que sa résolution fléchisse, pas aujourd'hui alors qu'il touchait au but : se venger, il allait enfin se venger ; se venger de la Confrérie, des Mars… et de Marc DeVergy aussi.

Tout autour de lui, les murmures en latin saturaient l'oppressante atmosphère de la salle de réunions high-tech, créant un contraste saisissant entre l'ultramodernité des lieux et l'archaïsme de la langue morte. La Confrérie l'avait plutôt habitué aux rayonnages anciens couverts de reliures ouvragées au parfum de cuir et Montagues se surprit à regarder avec un léger malaise les parois de verre ornées de glaciales œuvres d'art abstraites. Lui aussi avait transformé sa demeure ancestrale en paquebot moderne mais, ces derniers temps, la chaleur des murs de pierre et des vieux meubles patinés par les ans lui manquait.

– Et vous mon frère, savez-vous la raison de notre convocation ? lui demanda un homme à l'accent étrange installé à sa gauche.

Montagues sourit sous son masque ; il ne s'habituerait jamais à l'étrangeté de la langue latine dans la bouche d'un Asiatique, néanmoins il s'apprêtait à répondre à son voisin quand il fut interrompu par le claquement sourd de dix coups de gong.

Il était l'heure et le double battant matelassé de l'ascenseur situé derrière eux s'ouvrit enfin sur le Grand Maître en personne… et son Inquisiteur.

Ces deux hommes étaient les seuls parmi les Autodafeurs dont le visage était connu de tous les membres du Consistoire et c'est donc sans masque, en simple costume noir, qu'ils firent leur entrée dans la grande salle.

Autant tous attendaient le Grand Maître avec impatience, autant l'arrivée en sa compagnie du Grand

Inquisiteur était une déplaisante surprise et un frisson glacé parcourut l'échine courbée des membres du Consistoire ; ils avaient beau être les plus fidèles, les plus froids et les plus ardents défenseurs de leur cause, aucun d'eux n'aimait Albrecht Torquemada dont la réputation de cruauté et de fanatisme avait réussi à dépasser celle de son illustre ancêtre. Voir le visage acéré de Torquemada et croiser ses yeux gris plus glacés qu'une lame d'acier auraient terrorisé le plus endurci des criminels si bien que, lorsque sa silhouette osseuse fendit la foule jusqu'à l'estrade, nombreux furent ceux qui pensèrent fugacement que la mort elle-même n'aurait pas provoqué plus de frissons en débarquant parmi eux.

Contrairement aux usages, c'est en anglais que le Grand Maître s'adressa à l'assemblée ; il avait toujours détesté le latin et avait décidé dès sa prise de pouvoir que l'anglais, en tant que langue de domination culturelle, valait bien une langue morte et, malgré quelques grincements de dents, personne n'avait osé le contredire.

Sa voix, amplifiée par d'invisibles micros, s'éleva comme un grondement sourd des quatre coins de la pièce en coupant court aux derniers chuchotements.

– Membres du Consistoire, comme certains d'entre vous le savent déjà, notre opération en France a porté ses fruits et votre patience a été récompensée ; nous avons enfin pu reconstituer une grande partie de la liste des membres de la Confrérie et, dès demain, avec votre concours, les équipes de notre Grand Inquisiteur traqueront et élimineront ces cafards jusqu'au dernier.

La phrase avait beau être tournée poliment, il n'échappa pas à Charles Montagues que c'était un ordre et celui-ci, couplé au sourire de satisfaction que Torquemada semblait lui adresser personnellement, lui fit froid dans le dos. Après le semi-échec de l'opération de la chapelle, Charles savait qu'il était dans le collimateur du Grand Inquisiteur et que sa qualité de transfuge le plaçait dans une position dangereuse. Montagues secoua la tête, ce n'était pas le moment de penser à ça. Il se reconcentra sur les paroles du Grand Maître.

– Même si le trésor de la Confrérie n'est pas encore entre nos mains, ce n'est qu'une question de semaines pour que nous l'obtenions enfin… car j'ai la joie de vous annoncer que leur Gardien est mort, leur Traqueur sous surveillance et qu'ils n'ont aucune chance de nous échapper.

L'homme en noir, imposant dans son costume sur mesure parfaitement coupé, prit le temps de laisser aux membres de l'assemblée apprécier l'information qu'il venait de leur fournir, avant de leur dévoiler le vrai motif de leur présence ; LA nouvelle que leurs familles attendaient toutes depuis des siècles et qui leur permettrait enfin d'accéder à leur rêve ultime.

– Mes frères… mes sœurs…, le projet XIe plaie d'Égypte que nous appelons de nos vœux depuis tant d'années va bientôt débuter. Demain, après-demain peut-être, les Mars nous conduiront au dernier élément de notre plan, le seul nous empêchant encore de refermer notre piège sur le monde ; alors, et seulement alors, nous pourrons déclencher la phase finale de notre opération.

Les mains bien à plat sur les côtés de son pupitre de Plexiglas, le Grand Maître pencha alors le buste vers l'avant et promena lentement son regard acéré sur la marée de masques blancs tournés vers lui. Habitué aux procédés oratoires, l'homme savait ménager ses effets, aussi savoura-t-il longuement le suspense que ses paroles avaient produit sur l'assemblée avant de conclure d'une voix forte, à la limite du cri, en martelant les mots que tous espéraient depuis des siècles.

– Quel que soit le temps que nous mettrons, je vous le dis et vous le promets solennellement ici : bientôt, nous, Autodafeurs, serons les seuls maîtres de la Vérité !

Auguste
île de Redonda

Ce matin, dans le petit miroir fendu accroché sur le mur de pierres brutes de ma cellule, il y a un type brun aux yeux bleus dont les cheveux trop longs laissent pourtant apparaître une cicatrice rosâtre sur la tempe droite. Les traits de son visage sont plus acérés qu'avant, moins ronds, plus durs, et une ombre duveteuse commence à s'afficher au-dessus de sa lèvre supérieure.

Cet inconnu me regarde avec un air un peu perdu et se tient légèrement voûté, comme s'il ne s'habituait pas à sa taille et que ses épaules refusaient d'accepter cette transformation.

Il ressemble à mon père.

En plus jeune, en plus musclé et surtout… en plus vivant.

Ce type, je sais que c'est moi, mais je n'arrive pas à m'y habituer.

J'ai changé.

Avant, quand je m'observais dans la glace, la seule chose que je regardais c'était si ma coiffure avait la bonne dose de gel, si je n'avais pas un bouton d'acné sur le nez ou si le col de mon polo n'était pas plié de travers.

Avant, je regardais mon reflet, mon apparence, sans chercher à voir plus loin. Je ne m'intéressais qu'à l'image que je renvoyais aux autres. Je me demandais si j'étais suffisamment dans la tendance, si les filles allaient me trouver beau gosse et si j'avais tous les atouts pour être « populaire ».

Bref, je restais en surface de moi-même.

Mais aujourd'hui tout a changé.

Quand je me regarde dans la glace, je me fiche de mon apparence, je me regarde dans les yeux car je cherche à savoir qui je suis vraiment à *l'intérieur*... parce que je ne me reconnais plus.

Si mamie était encore là elle me dirait que c'est normal, que tous les adolescents se sentent mal dans leur peau ; et puis elle me rassurerait en me disant d'avoir confiance en moi, que ce n'est qu'un mauvais cap à passer et tout un tas d'autres trucs de psy, pendant que papi me ferait des grimaces derrière son dos en l'imitant. Mais mamie n'est plus là pour me rassurer, et papi n'est plus là pour me faire rire.

Je ne me suis jamais senti aussi seul.

Si vous me demandiez de vous résumer ce qui m'est arrivé après les événements tragiques de la chapelle, je pourrais le faire en un seul mot : Colère.

J'aurais dû être triste mais je n'y arrivais pas ; la colère omniprésente avait pris possession de moi. Elle était là à mon réveil, accompagnait le moindre de mes gestes, la moindre de mes pensées ; ma nourriture en avait le goût, mes gestes en avaient la douleur, j'en respirais le parfum, en caressais la surface et m'endormais entre ses bras noirs. Ma colère était si forte qu'elle en était devenue solide, palpable et me donnait l'impression de vivre dans une gangue gluante m'empêchant de penser autrement que par elle, pour elle.

Je n'étais même pas capable de pleurer la disparition de mes grands-parents, car ma colère m'avait asséché au point que les seuls sentiments que j'arrivais encore à ressentir étaient une envie folle, brûlante, obsédante et délirante de vengeance mais aussi une intolérable sensation d'impuissance : les Autodafeurs m'avaient volé ma vie et je ne pouvais rien y faire.

Voilà comment j'en suis arrivé à ne plus me reconnaître dans une glace, voilà pourquoi demain, pour mes quinze ans, je ne ferai pas la fête : parce que rien n'est plus pareil, parce que la colère m'a transformé en assassin et que je dois apprendre à vivre avec ma culpabilité.

Mais pour que vous compreniez mieux comment tout est arrivé, il faut que je reprenne mon histoire là où j'en étais resté la dernière fois.

journal de Césarine

Pendant que papi et mamie mouraient, que maman tombait dans le coma et que mon frère sauvait le trésor de la Confrérie, moi j'étais chez Sara car maman n'avait pas voulu que je vienne avec eux. Évidemment, même si c'était gentil de ne pas vouloir que je meure, c'était aussi idiot vu que, du coup, leur opération ne s'est pas bien passée. Non pas que je pense que si j'avais été là ça aurait changé quelque chose (enfin, si, je le pense), mais surtout j'aurais pu AGIR *et essayer de sauver papi et mamie ; alors que maintenant qu'ils sont morts je ne peux rien faire.*

J'ai été INUTILE *et je n'aime pas ça.*

Du tout.

Donc :

Ne plus jamais me laisser mettre à l'écart.

une nouvelle vie

Après les événements de la chapelle, il a fallu reprendre le cours de notre vie. C'était totalement surréaliste et tous les matins je devais me pincer pour vérifier que je n'étais pas en plein cauchemar. Malheureusement, certaines choses ne pouvaient pas être changées : papi et mamie avaient été tués par les Autodafeurs, maman était dans le coma sans que nul ne sache si elle en sortirait un jour et les archives que la Confrérie conservait à Sainte-Catherine depuis des siècles avaient été volées.

Quant à moi, j'avais découvert que j'étais censé devenir un héros sauf que, un, je n'en avais pas envie et que, deux, même si j'en avais eu envie, je n'aurais pas su comment faire vu que je n'avais pas pris option « super-héros » au collège… Moi, j'avais pris latin et, franchement, ça ne m'aidait pas des masses !

Ce qui rendait les choses encore plus bizarres c'est que, en attendant que maman sorte du coma, Césarine et moi avions dû nous installer chez Marc DeVergy, mon prof de français et l'ami d'enfance de mon père, dont je ne connaissais pas l'existence il y a encore quelques mois. Vous me direz qu'habiter chez un prof y a pire comme supplice, certes, mais voyez-vous, le vrai problème n'était pas qu'il soit prof, d'autant que de ce côté-là c'était plutôt le meilleur que j'aie jamais eu, non, le problème c'était surtout que je le trouvais beaucoup trop proche de ma mère, que j'y pensais comme un gosse jaloux à chaque fois que je le regardais et que cela ne faisait qu'alimenter ma colère.

L'autre truc étrange à propos de notre nouvelle vie a été le grand retour de Mamina. Elle qu'on n'avait pas vue plus d'une dizaine de fois depuis notre naissance a débarqué du Brésil dès qu'elle a appris que maman était dans le coma et s'est mise à faire comme si c'était à ELLE de s'occuper de nous. Non mais c'te blague !! Comme si elle pouvait réapparaître d'un coup et combler de ses ongles manucurés le grand vide laissé par nos grands-parents ! La mère de maman a beau être notre grand-mère, on a aussi peu de liens avec elle qu'avec la boulangère alors inutile de vous dire qu'on ne lui a pas fait bonne figure à son arrivée ; à choisir entre elle et un ami de papa qui s'était battu pour nous, il n'y avait pas photo et Césarine avait été d'accord avec moi : aller vivre chez le prof était la meilleure option possible.

De toute façon, les papiers déposés par papa et maman chez le notaire étaient très clairs : c'était Marc DeVergy et personne d'autre qui était notre tuteur et Mamina était obligée de s'incliner… même si ça ne lui a pas fait très plaisir !

L'avantage d'habiter chez Marc, c'est qu'il a pu profiter de m'avoir sous la main pour compléter mes connaissances sur l'histoire de la Confrérie et débuter ma formation de Traqueur. Dès que j'ai pu enlever mon plâtre, j'ai donc enchaîné les heures de combats, d'entraînement et de lecture en espérant devenir assez fort pour mériter ma place au sein de l'Ordre et pouvoir protéger ma famille. En plus, pour être franc, ça m'arrangeait de passer mon temps à me battre ; les conversations futiles de la cour de récré, trop peu pour moi. Je ne supportais plus d'entendre parler les autres : toutes ces paroles perdues pour commenter le look d'Untel, la coupe de cheveux de Bidule. Ça me donnait envie de hurler.

L'injustice était trop grande et je ne supportais plus de voir tous ces crétins. Pourquoi est-ce que leur monde continuait de tourner alors que le mien avait explosé en plein vol ? C'était franchement dégueulasse et je préférais m'enfermer dans le dojo avec ma rage que de rester à contempler ces abrutis faire tourner la petite roue de leur vie de hamsters.

Alors je cognais, des heures, je frappais jusqu'à tomber, jusqu'à ce que les larmes qui m'étaient refusées se transforment en sueur et dégoulinent de tous les pores de ma peau ; je lançais mes poings jusqu'à ce qu'ils saignent, jusqu'à ne plus pouvoir déplier mes phalanges, jusqu'à oublier l'inoubliable ; oublier que mes grands-parents étaient morts, oublier le coma de maman, oublier jusqu'à mon existence inutile.

Je cognais pour oublier ce poids qui pesait de toutes ses forces sur mes épaules et m'écrasait.

Je cognais car j'étais en colère.

journal de Césarine

Un juge a dit que je devais aller habiter chez le prof de Gus, alors Marc DeVergy est venu me chercher chez Sara avec sa moto. C'était un problème car je ne pouvais pas monter dessus sans le toucher, donc j'ai refusé.

Mais il a compris ; il m'a dit que ce n'était « pas grave » et qu'on irait à pied. On a donc marché en silence, moi sur le trottoir et lui sur le bord de la route en poussant son engin.

Au bout de douze minutes il s'est arrêté devant le collège de mon frère, a sorti une clé de sa poche pour ouvrir la grille, puis il a dit : « Bienvenue chez toi. » C'était idiot parce que c'était une école et pas une maison, mais il a insisté alors je lui ai demandé comment on allait faire pour dormir vu que les bureaux ce n'est pas très confortable.

Heureusement, il m'a expliqué qu'il n'habitait pas dans une salle de classe mais au-dessus des salles de classe.

Ça m'a rassurée.

J'ai accepté de le suivre dans la cour, puis dans un bâtiment en pierre très ancien dont il avait aussi la clé. À l'intérieur c'était immense et j'ai demandé au prof si ça ne faisait pas un peu trop pour lui tout seul, mais il m'a répondu qu'il n'occupait qu'un « duplex » aménagé dans les derniers étages. J'ai froncé les sourcils alors il a précisé que ça voulait dire qu'il habitait « un appartement avec deux étages » et il a même ajouté que s'il y en avait eu trois ça s'appellerait un triplex. *Ça n'avait pas d'intérêt, mais j'ai compris qu'il essayait de faire ce que les adultes appellent « la conversation » et qu'il fallait que je réponde quelque chose pour être polie ; alors j'ai répondu qu'à Paris on habitait dans un* monoplex.

Il a eu l'air surpris ; pourtant mono *c'est le mot latin pour un seul, donc si* duplex *c'est deux étages et* triplex *trois étages,* monoplex *c'était forcément le mot pour un appartement d'un seul étage.*

C'était logique, mais il paraît que ça ne se dit pas. Du coup la conversation s'est arrêtée et j'ai pensé que j'avais bien raison de ne parler que quand j'avais quelque chose de vraiment important à dire.

Après avoir monté soixante-neuf marches on est arrivés dans son « duplex », mais c'était étrange parce que l'intérieur n'allait pas avec l'extérieur.

Comme l'école de Sainte-Catherine est une abbaye du XIIIe *siècle, je m'attendais à un duplex du Moyen Âge avec des tapisseries brodées de licornes, des lits fermés par de grands rideaux et d'immenses cheminées de pierre.*

Mais pas du tout, car son duplex est très moderne.

Le premier niveau n'a pas de cloisons et forme une immense pièce lumineuse encadrée par de grandes baies vitrées donnant sur une terrasse surplombant les toits de tuiles de l'école.

À Paris j'ai déjà vu des espaces comme celui-ci ; ça s'appelle des « lofts » sauf que, normalement, les lofts sont construits dans d'anciennes usines et que là on était dans une abbaye et qu'une abbaye ce n'est pas une usine ; ou alors une usine à fabriquer des prières, mais je ne suis pas sûre que ça compte.

Dans cette grande pièce sans cloisons tout est mélangé ; c'est à la fois l'entrée, la cuisine, la salle à manger, le salon et la bibliothèque. Ça m'a embêtée, surtout que les livres étaient très mal rangés et que ça m'a donné mal au cœur. J'ai expliqué au prof de Gus que je ne pouvais pas rester chez lui à cause des livres en désordre, et j'ai commencé à faire demi-tour. Mais il m'a répondu que je pouvais organiser sa bibliothèque comme je voulais alors j'ai accepté de continuer la visite.

Tout au bout de la grande pièce multifonctions, une porte ouvre sur un espace encore plus grand. C'est un drôle d'endroit avec un sol tout mou où il faut enlever ses chaussures pour entrer ; il y a de gros sacs très lourds pendus au plafond et tout un tas d'armes exposées sur les murs : des bâtons, des lances, des épées et même des éventails.

Le prof a dit que c'était un « dojo », une salle d'entraînement pour les arts martiaux, que le sol tout mou (ça s'appelle un tatami) servait à ne pas se faire mal en tombant et que les gros sacs étaient utilisés pour s'entraîner à frapper.

Je lui ai dit que je ne comprenais pas trop comment des sacs pouvaient entraîner des gens à se battre, alors il m'a fait une démonstration.

C'était impressionnant ; d'abord parce qu'il tape vraiment très fort, mais surtout parce qu'il avait enlevé son pull et que j'ai vu que ses bras étaient couverts de mots tatoués dans toutes les langues. J'en ai reconnu certains, comme liberté en français ou hope (ça veut dire espoir) en anglais, mais je n'ai pas reconnu les autres parce que la plupart étaient écrits dans des alphabets étranges.

Quand le prof frappe dans les sacs, ses muscles roulent sous sa peau et font danser ses tatouages qui semblent presque devenir vivants (c'est une image, bien sûr). C'était fascinant et il a dû se méprendre sur mon regard car, tout à coup, il s'est arrêté de frapper pour me proposer d'essayer. Ça m'a surprise parce que, d'habitude, les adultes ne pensent jamais que je peux faire des choses de grands.

Comme je ne savais pas quoi lui répondre, j'ai décidé de compter les armes exposées sur les murs.

Ça ne m'a pas pris très longtemps, car il n'y en avait que vingt-deux.

Ça m'a un peu embêtée, parce que je n'aime pas ce chiffre et que j'allais devoir quitter le dojo. Alors, pour être sûre, je lui ai demandé s'il n'y en avait pas d'autres.

Il n'a pas compris, alors il a dit : « Pas d'autres quoi ? »

Je lui ai répondu : « Pas d'autres armes. »

Et là il m'a regardée et il m'a dit une chose étrange : « Si, Césarine. Dans cette salle il y a une arme exceptionnelle qui ne demande qu'à être exploitée. »

J'ai demandé : « Laquelle ? »

Il a dit : « Toi. » Et il a ajouté : « Mais pour ça il faudrait que tu me laisses t'entraîner. »

Il avait raison, vingt-deux armes plus moi ça faisait vingt-trois donc tout allait bien, mais c'était aussi un peu idiot car je suis une personne et je ne vois pas bien comment une personne peut être une arme.

Alors j'ai dit que j'allais y réfléchir.

Ensuite nous sommes montés visiter l'étage. Il y a cinq chambres et une pièce fermée à l'aide d'un digicode composé de chiffres et de lettres.

J'ai demandé ce qu'il y avait derrière cette porte, mais le prof a dit que c'était son « espace personnel » et que je n'étais pas autorisée à y aller. Pendant un moment j'ai eu peur, parce que ça m'a fait penser au conte de Barbe-Bleue*. Puis j'ai réfléchi et je me suis dit que comme on n'était pas mariés, je ne risquais rien… mais j'ai tout de même choisi la chambre la plus près de la sortie, au cas où.*

Après avoir rangé mes affaires dans ma nouvelle chambre, je suis redescendue et j'ai classé toute la bibliothèque en organisant les livres par tailles et par couleurs.

Ça m'a pris huit heures et vingt-sept minutes, mais j'ai bien fait car j'y ai découvert un livre qui parlait de moi.

Donc :

1 : Lire le livre qui parle de moi.
2 : Arrêter d'essayer de faire la conversation.
3 : Trouver la combinaison du digicode.

tai-chi-chuan et guêpes tueuses

Quelques jours après ma sortie de l'hôpital, alors que j'avais planté Néné pour aller me défouler dans le dojo, j'en ai profité pour poser à Marc une des questions qui me hantaient depuis le meurtre de mon grand-père ; j'avais beau être tombé dans les vapes quand la balle m'avait frôlé la tempe, je n'en avais pas pour autant perdu la mémoire et les paroles prononcées par l'assassin me trottaient dans la tête comme une ritournelle obsédante.

– Le « Grand Jeu » dont parlait l'Américain juste avant de tirer sur papi… c'est quoi exactement ?

Sans cesser son échauffement, Marc m'a jeté un regard agacé.

– On en a déjà parlé, Auguste, le but des Autodafeurs est d'imposer à l'humanité une unique façon de penser, c'est-à-dire de NOUS imposer LEUR façon de penser ; comme l'a très bien résumé un de nos prédécesseurs, « Celui qui a le contrôle du passé contrôle le futur. Celui qui a le contrôle du présent contrôle le passé » *, et quoi

* La citation est tirée de *1984*, le roman de George Orwell.

de mieux que de contrôler les livres pour contrôler le passé ?

Super, c'était certainement très clair pour lui mais ça ne m'avançait pas des masses.

– Je veux dire, ils font quoi de *précis* les Autodafeurs pour « dominer le monde » ? Parce que, honnêtement, quand vous en parlez ça fait plutôt penser à un mauvais scénar dans le genre des trips conspirationnistes de ces allumés qui sont persuadés que la CIA a organisé les attentats du 11 septembre ou que Michael Jackson est encore vivant !

Marc a cessé brutalement de faire tournoyer le grand bâton de bambou qu'il manipulait avec dextérité depuis cinq minutes, pour me l'enfoncer dans l'estomac en m'envoyant valdinguer au sol.

– Parce que la mort de tes grands-parents ce n'est pas assez concret pour toi ? Et le coma de ta mère, c'est du cinéma peut-être ?

Bon, j'avais capté le message. Il était en colère et j'avais intérêt à m'expliquer si je ne voulais pas me prendre un autre coup de bâton. Je levai les mains en signe d'apaisement.

– Je sais que c'est du sérieux, mais pour l'instant tout est flou dans ma tête. J'aimerais vraiment comprendre ce qui se passe ici, quel est mon rôle et à quel type d'attaque je dois m'attendre. J'ai mal choisi mes mots… ce que je voulais dire c'est que j'ai besoin d'en savoir plus, de comprendre ce que vous attendez de moi, d'être utile, de sentir que vous me faites confiance !

Tout en prononçant ces paroles, j'avais la désagréable impression de gémir comme un gamin mais, au point où j'en étais, ce n'était pas le plus grave, vu que c'était de toute manière exactement ce que je ressentais : l'impression d'être un gosse geignard et inutile !

DeVergy, appuyé sur son bambou, m'observa un court moment avant de ranger son arme et de venir s'asseoir face à moi en posture seiza.

– Si tu réfléchissais un peu plus, Gus, tu verrais que l'Histoire fourmille d'interventions des Autodafeurs et qu'il suffit d'un œil attentif pour reconstituer le puzzle et voir le lien entre leurs actes. Mais tu n'es pas assez concentré, ton esprit n'est pas assez ouvert. Tu écoutes mais tu n'entends pas, tu regardes… mais tu ne vois pas.

Super. Ça ressemblait comme deux gouttes d'eau au bla-bla oriental de maître Akitori et, à part avoir appris à quel point un bâton de kendo dans le ventre était douloureux, je n'étais pas plus avancé !

– Désolé d'insister, mais tu n'as pas un exemple plus concret à me proposer ? Un didacticiel du genre « La conspiration mondiale pour les nuls », par exemple ?

Marc leva les yeux au ciel, se redressa souplement et me fit signe de le suivre au centre du dojo.

– Je présume que maître Akitori t'a montré les enchaînements de base du tai-chi-chuan.

Ce n'était pas une question ; Marc se mit aussitôt en position et commença ses mouvements avec une fluidité prouvant une longue maîtrise de l'exercice.

Résigné à ne pas obtenir de réponse, je me calai sur son rythme en soupirant et me laissai emporter par le flux de calme que générait toujours en moi la pratique du tai-chi.

Contre toute attente, c'est à ce moment-là que Marc, sans cesser ses mouvements, se lança dans le monologue qui devait me convaincre de l'importance de notre mission.

– Ce que nous nommons « le Grand Jeu » a débuté dans l'Antiquité, dès la création de la bibliothèque d'Alexandre. Depuis cette époque le combat n'a jamais cessé, alternant les siècles obscurs et les siècles de lumières, mais depuis le début du XXe siècle les combats se sont intensifiés.

Même s'il n'est pas habituel de parler en pratiquant le tai-chi, Marc glissait avec aisance sur le tatami sans perdre en précision et en équilibre. Mieux, il avait réussi à caler le rythme de sa voix sur ma respiration et ses paroles me faisaient peu à peu sombrer dans un état de semi-conscience apaisante.

– La plus grande des batailles s'est déroulée après la Première Guerre mondiale et les Autodafeurs ont alors failli la gagner. À cette époque, ils s'étaient alliés avec les partis nationalistes pour infiltrer les plus hautes sphères des gouvernements. En Russie, ils organisèrent l'élimination de Lénine pour porter Staline au pouvoir. En Italie, ils firent partie de ceux qui placèrent les rênes de l'État entre les mains de Mussolini. En Allemagne, ils inspirèrent à Adolf Hitler ses théories d'épuration de la littérature et furent à la base des grands autodafés de 1933, tandis qu'au Japon ils étaient les plus proches conseillers de l'empereur Hirohito.

Houlà... j'avais beau avoir une mère prof d'histoire-géo, Marc y allait un peu fort et j'avais intérêt de l'arrêter avant d'être totalement largué.

– Heu… désolé de t'interrompre mais, Staline et Hitler, ils n'étaient pas ennemis pendant la Seconde Guerre mondiale ?

Marc sourit, content de constater que j'avais tout de même retenu deux, trois choses de ma scolarité.

– Si, tu as raison, à partir de 1942 Staline bascule dans le camp des Alliés, mais pour les Autodafeurs cela n'avait aucune importance. Au-delà de leurs divergences, ces totalitarismes tendaient tous vers un même but : former un « Homme nouveau » imposé par une idéologie unique. Le parti unique, le recours à la violence, l'encadrement de la société et la propagande étaient autant de traits communs à ces régimes pourtant différents. C'est derrière ces points communs que tu peux apercevoir la main des Autodafeurs et leur but ultime : dominer les esprits.

Tandis que DeVergy parlait, tout comme lui je n'avais pas cessé mes mouvements et, peu à peu, le rythme de ses mots, en se calant sur ma respiration, avait libéré en moi le flux d'énergie du tai-chi et m'avait ouvert les yeux.

À présent je pouvais voir les Autodafeurs derrière l'Histoire et des petits points rouges se mirent à clignoter avec insistance sur la grande toile des siècles.

Les Autodafeurs étaient derrière la réécriture des programmes scolaires, derrière la censure systématique des œuvres de philosophie, derrière l'emprisonnement des intellectuels, derrière la prise en main des médias par les dictateurs, derrière la manipulation de l'Histoire par les régimes autoritaires.

Grâce aux mouvements lents et fluides du tai-chi, je sentais mon équilibre et ma coordination se réveiller et tous mes blocages se dissoudre.

Pour la première fois, je comprenais ce que maître Akitori voulait dire quand il parlait de « l'éveil du Qi ».

J'avais conscience de moi et tout me paraissait plus simple, plus clair, le flux naturel de ma force vitale irradiait la moindre de mes cellules.

J'inspirais, je glissais sur le tatami et tout autour de moi dansaient les parfaits cathares brûlés par l'Inquisition, les intellectuels chinois massacrés pendant la révolution culturelle, les codex mayas détruits par les conquistadors, les corans incendiés par les chrétiens, les bibles déchirées par les islamistes.

Je me battais contre des ombres insaisissables, esquivant, frappant, parant.

J'agissais sans agir, voyageais sans marcher et voyais sans plus avoir besoin de regarder.

Pour la première fois, mon esprit s'était ouvert à l'énergie décrite par les moines taoïstes inventeurs du tai-chi. J'étais éveillé et j'enchaînais les cent huit mouvements ancestraux avec l'aisance d'un guerrier chinois du XVIIe siècle.

Bref, pour citer Jean-Claude Van Damme, le grand philosophe belge des arts martiaux : j'étais *aware*.

Mais au-delà de ça, je commençais à comprendre que le Grand Jeu n'en était pas un et une vérité dérangeante me sauta au visage : nous étions tous en danger.

D'un seul coup, ma sérénité s'envola et je retombai brutalement sur terre.

– Quand maman a déclenché le « Code Noir », tu m'as bien dit que c'était pour avertir les autres membres de la Confrérie qu'ils risquaient d'être découverts et devaient passer dans la clandestinité ?

– Exactement.

– Alors pourquoi, nous, on reste à Sainte-Catherine comme si de rien n'était ? Ils savent qui nous sommes, ils savent où on est et, en plus, ils savent que nous avons gardé le trésor de la chapelle… Tu ne trouves pas que c'est un peu de la provoc ?

DeVergy prit le temps de terminer son mouvement avant de me répondre.

– Effectivement, la fuite aurait été plus logique. Malheureusement, à cause de ton bracelet électronique, du coma de ta maman, et des archives que nous devons préserver, nous ne pouvons pas disparaître aussi facilement.

– En gros, si je résume, nous sommes comme une grosse mouche bien dodue et appétissante collée au milieu d'une toile d'araignée et qui attend gentiment de se faire bouffer.

– Pour la toile d'araignée c'est assez vrai, dit Marc en souriant. Par contre, si tu tiens tant que ça à nous comparer à un insecte, à ta place j'opterais plutôt pour la guêpe pompile.

Je haussai les épaules. Il pouvait bien nous comparer à une guêpe si ça lui faisait plaisir, pour moi ça ne changeait rien au problème.

– C'est pareil. Ta guêpe a beau avoir un dard elle se fait tout de même bouffer par l'araignée quand elle est dans sa toile, soulignai-je en levant les yeux au ciel.

Marc sourit et m'entraîna vers les sacs de frappe avant de continuer.

– En es-tu si sûr ?

– Je présume qui si tu me poses la question c'est que je me plante et que la guêpe en question est méga fortiche et qu'elle colle sa race à l'araignée.

Évidemment c'était le cas et, tout en enchaînant les coups, il m'expliqua que l'araignée avait beau être un prédateur redoutable elle avait un adversaire aussi rusé qu'elle et expert en embûches ; une guêpe qui faisait si peur aux araignées que celles-ci s'enfuyaient dès qu'elles la voyaient.

Son histoire commençait à m'intriguer.

– Comment ça ? Tu peux développer s'te plaît ?

Après un coup de pied retourné parfaitement exécuté, Marc stabilisa le sac de cuir en m'enjoignant de l'imiter. Comprenant qu'il ne répondrait pas tant que je ne lui aurais pas montré ce que je savais faire, je m'exécutai. Volant dans les airs, mon pied droit frappa le sac à quelques centimètres du visage de Marc ce qui, vu ma taille, était plutôt pas mal. Après quelques frappes enchaînées, jugeant probablement ma prestation à la hauteur, le prof lâcha le sac et daigna répondre à ma question.

– La particularité de cette guêpe est d'adapter ses techniques de chasse aux comportements de ses proies. Certaines courent sur le sol pour chasser les araignées errantes qui ne construisent ni toile ni terrier ; d'autres inspectent les anfractuosités des murs, du sol et des arbres pour déloger celles qui s'y cachent, tandis que les plus téméraires n'hésitent pas à bondir sur les toiles, se dirigeant vers leur objectif tout en évitant les fils gluants.

– En gros, ce sont des guêpes traqueuses ?

Marc sourit.

– Exactement. Mais ce sont aussi des guêpes tueuses, car dès qu'elles ont trouvé leur araignée elles la paralysent avec leur dard avant de l'enfouir dans leur terrier pour servir de garde-manger vivant à la larve qu'elles lui auront pondue dans le corps.

Immédiatement un mix d'images gore, mélange d'*Alien*, de *La Mouche* et de *Matrix*, s'imposa à mon esprit et je fronçai les narines de dégoût.

– C'est immonde ton truc ! Compte pas sur moi pour faire une chose pareille !

Marc éclata de rire.

– Auguste, nous ne sommes pas des assassins, nous tuons par nécessité, jamais par plaisir, et nous sommes encore moins cannibales ! Je voulais juste te prouver que les apparences sont parfois trompeuses et que ce n'est pas parce qu'on semble en position d'infériorité qu'on est forcément perdant.

– Mouais, ben y a intérêt parce que ton histoire de guêpe, là, c'est franchement crade !

Comme si son histoire n'était pas suffisante pour me convaincre, Marc se replaça souplement devant le sac de frappe suspendu au plafond du dojo avant de projeter son poing droit de toutes ses forces dans l'enveloppe de cuir. Le choc fut si violent que le sac explosa en envoyant voler du sable dans tous les coins de la pièce.

À part dans *Captain America*, je ne savais même pas qu'un tel truc était possible, aussi je le pris plutôt au sérieux quand il se tourna vers moi pour ajouter avec gravité :

– Les Autodafeurs savent où nous sommes, Auguste, mais pour ce qui est de nous éliminer quand ils veulent… c'est une autre histoire.

Et à voir l'expression tranchante de son visage et la lueur féroce dansant dans ses yeux verts, je me mis à croire qu'effectivement, la partie était loin d'être perdue pour nous.

journal de Césarine

Auguste n'a plus le droit de quitter le collège alors, pour le surveiller, le juge lui a mis un bracelet de cheville qui clignote dès qu'il s'éloigne.

Je ne sais pas si c'est à cause de ça, mais mon frère se conduit bizarrement. Il ne sourit plus, passe son temps dans le dojo à frapper sur de gros sacs et semble toujours sur le point de se mettre à hurler. Je ne suis pas très douée pour décrire les sentiments, mais je vois tout de même qu'il ne va pas bien.

J'ai bien réfléchi et je pense que ça doit être à cause de papa qui est mort.

Ou de papi et mamie qui sont morts aussi.

Ou de maman qui est dans le coma.

Ou de DeVergy qui refuse de le laisser jouer un rôle dans notre évasion.

Ou de la sœur de Sara qui ne veut plus lui parler.

Mais pour une fois je crois que ça n'a rien à voir avec le fait qu'il soit idiot.

J'ai commencé à lire le petit livre qui parle de moi.

Il porte un guerrier chinois en couverture ; d'habitude je n'aime pas les militaires, mais je l'ai ouvert quand même parce que je suis une artiste et qu'il s'appelait L'Art de la guerre.

Ce livre a été écrit par Sun Tzu, un Chinois qui vivait aux alentours du VIe *siècle avant Jésus-Christ, donc il y a vingt-sept siècles, soit 2 700 années, ou 32 400 mois, ou 11 826 000 jours, ce qui est beaucoup. Je ne sais rien d'autre sur lui car sa biographie est dans les vingt-deux premières pages mais, comme le livre ne débute qu'à la vingt-troisième page, j'y ai vu un signe supplémentaire que ce livre avait été écrit pour moi.*

Par exemple quand Sun Tzu écrit :

« Quand vous êtes capable, feignez l'incapacité. Quand vous agissez, feignez l'inactivité. Quand vous êtes proche, feignez l'éloignement. Quand vous êtes loin, feignez la proximité. »

C'est de moi qu'il parle, il n'y a aucun doute.

Grâce à Sun Tzu je sais enfin quel type d'artiste je suis : je suis une Artiste de guerre.

Alors je vais laisser le prof de mon frère me montrer comment devenir une arme.

Donc :

1 : Aider Gus à être moins en colère.

2 : Apprendre à me battre.

de l'art de se faire remarquer

Depuis que maman avait enclenché le Code Noir, Marc n'avait presque plus de contacts avec les autres membres de l'Ordre, mais il lisait les journaux avec attention et avait constaté que de nombreuses attaques sur des cellules de la Confrérie avaient lieu dans le monde. Il ne me le disait pas franchement, mais je voyais bien qu'il était de plus en plus inquiet.

Pour ce qui était des archives, le bilan n'était pas totalement négatif. Certes, les Autodafeurs nous avaient volé les archives secrètes que la Confrérie cachait à Sainte-Catherine, mais notre intervention et le sacrifice de mes grands-parents nous avaient tout de même permis de sauver le trésor caché sous la chapelle. Nous nous doutions bien que les Autodafeurs tenteraient de le reprendre, mais Marc l'avait mis en lieu sûr et avait été catégorique, les Autodafeurs nous surveillaient de près et n'attendaient qu'une erreur de notre part pour nous voler ce trésor, il était donc hors de question de le sortir de sa cachette tant que nous ne pourrions pas l'évacuer en toute sécurité.

Même si c'était la plus sage des décisions c'était aussi la plus frustrante pour moi, car ça m'empêchait de vérifier si le fameux Livre que papa m'avait demandé de trouver en faisait partie. Ce qui nous ramenait toujours au même point : tant que j'avais ce fichu bracelet électronique au pied et que maman était dans le coma, il nous était impossible de bouger.

Pour ma mère j'étais impuissant et ça me rendait dingue. Par contre, pour le bracelet je pouvais agir… et heureusement parce qu'en me donnant un but, ça m'évitait de péter complètement les plombs.

Lors de mon procès pour « violences aggravées, vol, effraction et incendie criminel », j'avais dû me résoudre à la boucler pour préserver le secret de la Confrérie et ça n'avait pas facilité la tâche de mon avocat. Néanmoins celui-ci n'était pas trop mauvais, car il avait réussi à négocier une clause avec le juge pour me permettre de me faire enlever mon bracelet électronique au plus vite. Le marché était le suivant : si je dépassais les 18 de moyenne au brevet et que je faisais preuve d'un comportement exemplaire (en gros pour moi le plus dur se limitait à ne pas casser la gueule à Bernard-Gui), le juge accepterait une remise de peine pour bonne conduite et je pourrais passer mes vacances sans fil à la patte.

C'était un bon deal, d'autant qu'il n'était pas très différent de ce que vivaient tous mes copains à l'approche des examens, où les parents semblaient tous touchés par ce syndrome exaspérant du « si tu fais ci, tu auras ça ».

Bon, j'admets que les élèves que je connais n'ont jamais eu à négocier leur liberté avec un juge pour mineurs, mais d'un autre côté si on compare avec toutes les menaces du style « si tu veux pouvoir sortir, passer ton permis, partir avec tes amis en vacances, te faire tatouer… tu as intérêt d'avoir ton brevet, cap, bac, etc., etc. », je me dis que les différences ne sont pas si grandes.

Pour nous, le peuple incompris des ados, les négociations avec les adultes sont toutes du même type : une lutte pour la liberté.

Quelque part j'étais même assez chanceux, car ma promesse à moi était contresignée par un avocat, ce qui signifiait que, si je respectais ma part du contrat, le juge était obligé de tenir sa promesse… alors qu'avec les parents on n'est jamais vraiment sûr.

C'est fou comme des adultes jeunes et en bonne santé peuvent parfois être atteints de troubles graves de la mémoire transformant un « promis tu pourras sortir jusqu'à minuit » en un « j'ai dit qu'on en discuterait, je n'ai jamais dit que j'étais d'accord ».

Franchement, ce mal est tellement répandu qu'il devrait être décrété cause nationale au même titre qu'Alzheimer.

Évidemment, en plus de ne pas casser la gueule à BG il fallait aussi que je me mette sérieusement au travail mais, vu la situation, ce n'était pas la partie la plus difficile du contrat. De toute façon je n'avais pas grand-chose d'autre à faire que bosser ; depuis mon retour de l'hôpital j'avais tout fait pour éloigner les autres de moi et les rares qui ne me traitaient pas en pestiféré à cause de l'incendie en avaient eu vite marre que je les rembarre comme des chiens. La seule à qui j'aurais aimé parler c'était Isabelle mais, depuis que j'avais explosé la tronche de BG sur le parking de la clinique, elle m'adressait plus la parole. En gros, Néné était le seul à supporter encore ma présence, alors j'avais tout le temps nécessaire pour bosser ce putain de brevet.

J'ai beau avoir toujours été un bon élève, je fais aussi partie de la catégorie qui agace les profs, celle de ceux qui ne forcent pas leur talent. Je suis considéré comme « intelligent mais fainéant », ce que l'Éducation nationale traduit en termes plus politiquement corrects par « a des capacités mais ne les exploite pas totalement ».

Sans déconner, à chaque fois que je lis les commentaires sur les bulletins de notes je suis mort de rire. Quand je pense que ce sont les mêmes profs qui nous rabâchent à longueur d'année qu'il faut être « plus précis » ! Eux, pourtant, ils ne se gênent pas pour les platitudes.

En même temps j'imagine qu'ils ne sont pas autorisés à écrire ce qu'ils pensent vraiment, parce qu'autrement ça taillerait grave dans les bulletins.

Imaginez la gueule du truc si les profs étaient plus honnêtes et nous balançaient des réflexions du genre :

Médical : « Doit envisager d'urgence la greffe d'un cerveau. »

Admiratif : « A élevé la paresse au rang d'art. Bravo. »

Curieux : « Avec vous la connerie devient conceptuelle… avez-vous breveté le procédé ? »

Soulagé : « La seule bonne nouvelle de ce trimestre… c'est que c'est le dernier. »

Ironique : « A pour seule ambition d'être une vedette de téléréalité… Félicitations, côté langue française vous êtes prêt. »

Réaliste : « Constant dans le n'importe quoi. »

Philosophe : « Donne un sens nouveau à la notion de vacuité. »

Méditatif : « Si Pascal vous avait connu, jamais il n'aurait pu envisager une seule seconde l'existence de Dieu comme possible. »

Ce serait tout de même plus fun, non ?

N'empêche que là j'étais obligé de réviser ma stratégie collégienne et ça m'a changé de mon rythme habituel, car même si j'ai « des facilités » j'ai toujours soigneusement évité de me placer dans les trois premières places de ma classe.

Le plan polar lèche-cul à lunettes trop peu pour moi, il n'y a rien de tel pour te détruire une réputation. Déjà que ma mère est prof !

Mais, attention, j'ai toujours veillé à rester au moins trois points au-dessus de la moyenne générale pour éviter les engueulades. Mine de rien, on devrait me féliciter et reconnaître le degré de génie que représente ce savant équilibre pour rester entre le « bien » et le « très bien ».

De toute façon, vu que mon rôle dans la préparation de notre fuite était « de ne pas me faire remarquer », je n'avais rien d'autre à faire que me la fermer et bosser… sauf que c'était trop frustrant, alors je me suis tout de même accordé un petit plaisir pour l'oral d'histoire des arts (vous savez, cette épreuve un peu spé où vous devez présenter une œuvre d'art en la « contextualisant »).

Comme on pouvait passer l'épreuve en groupe je m'étais mis avec Néné (ce qui déjà, en soi, était un handicap) et devinez ce qu'on avait choisi comme œuvres d'art, je vous le donne en mille : des tableaux représentant des autodafés !

En plus, Le Négrier ne pouvait rien dire, vu que c'est lui qui m'avait soufflé l'idée.

Souvenez-vous, quand il m'avait piégé lors de l'incendie de Sainte-Catherine et que je m'étais réveillé dans la salle de classe de DeVergy, puant l'essence avec un briquet dans la main. Il m'avait lancé : « Vous travaillez sur l'autodafé au cours des siècles, monsieur Mars ? »

Cet empaffé avait voulu se foutre de moi… ben je l'avais pris au mot !

J'avais trouvé trois documents, un tableau du XVe siècle sur les inquisiteurs espagnols, une illustration du XVIIIe représentant des ânes habillés dansant autour d'un brasier de livres et une caricature intitulée « Rentrée littéraire en Afghanistan » où des talibans brûlaient des piles de livres.

Pour plus de sérieux, j'avais associé les images à un texte de Voltaire sur l'autodafé et le tour était joué ; un bon gros dossier bien documenté et hyper pro !

Rien que pour voir la tête du Négrier quand il a découvert mes documents, ça valait le détour ; il en a même brisé son crayon de rage et si DeVergy n'était pas venu faire le deuxième membre du jury jamais on n'aurait eu la moyenne.

N'empêche que Marc était furieux et qu'ensuite je me suis pris une sacrée engueulade avec un topo sur l'air de « tes responsabilités gnagnagna, pas sérieux, gnagnagna, conséquences gnagnagna ».

Il avait peut-être raison mais je n'en avais rien à foutre : j'étais trop en colère pour réfléchir.

journal de Césarine

Maman est à l'hôpital et, comme Gus ne peut plus sortir à cause de son bracelet électronique, c'est moi qui vais la voir.

Si ça n'avait pas été pour maman, jamais je ne serais retournée dans un hôpital. Je les déteste parce que, quand j'étais petite, mes parents m'y emmenaient souvent et les médecins me regardaient comme un spécimen intéressant. J'avais l'impression d'être un animal, comme ces souris blanches dans les laboratoires, et je n'aimais pas ça du tout.

Ils voulaient tous comprendre pourquoi je ne parlais pas alors que, s'ils y avaient réfléchi un peu, ils auraient vu que ce n'était pas que je ne POUVAIS *pas parler… mais que je ne* VOULAIS *pas.*

La majorité des gens ne se rendent pas compte du pouvoir des mots alors que moi j'en ai eu conscience dès ma naissance.

Les bébés, qui sont plus intelligents qu'on ne le croit, comprennent vite que le langage est plus efficace que les cris.

Au début, ils crient pour obtenir ce qu'ils veulent ; ils crient quand ils sont fatigués, quand ils veulent qu'on les change, quand ils ont faim, quand ils veulent être pris dans les bras, quand ils s'ennuient... c'est assez efficace.

Mais rapidement leurs désirs changent, deviennent plus complexes et leurs cris sont insuffisants pour exprimer leurs envies. Alors ils se décident à marcher pour aller se servir tout seuls, puis à parler pour pouvoir obtenir ce qu'ils veulent.

Tout n'est qu'une question de désir, de motivation.

Moi je ne parlais pas parce que j'avais compris que c'était un piège : les adultes te font envie avec des cadeaux ridicules, tu te mets à parler pour les obtenir et, quand ils voient que tu maîtrises suffisamment de vocabulaire, ils t'obligent à les écouter... et à obéir.

C'est ce que les adultes nomment la communication.

Moi j'appelle ça le dressage.

Comme quoi tout est bien une question de vocabulaire.

Personnellement j'avais décidé que je ne voulais pas être dressée et que la méthode la plus simple était de ne pas montrer aux adultes que j'étais capable de communiquer.

Donc je ne parlais pas.

Logique.

Le gros avantage c'est qu'on me laissait tranquille, mais l'inconvénient c'est que mes parents se croyaient obligés de m'emmener voir des tas et des tas de spécialistes.

J'en ai gardé un très mauvais souvenir ; voilà pourquoi je n'aime pas les hôpitaux, les médecins et les blouses blanches en général.

Un jour j'en ai eu assez et j'ai décidé qu'il était temps d'accepter de parler parce que les mots c'est tout de même pratique.

C'est mon frère, qui n'est pas toujours aussi idiot qu'il en a l'air, qui m'a convaincue le jour où il a dit aux médecins que j'étais une artiste. Le mot était si joli que j'ai décidé que ça valait le coup de l'utiliser.

C'est comme ça que j'ai commencé à parler : pour être une artiste.

Là, même si je n'aime pas les hôpitaux je DEVAIS y aller. Pour maman.

Mamina voulait m'accompagner, mais j'ai préféré y aller avec la maman de Sara. D'abord parce que Mamina me parle comme si j'étais une imbécile et que je n'aime pas ça, ensuite parce que la maman de Sara est infirmière et qu'elle travaille à l'hôpital, donc c'est plus pratique.

Ça n'a pas fait plaisir à Mamina. Du coup à chaque fois que j'arrive dans la chambre elle s'en va et comme, en plus, elle est fâchée avec le prof de mon frère on ne la voit plus du tout. De toute manière, vu qu'avant on ne la voyait jamais car elle habitait trop loin ça ne change pas grand-chose.

C'est très facile de reconnaître les gens qui travaillent à l'hôpital, car leurs chaussures sont très bizarres ; ce sont presque toutes des gros sabots en plastique avec des trous, qui ne sont pas très jolis et qui couinent sur le sol des couloirs quand ils frottent sur le linoléum. Je déteste ce bruit, ça me résonne dans la tête et ça me fait mal aux oreilles.

Dans la chambre de maman je vois différents types de sabots :

Les sabots blancs vont par quatre et viennent tous les matins pour nettoyer la chambre et refaire le lit. Ils *appartiennent à deux filles qui sont très bavardes et me demandent toujours de sortir parce que je les dérange. Elles ne sont pas méchantes mais elles m'appellent « ma biquette », ce qui est idiot parce que je suis une petite fille.*

L'infirmière la plus gentille porte des sabots roses. Elle, je l'aime bien, car elle ne me prend pas pour une idiote. Elle ne me parle jamais directement mais, quand elle vient faire les soins de maman, elle me décrit tout ce qu'elle fait à haute voix pour que je comprenne bien ce qui se passe.

Par contre certains me prennent pour une imbécile, ils s'accroupissent pour me regarder dans les yeux, alors que je déteste ça, et me parlent avec une voix idiote de « ma maman qui fait un gros dodo ».

N'importe quoi !

Eux je ne leur parle pas, mais certains m'ont mis la main sur la tête, comme si j'étais un chien, du coup j'en ai mordu un. Après ça, la maman de Sara a dû leur parler parce qu'ils restent tous loin de moi sauf un infirmier aux sabots marron qui vient dans la chambre de maman tous les jours à l'heure du changement d'équipe.

Lui je ne l'aime pas du tout.

Il ne me parle pas mais je sens que ma présence le dérange, comme s'il avait quelque chose à faire mais qu'il ne voulait pas que je l'observe. J'en ai parlé à la maman de Sara mais elle m'a dit de ne pas m'inquiéter, car c'était normal que des infirmiers passent régulièrement dans la chambre de maman. Mais je ne suis pas convaincue, alors j'ai décidé d'agir en appliquant un principe de Sun Tzu : « Le bon stratège est si subtil qu'il n'a plus de forme visible. Le bon stratège est si discret qu'il en est inaudible. Ainsi il se rend maître du destin de l'ennemi. »

Alors, la prochaine fois que Sabots marron viendra dans la chambre je me cacherai sous le lit pour voir ce qu'il fait.

Donc :

1 : Sabots roses est gentille.
2 : Surveiller Sabots marron.
3 : Être proche des gens n'a rien à voir avec la distance.

invitation au bal

À Sainte-Catherine, juste avant les grandes vacances, le collège organise une grande fête destinée aux élèves. À Paris nous n'avions pas ce genre de truc, mais j'ai compris que c'était un peu la même chose que les bals de fin de promo dans les *high schools* américaines.

Avec l'élection du roi et de la reine du bal en moins, vu qu'on est en France et qu'en France c'est mal vu de mettre des jeunes en avant sous prétexte qu'ils sont populaires, car ce serait trop contraire à la sacro-sainte idée d'égalité ce qui, si vous voulez mon avis, est loin d'être idiot.

Moi, leur fête ne me faisait ni chaud ni froid ; j'avais d'autres préoccupations et faire le gugusse à leur bal à la con n'en faisait pas partie, mais pour tous les élèves de Sainte-Catherine c'était visiblement l'événement de l'année, LA fête à ne pas rater.

Tout le collège ne parlait plus que de ça et même Néné semblait avoir été contaminé par l'ambiance… c'est tout dire !

Si j'avais pu y aller avec Isabelle j'aurais probablement vu les choses d'un autre œil. Mais vu qu'elle ne m'adressait plus la parole, l'idée de faire tapisserie pendant que Bernard-Gui se pavanait à son bras me donnait plutôt des envies de meurtre et j'aurais préféré éviter cette corvée.

Sauf que ça, c'était encore trop demander.

Dans son plan, celui qu'il avait élaboré avec tout le monde SAUF MOI, Marc avait prévu que nous nous évadions le soir du bal ; du coup, pour donner le change, il m'avait clairement fait comprendre que je devais OBLIGATOIREMENT jouer cette comédie puérile et ridicule. Ce que j'en pensais était évidemment accessoire… vu que mon rôle à moi c'était de me la boucler et d'obéir comme un bon petit soldat !

Je m'étais plus ou moins résigné mais, un midi où nous étions comme d'habitude assis tout seuls dans notre coin de cantine devant un atroce plat de lasagnes bouillies et de crème au chocolat gluante, Néné me posa la question qui tue.

– Dis donc, Gus, tu y vas avec qui à la fête de fin d'année ?

Je m'y attendais tellement peu que j'en avalai une bouchée de lasagnes de travers.

– Pourquoi ? C'est obligatoire d'être accompagné pour aller à ce fichu bal ?

Néné m'a regardé comme si j'étais un alien débarquant de la planète Nullos.

– Ben oui, évidemment sinon tu passes pour un loser et tu vas direct t'asseoir sur les chaises du fond avec les SAF !

À voir sa tête, cette option était la pire chose qui pouvait arriver à un élève.

– Ça craint tant que ça si je viens sans nana ?

– Bah, quand même, normalement y a que les mecs du club d'astronomie et du club d'échecs qui viennent tout seuls, et toi, tu joues pas dans cette catégorie alors ce serait grave la honte.

Son argument avait beau être logique, un truc me turlupinait néanmoins.

– Dis donc, Néné, tu ne fais pas partie de ces deux clubs, toi ?

J'avais mis le doigt pile là où ça gratte.

– Ben si, c'est pour ça que je sais de quoi je parle, me répondit-il d'un air gêné.

Avec sa coupe improbable et ses fringues de récup, je n'avais pas de mal à croire qu'aucune fille ne veuille l'accompagner. Par contre, ce que j'avais du mal à comprendre, c'était pourquoi ma réputation l'intéressait tant tout à coup.

– Qu'est-ce que ça peut te faire que j'y aille tout seul ? Au contraire, on sera tous les deux, c'est cool non ?

Visiblement ce n'était pas la réponse qu'il espérait et, à sa manière de se tortiller sur sa chaise et de jouer avec la cuillère de sa crème au chocolat, je compris qu'il ne m'avait pas tout dit.

– Allez Néné, crache le morceau. C'est quoi le problème ?

– Tu vois Marie-Lou, la fille de notre classe qui est assise à côté de moi en sciences ?

Un peu que je voyais ! Cette nana me harcelait depuis que j'étais arrivé au collège. Sur le papier son intérêt aurait pu être flatteur si cette gonzesse n'avait pas été de la pire engeance de la terre ; non seulement ce n'était pas un canon, passe encore, mais surtout elle était toujours à fureter partout et à s'immiscer dans les conversations à un point que c'en était dérangeant. Bref, je voyais bien qui était Marie-Lou… mais je n'avais pas envie d'en parler !

– La grosse avec des lunettes qui rigole fort dès que je dis quelque chose ?

– Ouais, celle-là, même si elle n'est pas grosse mais juste un peu enveloppée, rectifia Néné en me faisant les gros yeux.

Je balayai son obsession du « politiquement correct » d'un revers de la main tout en cherchant machinalement Marie-Lou des yeux pour confirmer ce que j'en pensais.

– Si tu veux. Et ?

– Ben, elle t'aime bien, et tout, et je crois qu'elle aimerait bien que tu l'invites au bal, me balança-t-il à toute vitesse en se recroquevillant sur sa chaise.

De la part de Néné je m'attendais bien à un truc bizarre, mais pas à ce point-là et j'en recrachai ma cuillerée de chocolat.

– T'es ouf ou quoi ?! Je sais qu'Isabelle ne me parle plus, mais je ne suis pas désespéré à ce point-là !

– Justement, c'est pour ça, je me suis dit que la meilleure façon de faire revenir Isabelle c'était de la rendre jalouse en invitant une autre fille, argumenta Néné tout fier de lui.

C'était sympa de sa part de penser à moi, mais sa logique avait une faille de taille.

– Néné, ta technique, c'est efficace si la fille que tu invites est au moins aussi jolie que celle que tu veux rendre jalouse, sinon c'est juste pathétique. Sérieux mec, oublie !

Mais il n'en avait pas fini et, à la manière gênée qu'il avait de me regarder en biais, j'ai compris qu'il lui restait quelque chose d'important à m'avouer.

– Le problème c'est que j'ai déjà plus ou moins dit oui pour toi, souffla-t-il en se trémoussant sur son siège.

– Non ! mais t'es devenu dingue ou quoi ?! Qu'est-ce qui t'est passé par la tête ?

– En fait, tu vois Jessica la petite blonde de quatrième, ben c'est la sœur de Marie-Lou et Marie-Lou m'a promis que si tu allais au bal avec elle… Jessica irait au bal avec moi.

Je ne connaissais pas cette fameuse « Jessica », mais je comprenais mieux l'intérêt soudain de mon pote pour ma réputation.

– Donc, si je résume, tu veux que MOI j'invite le dragon pour que TOI tu puisses emmener la princesse au bal ?

Le visage de Néné s'éclaira d'un grand sourire.

– Je savais que tu comprendrais, mon pote, s'écria-t-il en me tapant dans le dos.

– Hé ! Attends un peu, je n'ai pas dit oui.

Je l'aimais bien mais, en ce moment, je n'avais pas l'âme d'un bon samaritain ; il y avait des limites à l'amitié et j'avais peur qu'inviter Marie-Lou soit largement au-delà de ces limites.

Avec une grand-mère ultra féministe je savais que ce n'était pas bien de s'arrêter au physique et qu'il fallait se garder de juger les gens sur leur apparence, mais juste à cet instant je repérai enfin Marie-Lou au fond de la salle… et ce seul regard ne fit rien pour me donner envie d'être grand prince.

Pour être poli disons que non seulement la jeune fille en question n'avait pas un physique facile (et que l'enrobage décrit par Néné était tout de même super, super enrobé), mais que si vous ajoutiez à cela son rire de crécelle et la réputation de méchanceté qui m'était plus d'une fois revenue aux oreilles… eh bien ça ne faisait pas rêver.

J'en étais à me dire que l'épaisseur de ses verres aurait mieux convenu à un masque de scaphandrier qu'à des lunettes, quand ses deux énormes yeux globuleux se mirent à me fixer avec insistance.

Gloups.

J'étais repéré.

Elle avait beau être à l'autre bout de la cantine, je pouvais sentir son regard dégouliner sur moi. Entre sa robe verte et ses yeux exorbités j'ai eu tout à coup l'impression d'être une mouche face à une grenouille affamée et, pendant un instant, j'ai cru qu'elle allait dérouler une langue de vingt mètres pour m'attirer jusqu'à elle et me dévorer.

Ce n'était vraiment pas cool.

– Heu, Néné, elle a toujours un regard aussi expressif ta copine Marie-Lou ou c'est moi qui lui fais cet effet-là ? demandai-je en désignant ma groupie d'un coup de menton.

– Ben non, c'est toi, patate, je t'avais dit qu'elle te kiffait grave. Fais-lui un signe qu'elle vienne nous rejoindre, ajouta Néné en faisant de grands gestes en direction du monstre.

– Putain, arrête ! T'es fou ou quoi, je tiens à la vie moi !

– Mais non, c'est cool mec. Comme ça t'auras même pas besoin de te déplacer pour l'inviter.

Je le fusillai du regard. Il avait beau être mon pote il y allait un peu fort et il dut sentir qu'il avait dépassé les bornes, car juste avant que je me lève pour fuir lâchement il me jeta un regard désespéré en joignant les mains en signe de supplication.

– Pitié mec, c'est ma seule et unique chance d'aller à la fête de l'école avec une fille. Je te le revaudrai au centuple. Tu m'as dit qu'on était les trois mousquetaires, alors « un pour tous, tous pour un »… non ? conclut-il avec la tronche du Chat potté.

Je ne pense pas qu'en écrivant sa devise, Alexandre Dumas ait envisagé ce type de situation, mais Néné était mon ami et son air désespéré en disait long sur son désir de sortir enfin du coin des losers.

De toute façon, cette fête, j'étais obligé d'y aller, alors autant en profiter pour lui faire plaisir. Je me suis donc rassis en soupirant et j'ai préparé mon plus beau sourire de faux-cul pour inviter le méchant dragon au bal.

journal de Césarine

Aujourd'hui j'ai enfin compris pourquoi Sabots marron n'aimait pas quand j'étais là.

Pour être sûre d'arriver à le piéger j'avais demandé à Sara de venir avec moi pour faire diversion, car comme le dit Sun Tzu : « Pour être victorieux il faut mettre la bonne personne à la bonne place. »

Pour faire diversion, j'étais certaine que Sara était la personne idéale, car les gens la prennent pour une imbécile. Ce qui est idiot.

Sara était contente d'être avec moi. Elle n'a pas peur de l'hôpital parce qu'ici tout le monde la connaît et est très gentil avec elle. D'ailleurs elle m'a dit que plus tard elle aussi voulait devenir aide-soignante.

Dans la chambre de maman Sara gazouillait, c'est-à-dire qu'elle fredonnait une chanson qui n'existe pas.

Sara fait ça quand elle est heureuse, comme les petits oiseaux, c'est pour ça que je dis qu'elle gazouille.

Sara fredonne souvent, parce qu'elle est presque tout le temps heureuse. Même que parfois, rien que de l'écouter moi aussi ça me donne une idée de ce que c'est que « d'être heureux » : c'est se sentir plus léger alors que tu ne pèses pas moins lourd. Ce n'est pas logique, c'est bien ce qui me dérange, mais je n'ai pas trouvé d'autres mots pour décrire cette sensation bizarre.

Cette fois-ci, après avoir chantonné un bon moment, Sara s'est approchée de maman et a commencé à lui parler en lui caressant la main. Je n'étais pas sûre que ça me plaise de voir Sara toucher ma maman, mais ça avait l'air de lui faire tellement plaisir que je l'ai laissée faire.

Sabots roses est arrivée à ce moment-là et elle a dit à Sara que c'était une bonne idée de parler à maman et de lui faire des câlins, parce que les gens dans le coma ont besoin d'être stimulés et qu'elle était certaine que maman entendait ce que Sara lui disait. Même qu'elle a ajouté que ce serait bien si je le faisais aussi.

J'ai fait comme si je n'avais pas entendu ; mais Sara, elle, a bien entendu parce qu'elle a pris ma main pour la poser contre la poitrine de maman.

Normalement je ne touche pas les gens.

Même maman.

Mais Sara a gardé sa main sur la mienne en me disant « d'écouter l'amour de ma maman ».

Ça ne voulait rien dire, pourtant j'ai laissé ma main sur maman ; et il s'est passé quelque chose.

D'abord j'ai senti sa chaleur sous mes doigts.

Ça faisait bizarre parce que maman ne bougeait plus et ressemblait à une poupée de cire, mais sa peau était chaude, vivante, comme si un petit radiateur était resté allumé à l'intérieur… même si c'est idiot parce qu'en vrai personne n'a de radiateur à l'intérieur.

Puis j'ai senti autre chose. C'était très léger, mais ma main se soulevait en rythme et quelque chose remuait sous mes doigts. Bien sûr ce n'étaient que les vibrations de son rythme cardiaque et de sa respiration, mais Sara a dit : « Tu entends comme elle t'aime ? »

J'aurais dû lui répondre que le cœur était juste un muscle et que la respiration était une action mécanique… mais je ne l'ai pas fait parce qu'au fond de moi j'avais envie d'avoir tort.

Alors je n'ai rien dit et je suis restée pendant sept minutes à écouter le cœur de maman pendant que Sara gazouillait autour de nous. C'était… étrange, mais c'était… bien.

Au bout de sept minutes ma main était toute moite, alors je l'ai enlevée et j'ai dit à Sara qu'il était temps de mettre notre plan à exécution parce que Sabots marron n'allait pas tarder à arriver.

Et c'est ce qu'on a fait.

Je me suis glissée sous le lit pendant que Sara s'asseyait dans le fauteuil pour jouer avec mon Rubik's Cube.

Mes calculs étaient bons, il faut dire que ça faisait une semaine que je notais tous les allers-retours de Sabots marron et il est arrivé juste quand je l'avais prévu.

Quand il a vu Sara, il a eu l'air d'hésiter mais Sara a bien joué son rôle et il a fini par entrer.

Il lui a demandé : « Tu es toute seule, ta copine n'est pas là aujourd'hui ? » et Sara a répondu en bafouillant : « Sara toute seule, Césarine partie », avant de se remettre à jouer au Rubik's Cube.

Normalement Sara parle beaucoup mieux que ça, mais là il fallait faire croire à Sabots marron que Sara était idiote. C'était facile vu que de toute manière les adultes prennent tous Sara pour une imbécile, alors que c'est faux ; la preuve c'est que Sara est toujours heureuse et que tout le monde dit qu'être heureux est une quête longue et difficile.

Donc ce sont les autres qui sont des idiots et Sabots marron n'a pas fait exception à la règle.

D'où j'étais je ne distinguais que ses jambes et le bas de sa blouse, mais j'ai bien vu qu'il prenait quelque chose dans sa poche avant de s'approcher du lit de maman. Je ne sais pas exactement ce qu'il a fait, mais j'ai bien vu que le pied du goutte-à-goutte avait bougé quelques instants.

Ensuite, il est reparti aussi vite qu'il était arrivé.

Sara m'a dit qu'il avait essayé de cacher ce qu'il faisait mais qu'elle avait vu ce qu'il avait pris dans sa poche.

C'était une seringue.

J'ai bien réfléchi et je pense que Sabots marron vient tous les jours dans la chambre de maman pour mettre un produit dans son goutte-à-goutte.

Donc :

1 : Quand je reviendrai je remettrai ma main sur le cœur de maman.

2 : Je dois trouver un moyen d'empêcher Sabots marron de faire du mal à ma maman.

sauvé par le gong

Dès le lendemain de mon invitation, j'avais à peine mis un pied dans la cour que je fus accueilli par un hurlement primal :

– AUGUSTE !!!

Mon cœur a raté deux ou trois battements et j'ai juste eu le temps de me remettre à respirer avant que des bras m'entourent par-derrière avec une force incroyable. J'ai bandé mes muscles, prêt à repousser une attaque des Autodafeurs, quand j'ai senti l'ennemi me plaquer une bise dans le cou.

Bêtement, j'ai commencé par me dire que jamais maître Akitori n'aurait toléré une technique aussi vicieuse, avant de comprendre que les Autodafeurs n'étaient pour rien dans cette attaque.

Marie-Lou était si fière que je l'aie invitée au bal qu'elle s'était méprise sur mes intentions et j'ai compris en une fraction de seconde qu'elle était convaincue d'être ma nouvelle petite amie... et qu'elle comptait bien le montrer à la terre entière.

L'horreur !

J'étais son « trophée » et, comme si me serrer dans ses bras ne suffisait pas, elle a profité de ma surprise pour plaquer ses lèvres sur mon visage.

Sans déconner, cette fille n'avait pas que le physique d'un dragon, elle en avait aussi la force et le tempérament.

Il était temps que je réagisse avant de me transformer en crapaud.

– Heu… Marie-Lou, les médecins viennent juste de me retirer mon plâtre. Mon bras est encore très fragile alors si tu pouvais relâcher un peu la pression ce serait sympa.

– T'as raison mon cœur, ce serait dommage que tu puisses pas danser samedi, dit-elle en me relâchant avec autant de précautions que si j'avais été une porcelaine chinoise. Tu es impatient d'y être, hein ? ajouta-t-elle en battant des cils ostensiblement.

Que vouliez-vous que je réponde à ça ? Que j'étais aussi impatient qu'un homard devant une casserole d'eau bouillante ou qu'un cycliste avant un contrôle anti-dopage ? C'était clair, à côté de Marie-Lou, la menace des Autodafeurs passait nettement au second plan… mais c'était pas non plus une raison pour que je l'envoie bouler méchamment. Après tout, ce n'était pas de sa faute si elle ne me plaisait pas.

J'en étais à me triturer les méninges pour savoir comment formuler mes pensées le plus délicatement possible quand, par un de ces retournements de situation qui n'arrivent habituellement que dans les films, je fus tiré de ce mauvais pas par Le Négrier.

Juste au moment où Marie-Lou s'apprêtait à prendre de nouveau mon visage pour la piste d'atterrissage de ses lèvres, l'ombre du directeur se glissa entre nous.

– Monsieur Mars ! Encore à vous faire remarquer. Avez-vous donc déjà oublié le paragraphe 8 du règlement intérieur ? me cria-t-il aux oreilles.

Sans le savoir il venait de me fournir l'argument que je cherchais désespérément depuis l'instant où Marie-Lou m'avait pris dans ses bras. Si j'avais pu je me serais donné une claque ; comment avais-je pu zapper l'article 8 ?

Lançant un regard faussement désolé à mon dragon, je me mis presque au garde-à-vous devant Le Négrier avant de réciter :

– Les élèves sont tenus de respecter les règles les plus strictes de la décence quant à leur tenue vestimentaire et à leur comportement.

Il a eu l'air déçu.

– Très bien, monsieur Mars, à défaut de respecter le règlement je constate avec plaisir que vous avez au moins la mémoire nécessaire pour le retenir. Alors que je ne vous revoie pas en train de batifoler avec Mlle Leroy ou je serai dans l'obligation d'en référer à vos parents… pardon, je voulais dire au juge pour mineurs bien entendu, conclut cet empaffé.

C'était un coup bas mais je ne suis pas tombé dans le panneau. Si ce salopard espérait que j'allais péter les plombs et réduire à néant mes chances de libération anticipée c'est qu'il me connaissait mal. Encaissant sa vacherie, j'ai serré les poings et baissé la tête d'un air faussement contrit pendant qu'il faisait la morale à

Marie-Lou concernant son « manque de discernement dans ses fréquentations ».

Tout au long de son discours moralisateur j'avais croisé les doigts en espérant secrètement que Marie-Lou se laisse convaincre de me larguer mais, manque de bol, il était écrit que je ne devais pas m'en tirer à si bon compte.

À peine Le Négrier avait-il fait demi-tour qu'elle tourna vers moi ses yeux papillonnants en m'assurant de son « indéfectible soutien » et de sa hâte d'aller au bal en compagnie de son « bad boy » préféré.

Zut.

J'en profitai néanmoins pour mettre au clair les termes de notre relation.

– Désolé, Marie-Lou, mais vu ma situation je préfère faire profil bas jusqu'aux vacances. Je ne peux pas me permettre d'infraction au règlement, dis-je en soulevant le bas de mon pantalon pour lui montrer mon bracelet électronique. Donc, d'ici le bal ce serait mieux si on restait plutôt éloignés toi et moi.

Je n'avais pas dû avoir l'air suffisamment déçu à son goût, car d'un seul coup son sourire s'effaça et ses yeux furent traversés par un éclair de pur mépris. Toute trace de gentillesse et de niaiserie avait disparu de son visage pour laisser place à une personne totalement inconnue et limite flippante.

– Écoute-moi bien mon petit bonhomme, j'ai dit à tout le monde que tu m'avais invitée donc tu as intérêt à respecter ta parole et à m'accompagner au bal, sinon sois sûr que ton bracelet et ton juge seront le cadet de tes soucis, me murmura-t-elle à l'oreille d'une voix glacée.

Je m'y attendais tellement peu que sa menace m'a laissé sans voix et, avant que je puisse réagir, Marie-Lou avait retrouvé son regard bovin et s'éloignait en gloussant de l'autre côté de la cour…

Je devais avoir une tête en rapport avec ma stupéfaction car Néné, qui avait assisté à toute la scène, n'en pouvait plus de rire.

– Néné ! Arrête tout de suite de te marrer ou je t'explose la tronche !

– Désolé mon pote, je compatis mais t'avoueras tout de même que…

– Je n'avouerai qu'une chose, c'est que c'est grâce à toi que je me retrouve dans ce merdier, alors tu vas me faire le plaisir de trouver une solution pour me tirer de là parce que, je veux bien faire des efforts jusqu'au bal, mais on va faire comment pour s'enfuir discrètement si elle me colle aux basques, gros malin ? lui martelai-je en espérant bien faire passer le message.

Si je croyais le faire réfléchir, voire même s'excuser du sale coup qu'il m'avait fait en me collant dans les pattes de cette psychopathe, j'en ai été pour mes frais. À peine avais-je fini de râler que son visage s'éclaira et prit un air stupide que je connaissais bien (et pour cause… j'avais la même tête quand je croisais Isabelle).

Je me retournai pour comprendre qui pouvait bien faire cet effet-là à mon pote et découvris qu'il avait les yeux rivés sur une gamine un peu vulgaire qui se déhanchait à l'autre bout de la cour en faisant ostensiblement onduler son popotin… qu'elle avait fort joli au demeurant !

– C’est qui cette meuf ?

– C’est Jessica, la sœur de Marie-Lou. C’est avec elle que je vais aller au bal de l’école, soupira-t-il en bavant littéralement.

Je n’en ai pas cru mes oreilles. Comment cette mini-bombe pouvait-elle être la sœur de mon char d’assaut ?

– J’y crois pas, y a eu échange à la naissance ? Elles peuvent pas être sœurs ces deux-là, ce n’est pas possible ?!

Mais je pouvais toujours courir pour obtenir une réponse. Néné était trop occupé à essayer d’attirer l’attention de sa cavalière pour m’écouter. C’est bien simple, depuis que cette fille était entrée dans son champ de vision c’est comme si j’avais cessé d’exister.

– Hé, Néné, je te cause ! criai-je en claquant des doigts pour lui rappeler que j’étais là. Tu es certain que c’est la sœur de Marie-Lou ?

– Ouais, même qu’avec neuf mois d’écart elles sont quasiment jumelles, me répondit-il en se mettant à agiter les bras comme un possédé.

Jumelles ? N’importe quoi ! Pourquoi pas des clones tant qu’il y était ! J’allais lui dire ce que j’en pensais quand je remarquai que mon pote gesticulait comme un pantin désarticulé.

– Tu fais quoi, là, Néné ? T’es attaqué par un essaim de guêpes tueuses ou tu imites un mec qui vient de mettre les doigts dans une prise ?

– Ben je l’appelle, faut que je te la présente, dit-il avant de se mettre à hurler son prénom à pleine voix.

Moi qui cherchais un moyen de me venger, j’étais en train de découvrir que c’était totalement inutile.

Vu le look et les amies de la fille en question, mon pote était en train de creuser son propre trou.

– JESSICAAA, HOU, HOU… on est làààà !!!

Je soupirai, avec le raffut qu'il faisait, Jessica ne pouvait plus faire semblant de ne pas le voir, et encore moins de ne pas l'entendre. Elle allait devoir réagir pour préserver sa réputation et j'avais peur que les minutes qui suivent ne soient pas cools pour mon pote.

Bingo !

Les yeux brillants de colère, la mini-miss avait fini par quitter son aréopage de copines et se dirigeait vers nous d'un pas décidé qui n'augurait rien de bon.

– Tu vois, me lança Néné triomphant, elle arrive. Je te dis qu'elle est folle de moi.

– Heureux les simples d'esprit car les portes du paradis leur sont grandes ouvertes, murmurai-je en secouant la tête.

– Ouais mec, exactement, cette fille c'est le paradis, conclut-il en me poussant du coude.

Je levai les yeux au ciel. Néné était encore pire que ma sœur niveau second degré et j'aurais mieux fait d'être plus explicite et de lui parler de l'enfer qui l'attendait.

– Franchement Néné, m'en veux pas mais quand on est un geek membre du club d'astronomie on n'interpelle pas une fille populaire devant toute la cour. C'est du suicide, tu vas te faire déchirer.

– Mais non, c'est cool, je te dis qu'elle vient au bal avec moi samedi, aie un peu confiance.

Il avait beau avoir l'air sûr de lui, j'avais de sérieux doutes et je commençais même à me demander ce que Marie-Lou détenait comme secret gênant sur sa bombasse de petite sœur pour l'avoir convaincue d'accepter ce deal.

Après avoir fendu la cour de part en part avec autant d'aisance qu'un top model à un défilé de haute couture, Jessica se campa devant Néné. Les mains sur les hanches, le menton en avant, sa posture ne laissait aucun doute sur la correction qu'elle comptait bien infliger au cancrelat qui avait osé la déranger devant tout le collège.

– Dis donc le minus, c'est pas parce que ma sœur m'a OBLIGÉE à aller au bal avec toi que tu dois te croire tout permis, lui cracha-t-elle au visage en ponctuant sa phrase d'un balancé de cheveux digne d'une pub L'Oréal.

Néné perdit un peu de son enthousiasme.

– Heu, mais, Jess, c'est cool… c'est juste que…

– Que rien du tout. D'abord ce sont mes amis qui m'appellent Jess. Toi tu m'appelles Jessica. Non, mieux, tu ne m'appelles pas. D'ailleurs tu ne me regardes pas, tu ne m'imagines pas, tu oublies jusqu'à mon existence. D'accord ?

– Mais…

– Quoi, « maaaais » ? Tu te prends pour un mouton ? Arrête de bêler et profite déjà de ce que j'aie accepté de t'accompagner au bal. En attendant laisse-moi le temps de m'habituer parce que tu vois, là, quand je te regarde, j'ai juste envie de vomir, ajouta-t-elle en faisant semblant de se mettre deux doigts dans la gorge.

En fait cette fille n'était pas une mini-miss mais une maxi-pouffe. Elle était si méchante qu'elle en devenait laide et le fait de s'être maquillée comme une voiture volée n'arrangeait rien à l'affaire. Dans mon école ce type de fille on appelait ça des « truies violettes » (et ne me demandez pas pourquoi parce que je ne l'ai jamais su) et celle-là avait tout l'air d'être un spécimen de compét ! Pour le coup, je commençais à voir en quoi Marie-Lou et elle pouvaient être sœurs… C'étaient sans contestation possible deux teignes de la pire espèce.

À peine son aimable discours terminé, elle nous gratifia d'un autre jeté de cheveux façon « je le vaux bien » avant de fendre la cour dans l'autre sens pour rejoindre ses amies.

– La vache, elle ne fait pas semblant ta copine quand elle est en colère, dis-je en me tournant vers Néné.

Je m'attendais à devoir le ramasser à la petite cuillère et j'étais prêt à lui dire tout le mal que je pensais de cette garce quand son air abruti me freina dans mon élan.

– Elle est belle hein ? roucoula-t-il sans la quitter des yeux.

– Non mais t'es con ou tu le fais exprès ? Elle ne peut pas te blairer et en plus elle est mauvaise comme une teigne. Laisse tomber Néné.

– Mais non, elle est folle de moi je te dis. Faut juste qu'elle s'en rende compte c'est tout, ajouta-t-il en haussant les épaules. Allez viens, on va être en retard en cours.

Mamie m'avait souvent parlé des bienfaits de la méthode Coué, ce truc où tu te répètes ce que tu veux jusqu'à en être convaincu, mais c'était la première fois que je voyais quelqu'un qui l'appliquait avec autant d'aveuglement.

journal de Césarine

Dans mon livre, Sun Tzu explique que « les guerriers habiles doivent commencer par se rendre invincibles, puis attendre le moment où l'ennemi sera vulnérable ».

Puis il conclut en disant : « L'invincibilité réside en soi-même. La vulnérabilité réside en l'ennemi. »

C'est un peu compliqué, mais j'ai compris que pour gagner mon combat je ne devais négliger aucune préparation. J'ai donc accepté la proposition de DeVergy et aujourd'hui j'ai pris mon premier cours pour devenir une « Artiste de guerre ».

Au début j'avais un peu peur, mais le prof a dû le comprendre parce qu'il m'a laissée réciter tranquillement toutes mes tables de multiplication avant de commencer.

Pour me donner du courage, en plus des tables de multiplication, je me suis répété cinquante et une fois cet autre précepte de Sun Tzu : « C'est lorsqu'on est environné de tous les dangers qu'il n'en faut redouter aucun. »

Si j'avais peur c'est parce que je pensais que j'allais être obligée de me mettre en pyjama, comme mon frère et le prof quand ils s'entraînent, et que je n'aime pas porter d'autres vêtements que les miens. Mais heureusement le prof m'a dit que ce n'était pas nécessaire, car si un jour je devais me battre ce ne serait certainement pas en kimono (c'est comme ça qu'ils appellent leurs pyjamas).

De toute manière j'avais remarqué sur les illustrations de mon livre que les guerriers étaient en jupe ; j'en ai donc conclu que ma tenue était idéale.

L'autre grande difficulté pour m'entraîner c'est que normalement je ne touche pas les gens et que j'ai bien vu que, pour se battre, le contact ajoute à l'efficacité. Mais là aussi le prof avait la solution. Il a dit qu'il allait commencer par m'apprendre à ressentir mon corps et à canaliser mon énergie par la pratique du tai-chi-chuan et que ça pouvait se faire sans aucun contact ; j'avais juste à le regarder et à essayer de reproduire ses mouvements.

C'était gentil, mais ce n'était pas la peine parce que je connaissais déjà le tai-chi-chuan, car j'avais vu mon frère s'entraîner et que ça avait l'air facile.

Je l'ai dit au prof, mais il a pris la tête que font les grands quand ils ne me croient pas.

Alors je lui ai montré.

Comme je n'avais jamais fait l'enchaînement en vrai j'ai fermé les yeux pour revoir les mouvements dans ma tête en même temps que je les faisais et, même si j'ai perdu une ou deux fois l'équilibre, j'avais raison ; c'était facile.

Quand j'ai fini mes cent huit mouvements, j'ai ouvert les yeux et j'ai vu que le prof faisait une drôle de tête.

Je lui ai demandé s'il était malade, parce qu'il avait la bouche grande ouverte et les bras ballants.

Il m'a dit que « non » mais qu'il était « sur le cul ».

Là, j'ai compris qu'il n'allait pas bien du tout parce qu'il était debout, et pas assis, et qu'on ne peut pas être sur ses fesses en étant debout.

C'est logique.

Alors il a précisé que ce qu'il voulait dire c'est que c'était « incroyable » ; mais là aussi c'était idiot, parce que ce qui est « incroyable » c'est « ce qu'il est impossible de croire » (comme les contes avec des fées et des animaux qui parlent). Là il était obligé d'y croire vu que je venais de le faire sous ses yeux. Je le lui ai expliqué en parlant très lentement, mais il a rigolé et a encore précisé que ce qu'il voulait dire c'était que, lui, il lui avait fallu des années de pratique avant de maîtriser l'enchaînement des cent huit mouvements avec autant de précision, alors me voir effectuer ma démonstration avec presque aucune erreur ça l'avait surpris.

C'était plus logique, mais c'était mauvais signe sur ses capacités. S'il lui avait fallu autant de temps pour maîtriser un truc aussi simple, j'en ai déduit qu'il ne devait pas être très doué et je lui ai demandé si je ne pouvais pas avoir quelqu'un d'un peu plus professionnel pour me préparer au combat, parce que j'avais une bataille importante et que c'était un peu urgent car il fallait que je sauve maman.

À ce moment-là, il avait vraiment l'air de ne plus rien comprendre du tout et il a voulu que je lui précise de quelle bataille je voulais parler. C'est ce que j'ai fait, mais il a encore fait sa tête toute bizarre avec sa bouche ouverte et ses yeux dans le vide et il m'a demandé « ce que j'entendais exactement par sauver maman de Sabots marron *», ce à* *quoi j'ai répondu que « je n'avais pas de problème d'audition et que j'entendais la même chose que lui ».*

Cette fois-ci il n'a pas rigolé. Il s'est passé les mains sur le visage en soupirant et m'a avoué qu'il ne comprenait rien du tout à ce que je lui racontais.

Maintenant je sais pourquoi mon frère est si idiot, avec des profs pareils rien d'étonnant, alors j'ai tout repris très lentement pour que ça soit clair. À la fin, quand le prof de Gus a compris que quelqu'un mettait un produit dans le goutte-à-goutte de maman, il avait l'air très en colère mais son intelligence semblait être revenue parce que le plan qu'il a mis au point est vraiment excellent.

Donc :

1 : Trouver un vrai maître de guerre.
2 : Dire à Sara que le plan a changé.

une anguille dans une miche de pain

– Bon alors ? Tu trouves quelque chose ou pas ? Moi qui croyais que tu étais un as en informatique, le Mozart du piratage ! Je suis hyper déçu Néné.

Nous étions assis dans ma chambre depuis plus d'une heure à chercher pour la cinquantième fois des renseignements dans l'ordinateur de mon père. Néné avait finalement réussi à ouvrir tous les fichiers, mais nous n'étions pas plus avancés. Malgré tous nos efforts nous n'avions pas réussi à trouver le début d'une piste concernant le fameux « Livre » dont me parlait papa dans mes rêves et dont j'étais censé me souvenir.

Comme en écho à mes sombres pensées, Néné se mit tout à coup à ronchonner :

– En même temps tu me demandes de trouver un LIVRE. T'es gentil mon pote, mais y a que ça des références à des livres dans l'ordi de ton père. Des vieux livres, des gros livres, des p'tits livres, des livres, des livres et encore des livres... comment tu veux que je trouve le tien alors que tu ne sais même pas de quoi il parle ? C'est pire que de chercher une anguille dans une miche de pain !

« Une anguille dans une miche de pain. » C'était quoi encore cette expression pourrie ?

– On dit « une aiguille dans une meule de foin », Néné, rétorquai-je un brin agacé.

– Ouais, ben c'est pareil. T'as compris ce que je voulais dire non ? Et puis c'est pas d'être meilleur que moi en vocabulaire qui t'aide à trouver ton bouquin, alors c'est pas la peine de te la ramener avec ta culture !

Et voilà, je l'avais vexé !

– Désolé. C'est juste que j'en ai plein le cul de ne rien faire. Ça fait plus d'un mois qu'on tourne en rond sans avancer d'un pouce alors que les Autodafeurs marquent des points tous les jours, soupirai-je en guise d'excuses.

Néné me fit signe de laisser tomber. Il faut dire qu'il était bien placé pour comprendre la situation. Depuis les événements de la chapelle il vivait quasiment chez nous et avait suivi les derniers rebondissements de l'affaire en même temps que moi ; il se rendait compte que la balance ne penchait pas en notre faveur.

Depuis que les Autodafeurs nous avaient volé les archives de Sainte-Catherine et malgré le Code Noir lancé par maman, les membres de la Confrérie se faisaient attaquer les uns après les autres aux quatre coins du monde. En apparence ces attaques passaient pour des faits divers sans aucun lien : une école brûlée en Afrique par des rebelles, un monastère pillé par des extrémistes en Asie, une famille d'ethnologues portée disparue dans une réserve indienne, le naufrage inexpliqué d'un groupe de scientifiques au large de l'Arctique ; sans compter les divers cambriolages et les agressions qui ne faisaient pas la une des journaux mais où DeVergy reconnaissait chaque jour les noms de membres de la Confrérie.

Bref, pendant que nous étions collés à Sainte-Catherine sous la surveillance constante du Négrier et des Montagues, aussi impuissants que des huîtres sur leur rocher face à la marée montante, les livres de la bibliothèque d'Alexandre que la Confrérie avait réussi à cacher pendant vingt-cinq siècles passaient peu à peu aux mains des Autodafeurs.

Pendant ce temps-là, moi, je bossais mon brevet des collèges, jouais au chat et à la souris dans les couloirs pour éviter Marie-Lou, tout en cherchant un hypothétique Livre dont je rêvais la nuit !

Il y avait de quoi être frustré. Jamais je ne m'étais senti aussi inutile.

– Dis donc, tu as pensé à demander à ta sœur ? me questionna Néné en levant la tête de son clavier.

– Césarine ?

– Ben oui, t'en as une autre peut-être ?

Non, je n'en avais pas d'autre mais c'est vrai que ces derniers temps je ne la voyais pas souvent. Depuis que maman était dans le coma elle passait son temps à l'hôpital et quand je la croisais dans l'appartement je n'écoutais son charabia que d'une oreille distraite.

– Tu sais, ajouta Néné, plus j'y pense plus cette histoire de Livre avec un L majuscule me fait penser à ta sœur.

– C’est-à-dire ?

– Tu sais, avec la manie qu’elle a de tout appeler par son nom : son hamster qui s’appelle Hamster, son poisson qui s’appelle Poisson… ce serait bien son style d’appeler un livre « Livre ». Tu ne crois pas ?

– Ouais ce n’est pas faux, ai-je admis, un peu vexé de ne pas y avoir pensé en premier.

Je jetai un regard vers ma montre. Il était déjà 19 heures et Césarine devait être rentrée de l’hôpital. Aussi bizarre que soit l’idée de Néné, ça valait tout de même le coup d’essayer.

– Viens, on va la voir avant que tu rentres chez toi. À cette heure-là elle doit être au dojo.

– Qu’est-ce qu’elle fout là-bas ? m’interrogea Néné tout en éteignant l’ordi.

Ça c’était le grand mystère du mois, mais j’essayai tout de même d’avancer une réponse.

– Depuis que ma sœur a découvert Sun Tzu, elle a décidé qu’elle était une « Artiste de guerre » et a demandé à DeVergy de l’initier aux arts martiaux.

Néné faillit en avaler sa langue.

– Tu déconnes ?! Césarine, cette crevette à couettes qui veut devenir le nouveau Jackie Chan ! Et puis d’abord, c’est quoi Fun Chou ? Un nouveau légume qui fait rigoler ? Parce que, s’il est capable de transformer ta sœur en moine shaolin péteur, moi, j’en mange tout de suite, s’esclaffa Néné.

– Pas FUN CHOU, SUN TZU, patate ! Et ce n’est pas un légume mais un officier chinois du IVe siècle avant Jésus-Christ qui a écrit un traité sur l’art de la guerre, tentai-je de lui expliquer.

Néné secoua la tête en rigolant.

– Putain, elle lit vraiment n'importe quoi ta sœur. Et elle y comprend quelque chose au moins ?

– Faut croire que oui… c'est même devenu son livre de chevet et il ne se passe pas une journée sans qu'elle nous bassine avec ses citations à la con.

Tout en discutant, nous étions arrivés devant la porte du dojo où nous avons été stoppés par des hurlements à vous glacer le sang.

– Heu… c'est normal ça ? demanda Néné pas trop rassuré.

Je n'en savais rien, mais la seule façon d'en avoir le cœur net était encore d'ouvrir la porte… ce que je fis avec la plus grande prudence.

– Ben merde alors, s'exclama Néné en découvrant la scène se déroulant sur le tatami.

Pour une fois, il n'y avait rien à reprocher à son choix de vocabulaire vu que le spectacle en question défiait toute description rationnelle.

Tournant autour de DeVergy comme un lutin survolté, Césarine, un bâton de kendo raccourci à la main, fendait, attaquait, parait, pirouettait avec la maestria d'un guerrier accompli en ponctuant chacune de ses charges d'un hurlement plus violent que ceux d'une joueuse de tennis en finale de Roland-Garros.

Le plus hallucinant était sans doute qu'elle faisait tout ça sans avoir enlevé sa robe plissée et ses socquettes blanches, alors que DeVergy combattait en kimono noir traditionnel. On aurait dit un de ces films japonais totalement déjantés où des gamines en uniforme d’écolières mettent la pâtée à des monstres en plastique thermoformé.

Indifférente à notre présence, Césarine a continué son violent ballet pendant cinq bonnes minutes avant de déposer son bâton au sol et de saluer DeVergy d’une inclinaison du buste rigide dans la plus pure tradition asiatique.

Si je n’avais pas été retenu par la peur du ridicule je me serais probablement pincé pour être sûr d’être éveillé.

– Rappelle-moi d’être toujours d’accord avec ta sœur, Gus, me murmura Néné totalement abasourdi.

Je hochai la tête mécaniquement avant de m’avancer dans la pièce pour tenter de comprendre ce qui se passait ici.

– C’est quoi ce cirque ? lançai-je à Marc sans préambule.

– Mais enfin, Gus, ce n’est pas du cirque, me répondit ma sœur du tac au tac. Tu vois bien que c’est du kendo.

Je me retournai vers elle.

– Oui, ça j’ai bien vu. Mais ce que j’aimerais savoir c’est pourquoi le seul adulte de cette maison t’apprend à te battre alors qu’il a promis à maman de te protéger !

J’étais furax. Mon père était mort, je n’avais pas réussi à sauver mes grands-parents, ma mère était dans le coma et voilà que DeVergy se mettait en tête d’impliquer ma sœur dans notre guerre.

Pour reprendre une des expressions de Césarine : c’était vraiment n’importe quoi !

Debout sur le tatami, les mains passées dans les manches de son kimono noir, Marc me contemplait avec sérénité tout en secouant doucement la tête avec l'air du type qui me préparait une grosse leçon de morale. Et c'est probablement ce qui se serait passé si Néné n'était pas venu mettre son grain de sel dans la conversation pile à ce moment-là.

– Trop cool la tenue m'sieur. Avec votre bâton on aurait dit un jedi unplugged, lui lança-t-il en mimant un combat. Hé, Césarine, attention de ne pas te transformer en Dark Vador !

J'aurais voulu l'arrêter mais il était trop tard. Les deux mains plaquées sur la bouche, Néné s'avança vers ma sœur en chuintant la célèbre réplique :

– Chhhh, pffff, chhhhh, pffff… Césarine, je suis ton pèèèère !

Non mais franchement, quel crétin ! Pour le coup il aurait presque mérité de s'en prendre une. Mais Césarine en décida autrement.

– Néné, tu dis n'importe quoi. D'abord tu ne peux pas être mon père parce que tu es trop jeune. Ensuite je te rappelle que j'ai déjà un père. Sauf qu'il est mort.

Celle-là il ne l'avait pas volée et le rouge lui monta aux joues en moins d'une seconde. Mais le mal était fait et avant qu'il puisse s'excuser ma sœur lui tourna le dos et quitta le dojo.

journal de Césarine

Aujourd'hui mon frère et son ami Néné sont venus me déranger au dojo pendant ma leçon de kendo.
C'était malpoli, d'autant qu'ils ont fait cette même tête d'idiots que le prof la première fois que j'avais fait du tai-chi-chuan. Celle avec la bouche ouverte et les yeux tout vitreux.

*Franchement il y a des jours où je me demande pourquoi c'est Sara qui est traitée d'*attardée*. Sara, elle, quand je lui ai montré ce que je savais faire, elle n'a pas fait cette tête idiote et elle n'a pas trouvé ça bizarre. Au contraire, elle a tapé dans ses mains et s'est mise à sautiller partout avec moi en disant que j'étais « une grande danseuse ».*
Bon, le kendo ce n'est pas tout à fait de la danse mais je ne l'ai pas reprise, parce qu'en y réfléchissant bien tant qu'il n'y a pas d'adversaire en face de toi ça y ressemble beaucoup. Sauf qu'il n'y a pas de musique, mais je sais que Sara s'en fiche parce qu'elle a toujours une jolie musique dans la tête. Je le sais parce que c'est elle qui me l'a dit; même que je pense que c'est une des raisons qui font qu'elle sourit tout le temps.

Il n'empêche que Gus et Néné, eux, ils m'ont regardée comme s'ils ne me reconnaissaient pas. Mon frère a même parlé de cirque pendant que son copain me disait qu'il était mon père en faisant de drôles de bruits avec sa bouche. Un moment j'ai pensé qu'il était malade, mais mon frère m'a expliqué ensuite que Néné imitait juste un personnage de film.

N'importe quoi !

De toute façon mon cours était terminé, alors je suis retournée dans ma chambre pour me changer.

Enfin, pas me changer moi, *car ce n'est pas possible, mais changer mes vêtements parce que j'avais transpiré et que je n'aime pas avoir une odeur sur moi.*

J'ai donc enlevé mes habits sales que j'ai mis dans la panière, j'ai pris une douche de quatre minutes et je me suis rhabillée avec les mêmes vêtements, mais propres.

Ça n'a pas été long parce que de toute manière je m'habille toujours pareil, ce qui est pratique parce que je ne perds pas de temps à choisir. Dans mon armoire, j'ai un seul modèle de robe, de chaussettes, de chemisier et de gilet mais en sept exemplaires pour avoir le temps de les laver parce que je me change tous les jours. L'été tout est en coton et l'hiver tout est en laine.

C'est pratique et moi, j'aime quand c'est pratique.

Au bout d'un moment, Gus est venu dans ma chambre. Il n'avait plus sa tête d'idiot, par contre il avait l'air un peu gêné. Je le sais parce qu'il tripotait le bas de son tee-shirt et que quand il fait ça c'est qu'il est embêté.

Un jour où j'avais demandé à mamie pourquoi mon frère faisait toujours ça, elle m'avait répondu qu'il avait un tic.

Ça m'avait fait peur parce que j'avais cru qu'il avait attrapé le même parasite que le chien du voisin.

J'avais demandé à mamie pourquoi est-ce que Gus ne se grattait pas, mais elle m'avait expliqué que mon frère avait UN tic, pas UNE tique, et que ce n'était pas pareil. Un tic c'est quand on fait quelque chose sans s'en rendre compte dans une situation bien précise, donc ça n'a rien à voir avec un parasite suceur de sang mais c'est pratique parce que ça m'aide à savoir ce que ressentent les gens. Par exemple, en plus de mon frère qui tripote ses vêtements quand il est gêné, je sais que Néné fronce les sourcils quand il ne comprend pas ce qu'on lui dit et que la grande sœur de Sara se passe la main dans les cheveux quand Gus la regarde. Mais celui qui a le tic le plus bizarre c'est Marc DeVergy : à chaque fois qu'on lui parle de maman, il caresse un tatouage situé sur l'intérieur de son poignet droit. Sauf que ce tic, je ne sais pas trop ce qu'il signifie.

Donc, mon frère tripotait son tee-shirt et ça voulait dire qu'il était gêné et j'ai attendu qu'il me dise pourquoi.

Ça n'a pas été long.

Il a dit qu'il était « désolé d'avoir réagi comme un idiot » mais qu'il avait été « surpris » que je pratique le kendo. J'ai répondu que c'était « normal » parce que j'étais une Artiste de guerre et que je devais sauver maman de Sabots marron. Mais comme il ne savait pas de quoi je parlais il a recommencé à faire sa tête toute bizarre et il a fallu que je lui explique ce qui se passait à l'hôpital et le plan que nous avions préparé avec Sara et Marc DeVergy pour sauver maman.

La seule chose qu'il a trouvé à dire ça a été « merde alors », ce qui est tout de même idiot, mais il a promis de *continuer à faire « comme si de rien n'était » pour ne pas tout gâcher. Il a même ajouté qu'il allait « croiser les doigts pour que ça marche » et, même si je n'ai pas compris en quoi se mettre l'index sur le majeur allait nous aider, j'ai fait semblant d'être d'accord avec lui pour qu'il me laisse tranquille.*

Malheureusement, il avait encore quelque chose à me demander. Il voulait savoir si papa m'avait parlé d'un livre.

Là j'ai vraiment été très inquiète pour mon frère, parce que vu que papa était conservateur à la Bibliothèque nationale il parlait tout le temps de livres.

Mais Gus a précisé qu'il s'agissait d'un livre bien particulier, parce qu'il n'avait pas de titre et que papa l'appelait « le Livre », avec une majuscule.

Là c'était plus clair, alors j'ai dit à Gus que je le connaissais (le Livre, pas mon frère, parce que ça c'est évident) et il m'a demandé si je savais où il était (là aussi il parlait du Livre, pas de lui, sinon c'était idiot).

J'ai répondu que oui, vu que c'était moi qui l'avais caché après la mort de papa. Et il a recommencé à faire une drôle de tête.

Alors j'ai dû tout lui expliquer en reprenant du début.

Que papa avait dit « de cacher le Livre s'il lui arrivait quelque chose et de le donner à Auguste quand il serait prêt ».

« Mais prêt à quoi ? » a dit mon frère.

Justement je ne le savais pas et c'est pour ça que je ne lui avais pas donné.

Il a voulu savoir ce qu'il y avait dans le Livre, sauf que je ne pouvais pas le lui dire vu que je ne l'avais pas lu et qu'il n'avait qu'à aller le chercher.

Il a demandé : « Où ? »

J'ai dit : « À la Commanderie. »

Et là mon frère a soupiré très fort, parce qu'avec son bracelet électronique ça risquait d'être compliqué.

Donc :

1 : Aller chercher le Livre de papa pour Gus.

2 : Essayer de voir le tatouage sur le poignet droit du prof.

de retour dans la course

À ce stade j'en avais vraiment marre. Non seulement j'étais toujours le dernier au courant mais en plus, à cause de ce maudit bracelet, je ne pouvais même pas aller chercher mon Livre.

Dire que j'étais frustré aurait été très en dessous de la vérité.

Je bouillonnais de rage.

Aussi, quand l'interphone se mit à sonner avec insistance sans que personne ne se déplace pour répondre, j'aboyai littéralement dans le combiné avec autant de bienveillance qu'un skinhead en manque de bière. Secrètement je pense que j'espérais que BG soit derrière la porte pour pouvoir me défouler un peu. Manque de bol, lorsque je tirai la porte, prêt à en découdre, je tombai nez à nez avec… Isabelle.

– Heu, désolée de te déranger mais Césarine a oublié son sac chez nous et maman m'a demandé de passer lui rendre, me dit-elle d'un air gêné en me tendant le petit sac à dos « Monsieur-Madame » de ma sœur.

Césarine, oublier quelque chose ?! C'était juste aussi crédible que d'affirmer avoir vu Ben Laden mixer avec David Guetta et j'ai compris aussitôt que ma futée de petite sœur avait dû comploter pour forcer Isabelle à venir me voir.

Depuis mon arrestation, c'était la première fois que je me retrouvais seul à seul avec elle. Ce n'était pas faute d'avoir essayé mais comme, pour elle, j'étais devenu le sale type qui avait cassé la gueule de son copain avant de lui voler sa voiture, elle avait des circonstances atténuantes.

Il fallait que je saisisse l'occasion que m'offrait ma sœur pour tenter de rétablir un peu la balance en ma faveur.

– Tu veux entrer et le donner à Césarine ? Ça lui ferait plaisir de te voir, dis-je en m'effaçant pour la laisser passer.

Plantée sur le seuil, Isabelle hésitait et je dois dire que c'était la plus jolie hésitation qu'il m'ait été donné de voir. La tête penchée sur le côté, ses cheveux bruns dégoulinant sur son épaule gauche, son expression était songeuse. Ses sourcils se froncèrent jusqu'à faire naître quelques rides au-dessus de son nez, tandis que sa bouche se courbait en une moue délicieuse contrastant avec la sévérité de son regard.

Je devais absolument la convaincre de rester. Ainsi, avant qu'elle ne décide que je n'en valais pas la peine, je lançai la conversation sur le sujet qui passionnait les filles du collège, à savoir : LE bal.

– Tu as trouvé ta robe pour samedi ?

Bon, j'avoue, c'était un peu naze comme question, d'autant que pour moi elle pouvait bien s'habiller d'un sac-poubelle ça ne l'empêcherait pas d'être la plus belle, mais je n'avais pas trouvé d'autre idée... tout ça parce que c'était une fille.

Oui je sais, c'était très con.

Mamie m'aurait traité de macho, ma sœur m'aurait traité d'idiot et la réponse cinglante d'Isabelle me prouva qu'elles auraient eu raison toutes les deux.

– Qu'est-ce que ça peut bien te faire !? Il me semble que tu as déjà une cavalière, non ?

Zut, je m'étais planté dans les grandes largeurs.

– Oui, enfin disons plutôt que je rends service à Néné, m'exclamai-je pour rétablir la vérité.

Elle a eu l'air surprise.

– Comment ça ? Tu vas bien au bal avec Marie-Lou que je sache, pas avec Néné !

– Justement, je vais au bal avec Marie-Lou pour que Néné puisse y aller avec sa sœur. C'est ça le deal, expliquai-je piteusement.

Je ne sais pas si ce fut ma tête ou la manière que j'avais eue de lui raconter mes malheurs, mais Isabelle éclata de rire.

– Je ne le crois pas. Tu t'es fait piéger par Marie la Louve comme un débutant, hoqueta-t-elle entre deux fous rires. Quand je pense qu'elle raconte partout que tu l'as suppliée d'accepter ton invitation et que Le Négrier a été obligé de te faire la morale pour que tu arrêtes de la coller... je comprends mieux pourquoi tu te la joues discret dans les couloirs, conclut-elle en s'essuyant les yeux.

Là j'avais certainement raté une étape.

– Pourquoi tu l'appelles « Marie la Louve » ?

– Tout le monde l'appelle comme ça parce que tous les ans elle se fixe une proie et ne la lâche pas tant que le pauvre type n'a pas craqué. C'est une vraie chasseuse et elle est prête à tout pour parvenir à ses fins. Ne te fie pas à son air niais, cette fille c'est une tueuse et il n'y a vraiment qu'un petit nouveau comme toi pour se faire avoir. Néné ne t'a pas prévenu ?

– Non, grognai-je avec aigreur, il m'a même poussé dans ses bras pour les beaux yeux de Jessica.

– En même temps il s'est puni tout seul. Jessica est la pire des pestes du collège et elle va lui en faire baver, prédit Isabelle. D'ailleurs tu n'as qu'à aller voir ce qu'elle balance sur Facebook et tu comprendras qu'elle a déjà commencé sa mise à mort.

Je serais bien allé vérifier, mais ma page perso était toujours au point mort.

Depuis mon arrivée à Sainte-Catherine mes seules demandes d'amis avaient été Néné et Isabelle, mais comme celle-ci m'avait viré de sa page après ma condamnation je n'avais plus accès aux potins du collège.

Un peu honteux je lui expliquai le problème et, malgré un temps d'hésitation, Isabelle se proposa de m'aider.

– Je te renverrai une invitation si tu veux, dit-elle en entortillant une mèche de ses cheveux autour de son index. Mais attention, ne va pas croire que j'excuse ton attitude envers BG, ajouta-t-elle illico en avisant le grand sourire que je n'avais pas pu m'empêcher d'afficher.

Tant pis pour la mise en garde, j'avais réussi mon coup au-delà de mes espérances. Isabelle ne me faisait plus la gueule et j'avais à nouveau des raisons d'espérer. Entre ça, le plan de Césarine pour sauver maman et l'espoir de mettre bientôt la main sur le Livre de papa, il n'y avait plus de doute : j'étais de retour aux affaires !

Une heure après, j'ai cliqué sur sa demande d'ami et me suis mis à surfer sur son mur.

Comme elle était liée avec tout le collège et que la majorité de ces crétins ne protégeaient pas leur profil, j'ai pu accéder à tous les bla-bla agitant Sainte-Catherine et le moins que je puisse dire c'est que ce n'était pas la joie. Sacha Guitry avait beau dire : « Peu importe ce que l'on dit de moi du moment qu'on parle de moi », là j'avoue que c'était limite. Entre la campagne de lynchage menée contre moi par BG et celle contre Néné orchestrée par Jessica, nous étions incontestablement devenus les deux stars de Facebook.

J'avais toujours rêvé d'être populaire… J'y étais enfin parvenu, mais je n'étais pas certain d'aimer l'image de moi que cela renvoyait. Au fil des pages j'ai découvert que des dizaines de clichés de Néné et moi, plus pourris les uns que les autres, s'affichaient sur les murs avec des commentaires aussi peu flatteurs que correctement orthographiés.

Sur l'un d'eux, visiblement pris à la cantine avec un portable, j'apparaissais la bouche ouverte en train de cracher des morceaux de pomme de terre. J'avais les yeux exorbités et le visage tout rouge.

J'avais l'air d'un dingue.

Le pire c'est que je me souvenais très bien de ce moment. J'avais avalé de travers en voyant BG mettre le bras autour de la taille d'Isabelle et j'avais failli m'étouffer.

Je ne savais pas qui était ce Manu qui avait posté la photo, mais c'était vraiment dégueulasse d'autant qu'en commentaire il avait ajouté : « Si toi aussi tu panse que se mec a l'R d'un conar clic j'aime. » 162 personnes avaient liké.

J'étais effondré.

Heureusement, mon passage sur Facebook a au moins eu un résultat positif : j'ai enfin pu reprendre contact avec Bart auquel je n'avais pas réussi à parler depuis notre évasion de la clinique.

Même si on avait tout fait pour le laisser à l'écart (j'étais même allé jusqu'à dire aux enquêteurs que je l'avais menacé pour l'obliger à m'accompagner), ses frères n'y avaient cru qu'à moitié et le maintenaient sous une surveillance constante.

À chaque fois que Néné ou moi avions tenté de l'approcher nous avions vu débarquer Conrad, Guillaume ou BG pour nous empêcher de lui parler.

J'avais bien envisagé de lui passer un message par mail ou par Facebook, mais Néné me l'avait fortement déconseillé en me disant que ses frères surveillaient certainement ses messages et que le jeu n'en valait pas la chandelle (enfin… la chamelle dans la version Néné).

Bref, nous étions dans une impasse et c'est en ouvrant Facebook que je remarquai tout à coup qu'à côté de l'invitation d'Isabelle m'attendaient deux autres demandes.

Même si j'étais super énervé par ce que je venais de découvrir sur le fil d'actu, je ne résistai pas à l'envie de savoir qui pouvaient être ces « nouveaux amis » potentiels.

La première invitation, que je m'empressai de rejeter d'un clic gauche dégoûté, venait de Marie-Lou.

La deuxième était plus surprenante, car sous une photo de profil représentant un livre et une épée s'étalait le nom d'Athos. Évidemment je ne connaissais personne de ce nom-là, mais le pseudo étant une référence limpide aux *Trois Mousquetaires* je me doutai bien de ce qu'il pouvait cacher.

Je cliquai et, sans surprise, je tombai sur un message de Bart.

« J'ai des news RDV sur FT à minuit. »

Oups… le message datait de plus d'une semaine. Je n'avais plus qu'à espérer que Bart n'avait pas abandonné et que Néné pourrait m'expliquer ce que c'était que ce « FT ».

journal de Césarine

Regarder maman allongée au milieu de tout ce blanc et de ces machines qui bipent et qui clignotent, c'est bizarre. Même si je sais qu'elle est vivante, c'est comme si elle ne l'était pas vraiment et je me dis que ce serait mieux si c'était moi qui étais à sa place parce que, pour moi, ça ne changerait pas grand-chose à ce que je suis d'habitude.

Sabots roses m'a expliqué que le coma était un état végétatif où les fonctions du corps sont en sommeil, mais qu'il y avait de nombreux témoignages de personnes qui disaient avoir senti leurs proches les toucher et leur parler.

Ça m'a fait penser à moi, parce que c'est souvent ce que je ressens, cette impression d'être enfermée dans mon corps et d'entendre les autres sans réussir à communiquer avec eux. Moi aussi j'ai des « fonctions en sommeil » et j'ai du mal à « ressentir » les choses.

Aujourd'hui j'ai remis la main sur la poitrine de maman comme Sara m'avait montré ; j'ai senti son cœur qui battait et j'ai pensé qu'elle me manquait.

Sauf que c'était idiot vu qu'elle était là.

J'ai réfléchi et j'ai compris que ce qui me manquait ce n'était pas elle, vu qu'elle était là, mais son rire, ses colères, ses sourires, sa manière de chanter très faux des chansons stupides. Alors j'ai eu envie très fort qu'elle revienne... mais c'était idiot vu qu'elle était là et j'ai commencé à avoir mal à la tête.

J'ai laissé ma main sur sa poitrine et j'ai compté les battements de son cœur et, tout à coup, j'ai pensé à l'histoire de la Belle au bois dormant où un prince charmant réveille la princesse en l'embrassant. C'était idiot parce que c'est un conte avec des fées et des dragons, ce qui est la preuve que c'est impossible.

Mais j'ai eu envie d'y croire.

Même si c'était idiot et que je ne suis pas un prince charmant et que maman n'est pas une princesse.

Alors j'ai enlevé mes chaussures pour ne pas salir les draps, j'ai grimpé dans le lit et je me suis collée contre maman en la serrant très fort dans mes bras.

Je n'avais jamais fait ça avant et c'était vraiment bizarre. Je pensais à tout ce sang qui coulait dans ses veines, à ses organes qui palpitaient, à ses poumons qui se gonflaient et toute cette vie, là contre moi, ça m'a fait peur. Alors, pour penser à autre chose, je l'ai serrée encore plus fort et je lui ai raconté à l'oreille l'histoire de la Belle au bois dormant, des fées, du dragon et du prince charmant et j'ai ajouté que, même si c'était idiot, il fallait qu'elle y croie un peu parce que j'avais besoin d'elle.

Je suis restée longtemps comme ça, même qu'au bout d'un moment je n'avais plus du tout peur alors j'ai collé mes lèvres contre sa joue et, pour la première fois, je lui ai donné un baiser.

Elle ne s'est pas réveillée, ce qui confirme que les contes sont idiots, mais je sais qu'elle m'a entendue parce que quand j'ai eu fini mon baiser une petite larme chaude et salée a glissé de son œil jusqu'à l'oreiller.

Donc :

Les contes de fées ne sont, peut-être, pas complètement *idiots.*

FaceTime

– C'est pas compliqué. Tu te connectes, tu cliques sur FaceTime, t'attends que ça sonne et voilà.

Pour être sûr de ne pas rater Bart j'avais convoqué mon spécialiste en monde moderne, alias Néné le geek, et là allongé sur mon lit il me donnait un cours accéléré de communication du XXIe siècle… non sans rouler des yeux effarés devant mon ignorance crasse. Heureusement que je ne lui avais pas avoué que je n'avais jamais entendu parler de FaceTime avant ce soir, sinon je pense qu'il aurait fallu le réanimer.

– Dis donc, Néné, tant qu'on est sur Facebook, tu as vu ce que ta copine Jessica publie sur toi ?

– Évidemment, me répondit-il en haussant les épaules. J'ai installé un mouchard. À chaque fois que mon nom est cité sur le Web, une copie apparaît instantanément sur ma messagerie. Regarde c'est vachement pratique, dit-il en me tendant son smartphone.

Je regardai l'engin bardé de boutons avec autant d'enthousiasme qu'une poule devant un couteau.

– Heu… je te rappelle que je n'ai même pas de téléphone alors ton truc intergalactique, trop peu pour moi.

– C'est vrai, j'avais oublié que mon pote était le seul mec sur cette planète à communiquer en morse et en latin, soupira-t-il en reprenant son portable. Tiens, regarde, t'appuies sur ce petit bouton pour accéder aux messages et, pour les faire défiler, tu utilises ton doigt parce que c'est un écran tactile, dit-il avec le ton d'un instit s'adressant à un gosse de quatre ans.

– Ouais, ça va, je ne suis pas débile non plus !

Non, je n'étais pas « débile » ; j'étais juste totalement déconnecté du monde virtuel dans lequel évoluaient les ados de mon époque. À ma décharge, quand j'ai vu s'afficher sur l'écran les monceaux de merdes collectées par le mouchard de Néné, j'avoue que j'étais plutôt fier de vivre en marge de ce monde de dégénérés.

Ce que j'avais vu sur la page Facebook d'Isabelle n'était que la partie émergée de l'iceberg et la liste des saloperies déversées sur Néné par les chacals du collège n'avait aucune limite. C'était franchement ignoble et je comprenais mieux ces histoires d'ados qui se suicidaient après avoir été pris pour cibles sur le Web.

– Comment tu peux supporter ça ? lui demandai-je, totalement écœuré par ce que je venais de voir.

– Je ne « supporte » pas… je méprise. C'est différent.

– Mais alors pourquoi tu regardes ? T'es maso ou quoi ? Ce ne serait pas plus simple de te déconnecter ?

– Plus simple mais moins intéressant, objecta-t-il en récupérant son smartphone.

Là je ne comprenais plus. Que pouvait-il bien trouver d'intéressant à se faire crucifier sur la Toile ? Il fallait que je sache, alors je lui ai demandé de m'expliquer.

– Tu ne peux pas comprendre, Gus. Toi, tu existes pour les autres. Tu es beau gosse, bien fringué, bien coiffé. En plus tu viens de Paris, t'as une histoire, une aura. Quand tu passes dans la cour les filles te matent, les mecs te jalousent, les profs se retournent. Moi je n'existe pas, je suis invisible. Alors oui, je sais bien que Jessica est la pire des pouffes et qu'elle n'en a rien à foutre de ma gueule, mais depuis qu'elle a déclenché sa campagne contre moi tout le monde me mate, me prend en photo, parle de moi. Bref, je ne suis plus invisible ; j'existe mon pote et ça, pour un « no life », ça n'a pas de prix.

J'avais du mal à y croire mais, à son échelle, je voyais bien ce qu'il voulait dire. Comme les abrutis de la téléréalité obtenant leur quart d'heure de gloire en montrant le pire d'eux-mêmes au grand public, Néné avait réussi à transformer les pires insultes en semblant de popularité.

J'avais mal pour lui.

– C'est pathétique, mec. Tu ne peux pas te laisser démonter comme ça sans réagir, juste pour que des connards sans intérêt se rendent compte que tu existes ! Tu vaux tellement plus que toutes ces saloperies qu'ils balancent sur toi !

– T'inquiète mon pote, je le sais bien mais ça m'amuse. Sois cool, Gus, comme le dit ta sœur, « ce qui ne te tue pas te rend plus fort ».

– Ouais, eh bien à ce niveau-là tu dois carrément t'être transformé en Superman, grognai-je en suivant sa logique absurde.

J'avais dû dire une connerie, car Néné a sursauté.

– Ah non s'te plaît ! Me compare pas à cette tafiole en collant rouge qui s'évanouit devant le moindre morceau de kryptonite. Moi je suis plutôt Iron Man le génie mégalo de l'électronique. Regarde, dit-il en se frappant la poitrine, j'ai l'humour, le style, la tchatche, l'intelligence et le physique de rêve.

Debout sur mon lit, un bras sur la hanche et l'autre dressé comme pour s'envoler, Néné tournait sur lui-même en faisant mine d'accepter les applaudissements d'une foule en délire.

Avec sa tronche et ses fringues on aurait plutôt dit Kick-Ass… mais je n'allais pas le lui dire. De toute manière il était minuit et sa tablette se mit à sonner.

– Pourquoi ça ne sonne pas sur mon ordi ? m'étonnai-je en contemplant mon appareil silencieux.

– Parce qu'il est pas compatible, banane, alors j'ai ouvert ton compte sur ma tablette, soupira Néné pendant que le visage de Bart s'affichait sur son écran.

– Salut Gus, salut Néné, nous lança celui-ci en agitant deux doigts dans notre direction. Content de vous voir enfin les mecs. Il était temps parce qu'ici ça bouge un max.

– Salut Bart. Content aussi de pouvoir te parler, répondis-je pendant que Néné se contentait d'un petit signe de la main. Ils ne t'ont pas mené la vie trop dure après notre fuite de la clinique ?

Bart grimaça.

– Bon, on ne va pas dire que ça leur a fait super plaisir, mais j'ai l'habitude alors ça va ; et puis te voir péter la tronche de mon frère ça valait carrément le coup.

À travers l'écran, le sourire complice qu'il me lança à l'évocation de ce souvenir commun me fit chaud au cœur ; c'est sûr que le moment où j'avais senti ce gros abruti de BG s'écraser comme une merde sur le sol du parking de la clinique restait un grand moment.

– Le problème, c'est qu'ils n'ont plus du tout confiance en moi. Ils ne me lâchent plus d'une semelle et me tiennent à l'écart de leurs projets ; mais j'ai tout de même réussi à surprendre un truc de dingue, ajouta-t-il.

Bart regarda par-dessus son épaule puis se rapprocha de l'écran avant de reprendre.

– La semaine dernière mon père a eu la visite de plusieurs types. En apparence c'étaient des hommes d'affaires classiques, mais j'en ai reconnu un et ça m'a mis la puce à l'oreille, car ce type n'avait rien à faire chez nous.

– C'était qui ?

– Adam Murphy.

À voir sa tête ce nom aurait dû me faire réagir mais, même s'il me disait vaguement quelque chose, j'avais beau chercher je ne voyais vraiment pas qui c'était.

Par contre Néné, lui, n'avait aucun doute sur son identité, car à peine Bart avait-il prononcé son nom que mon pote se mit à siffler.

– Adam Murphy !!! La vache, t'es vraiment sûr que c'était lui ? Il paraît que depuis le procès que lui a fait la justice américaine il ne sort plus de son île privée et personne ne l'a revu.

Bart opina vigoureusement de la tête.

– J'en suis absolument sûr, parce que mon père a prononcé son nom à table devant nous en se vantant qu'en plus d'être son meilleur client, Adam était désormais son « associé ».

Je n'arrivais toujours pas à me souvenir qui était ce Murphy, mais il mettait Néné et Bart dans tous leurs états.

– Et il fait quoi ton père avec cet Adam Murphy ? demandai-je à Bart histoire de participer un peu à la conversation.

Le problème de FaceTime c'est qu'on voit la tête des gens quand on leur parle, c'est même le principe du truc, et que comme je suis un très mauvais acteur, Bart a tout de suite vu que j'étais complètement largué.

– Pour ce qui est de leur « association », dit-il en mimant des guillemets, je n'en sais rien, Gus, mais c'est vrai que Godeyes la boîte de mon père est son principal fournisseur de photocopieuses et de scanners. C'est même avec des machines inventées par nos ingénieurs qu'il a pu lancer son projet *GoodBooks* à travers le monde ; quand le projet a été stoppé net l'an dernier par la justice américaine, papa a bien failli se retrouver ruiné. Du coup quand j'ai vu l'Américain chez nous j'ai tout de suite compris qu'il se passait quelque chose.

Là c'était plus clair. Je me souvenais parfaitement de cette histoire parce qu'elle avait mis papa dans tous ses états. Adam Murphy était un géant de l'informatique et des nouvelles technologies, un peu comme Bill Gates mais sans le côté sympa et philanthrope. Murphy c'était plutôt le côté obscur du Web, toujours à tremper dans les réseaux louches, à mener des groupes d'influence œuvrant à une libéralisation totale d'Internet dans les pays démocratiques mais aidant en parallèle les dictateurs à verrouiller les réseaux de leurs pays.

Bref, un sale type.

Aussi, quand il y a quelques années il avait monté le projet *GoodBooks* en voulant se faire passer pour le nouvel Alexandre, de nombreuses associations avaient-elles vu rouge.

Sur le papier son projet était pourtant séduisant. Il s'agissait de scanner la totalité des ouvrages mondiaux pour en permettre un libre accès à tous les internautes. Un genre de bibliothèque numérique ouverte au monde entier. Au début, de nombreuses universités et bibliothèques réputées s'étaient montrées très enthousiastes, car Adam Murphy avait bien sûr mis en avant les bénéfices d'une telle entreprise : une plus grande égalité d'accès aux connaissances, une plus large diffusion du savoir, la culture en accès direct pour l'humanité... bref, un projet au croisement de l'*Encyclopédie* des philosophes des Lumières et de la bibliothèque universelle d'Alexandre le Grand.

Du coup, en quelques années, son entreprise avait réussi à numériser les plus grandes bibliothèques mondiales comme celles d'Oxford, d'Heidelberg ou du Vatican et se vantait de posséder plus de 20 millions d'ouvrages.

Sauf que rapidement des voix avaient commencé à soulever les problèmes que suscitait un tel projet, comme la protection des droits d'auteur ou la préservation de notre vie privée. Certains se demandaient même si nous n'allions pas tous nous retrouver fichés en fonction de nos choix de lectures.

Le Congrès américain avait lancé une enquête, les gouvernements allemand et japonais avaient interdit la numérisation de leurs auteurs, même les Chinois avaient lancé leur propre agence de numérisation pour contrer *GoodBooks*.

En France, mon père avait été à la tête de la fronde des conservateurs de la Bibliothèque nationale qui refusaient de laisser numériser leurs ouvrages, mais des milliers de livres avaient été scannés avant que notre pays décide enfin de stopper *GoodBooks* au nom du très français « principe de précaution ».

Depuis le procès qu'ils avaient perdu aux États-Unis, cela faisait près d'un an que les scanners fournis par Godeyes à Adam Murphy dormaient dans toutes les bibliothèques du monde en attendant que leurs avocats trouvent un accord pour reprendre les numérisations.

Bart avait raison, depuis que nous avions découvert que sa famille s'était alliée aux Autodafeurs il était évident que la venue d'Adam Murphy chez les Montagues ne laissait rien présager de bon.

– Et tu sais ce qu'ils préparent exactement ? lui demandai-je.

– Pas vraiment. Mais j'ai surpris une conversation où ils parlaient de relancer *GoodBooks* grâce à une surprise qu'ils appellent « la XIe plaie d'Égypte ».

– Et c'est quoi ce truc ?

– Je n'en sais rien, mais ils parlaient de « tests concluants en labo » et comme le principal laboratoire de mon père est dans les sous-sols de la maison je vais essayer d'en savoir plus.

À ce moment-là Bart s'est retourné avant de nous murmurer d'un ton inquiet :

– J'entends quelqu'un. Je vous contacte dès que je peux.

Et il a coupé.

journal de Césarine

Aujourd'hui nous avons mis à exécution la première partie de notre plan pour sauver maman.

Pour commencer nous avions besoin de nous procurer du matériel, alors avec Sara nous sommes allées devant le local des infirmières, où elles gardent les médicaments et tous leurs produits. Pour pouvoir rester là toutes seules, nous avons dit que nous attendions sa maman.

C'était un mensonge, car nous savions qu'elle venait de commencer sa « ronde » et qu'elle en avait pour un long moment.

Une « ronde », pour une infirmière, ça veut dire qu'elle fait le tour des chambres pour s'occuper des malades, pas qu'elle donne la main aux autres infirmières pour danser en rond en chantant parce que ça, même si ça ferait sûrement plaisir à Sara, ce serait idiot.

Dès que les infirmières sont parties, Sara a fait le guet pendant que je fouillais dans les placards. La plupart étaient fermés à clé et j'ai eu peur de ne pas trouver ce dont nous avions besoin, mais les poches de sérum ne doivent pas être considérées comme « dangereuses » car elles étaient dans un placard ouvert.

J'ai bien regardé les étiquettes pour être certaine de ne pas me tromper et j'ai sélectionné celles qui étaient identiques aux poches accrochées sur le goutte-à-goutte de maman. J'en ai pris trois pour que ça ne se voie pas trop et je les ai cachées dans mon sac à dos « Monsieur-Madame ». Il était temps, car juste à ce moment-là Sara s'est mise à gazouiller.

C'était le signal pour dire que quelqu'un arrivait, alors on est vite retournées dans la chambre de maman.

La suite était plus compliquée mais j'étais confiante, car j'avais repassé des dizaines de fois notre stratégie dans ma tête. Aucun détail n'avait pu m'échapper et j'étais certaine que nous allions réussir, car comme l'écrit Sun Tzu : « Également instruit de ce que vous pourrez et de ce que vous ne pourrez pas, vous ne formerez aucune entreprise qui ne puisse être menée à bonne fin. »

Depuis quelques jours, grâce à l'aide de Sara et du prof de mon frère, nous nous étions relayés pour noter les heures de passage de Sabots marron. Cet idiot n'a pas lu Sun Tzu, sinon il aurait su que « les habitudes sont les pires ennemies des armées ».

Le prof d'Auguste a même dit que Sabots marron était « réglé comme une horloge » et pour une fois j'ai compris toute seule que ça voulait dire qu'il passait « toujours à la même heure ». C'est sûr que ça nous a simplifié la tâche.

Quelques minutes avant son passage, Sara et moi nous avons donc décroché le goutte-à-goutte de maman et nous l'avons mis dans mon sac à dos que j'ai posé au-dessus de son lit en cachant le tuyau derrière son oreiller. Bien sûr, nous avons fait bien attention de le laisser plus haut que son bras pour qu'il continue à diffuser.

Ensuite nous avons accroché une des poches de sérum que nous avions volées sur le trépied du goutte-à-goutte et nous avons scotché le bout du tuyau sur le bras de maman « comme si » il était piqué dans son cathéter.

Pour que ce soit plus discret on a mis son bras sous le drap, mais de toute façon nous n'avions jamais vu Sabots marron faire autre chose qu'injecter son produit dans la poche de sérum donc nous savions que le risque qu'il découvre notre plan était faible. J'avais calculé les probabilités à moins de cinq pour cent, ce qui est une excellente statistique.

Comme prévu, dès que Sabots marron est arrivé je suis sortie dans le couloir pour qu'il se sente suffisamment en sécurité pour agir, mais Sara est restée dans la chambre pour qu'il ne se sente pas suffisamment en confiance et qu'il agisse vite sans tout vérifier.

Tout était dans le dosage et ça a bien fonctionné.

Il a fait comme si Sara n'existait pas et a piqué la fausse poche de sérum à toute vitesse. C'est exactement ce que nous avions prévu.

Dès son départ, on a réinstallé le vrai goutte-à-goutte et récupéré la poche contenant le produit injecté par Sabots marron. Le prof de Gus doit le faire analyser pour qu'on sache ce que c'est avant de pouvoir passer à la deuxième phase de notre plan.

D'ici là nous allons nous relayer pour que Sabots marron ne puisse plus empoisonner ma maman.

liberté, liberté chérie...

Quand Césarine est rentrée de l'hôpital, elle était super excitée. Elle n'arrêtait pas de répéter que son plan avait marché et que maman allait bientôt se réveiller.

Même si je n'ai pas tout compris à ses histoires de « poche cachée dans les Monsieur-Madame », de Belle au bois dormant et de « Sabots marron qui n'avait pas lu Sun Tzu », ça me faisait tout de même une deuxième bonne nouvelle dans la journée.

– Regarde, Cés, dis-je en tendant la jambe vers ma sœur. Admire ma liberté retrouvée !

Césarine cessa net son babillage.

– Gus. C'est une cheville...

– Je sais bien, mais regarde mieux et dis-moi ce que tu ne vois pas, m'exaltai-je tout à ma joie d'être enfin libre.

Malheureusement, je ne récoltai qu'un froncement de sourcils.

– C'est idiot. Je peux te dire ce que je vois, pas ce que je ne vois pas, m'assena-t-elle en me regardant de travers.

– Mais si ! Regarde, je n'ai plus mon bracelet électronique, je suis un homme LIBRE, braillai-je en écartant les bras à la manière de Leonardo DiCaprio dans *Titanic*.

Ma sœur secoua la tête en soupirant avant de partir dans sa chambre en marmonnant des phrases où les mots « frère » et « idiot » revenaient en boucle.

Si j'avais, enfin, pu être débarrassé de ce fichu bracelet, c'était grâce à DeVergy. Derrière le dos du Négrier il avait réussi à copier mon relevé de notes du brevet avant qu'elles ne soient officielles et mon avocat n'avait eu qu'à les communiquer au juge pour que celui-ci accepte de me faire retirer mon bracelet avec une semaine d'avance.

Depuis que le technicien était passé, je contemplais ma cheville nue comme si c'était la plus belle chose que j'aie jamais vue.

N'empêche, c'est fou comme la liberté m'avait manqué. Je ne m'en étais pas rendu compte avant, mais la frontière entre vivre et survivre ne tient pas à grand-chose. Dans mon cas elle ne tenait même qu'à un morceau de plastique bardé d'électronique.

Ça paraît con, mais les gestes les plus simples de la vie quotidienne commençaient à me manquer. Comme sortir dans la rue ou me balader dans la campagne.

Je n'avais pas de barreaux autour de moi, mais les frontières invisibles du signal électronique m'avaient enchaîné aussi sûrement que des mailles d'acier.

Je crois que chacun de nous devrait faire un jour cette expérience pour savoir quel goût a réellement la liberté et l'apprécier à sa juste valeur.

Moi par exemple, cette expérience avait totalement changé mon panthéon personnel.

Avant, j'admirais Johnny Depp, Neil Armstrong et Winston Churchill. Le premier parce que c'est un putain d'acteur de génie, le deuxième pour l'aventure et le troisième pour l'humour et le courage.

Ouais, je sais, ce sont des héros de vieux et je ne m'en vante pas trop auprès de mes potes qui, eux, sont plutôt fans de David Guetta, Zlatan Ibrahimovic et Jason Statham (quand ce n'est pas carrément un des crétins décérébrés de la téléréalité), mais je vous rappelle que je cumule le double désavantage d'être fils et petit-fils de profs alors j'ai des excuses.

Eh bien, depuis mon expérience carcérale, je voue une totale admiration à Nelson Mandela.

C'est Césarine qui m'avait donné sa biographie un jour où elle en avait marre de m'entendre râler. Au début je n'avais pas bien compris, parce qu'elle m'avait dit que c'était un livre sur la colère. Franchement, je ne voyais pas le rapport. Et puis je l'ai lu et j'ai compris. Vous vous rendez compte que ce type a passé vingt ans dans une prison tellement petite qu'il pouvait à peine s'allonger et que quand il est sorti, au lieu de mettre leur race aux salopards qui l'avaient enfermé, il a choisi de leur *pardonner* ! Ce type, après tout ce qu'il avait subi, il n'avait aucune colère en lui ; c'était pour ça que c'était un héros… et que je ne pourrais jamais en être un.

Du coup, même si sentir ma cheville libre m'a fait un bien fou, ça n'a pas pour autant amélioré mon humeur, car DeVergy a eu vite fait de modérer mes ardeurs. Pour que notre plan d'évasion soit possible il était impératif que les Autodafeurs restent persuadés que nous ne pouvions pas nous échapper ; histoire d'endormir leur méfiance il m'a donc fait fixer le soir même un faux bracelet autour de la cheville.

J'ai eu beau râler il n'a rien voulu entendre ; encore une fois mon rôle se réduisait à « ne rien faire ».

J'en avais vraiment marre d'être mis à l'écart, alors j'ai décidé de faire le mur et ne rien lui dire de notre rendez-vous avec Bart. Marc aurait été capable de m'empêcher d'y aller et ça, je ne l'aurais pas supporté.

De toute manière, qui aurait bien pu me voir à 11 heures du soir ?

Coup de pot, j'avais bien choisi ma chambre ; ma fenêtre donnait pile sur le toit du gymnase et les murs en pierre de Sainte-Catherine comportaient plus de prises qu'un mur d'escalade pour débutant. J'ai enfilé mon jogging noir et un sweat à capuche de la même couleur et j'ai attendu que tout le monde soit couché pour me glisser dehors. Comme prévu ce fut un jeu d'enfant ; à peine trois mètres de descente en varappe et je me posai en silence sur le toit de tôle ondulée du gymnase. Prudent, je suis resté allongé cinq bonnes minutes à scruter la cour et écouter les murmures de la nuit ; mais à part des bruits de fond de télévision, quelques moteurs de voitures et un chien qui jappait tristement quelques rues plus loin je ne détectai aucun signe indiquant la présence d'un ennemi. Il ne me restait plus qu'à rejoindre le plancher des vaches et le tour était joué.

Le hic c'est que le gymnase faisait plus de six mètres de hauteur et que j'aurais eu l'air d'un con si je m'étais cassé une cheville en sautant ; j'ai eu beau faire le tour du toit, la seule possibilité qui s'offrait à moi était de me laisser glisser le long du tuyau d'évacuation de la gouttière en croisant les doigts pour qu'il soit suffisamment bien fixé pour supporter mon poids. De toute manière l'heure tournait, je n'avais pas d'autre choix. Dos au vide, agrippé fermement au rebord du toit, j'ai respiré un bon coup et j'ai lancé mes pieds vers le tuyau ; le choc fut moins rude que ce que je pensais et mes baskets amortirent mon mouvement en silence. Après une courte inspiration j'ai saisi le conduit d'une main, puis de l'autre, et comme un koala collé sur sa branche j'ai débuté ma descente en frémissant à chaque grincement. J'étais encore à trois mètres du trottoir quand une lumière perça les ténèbres de la ruelle à quelques mètres de moi. Je stoppai net ma progression. La lumière se rapprochait lentement et j'entendais un léger grincement assez désagréable qui semblait produit par deux pièces métalliques frottant l'une contre l'autre. En bougeant le moins possible je risquai un œil en contrebas… et soupirai de soulagement.

– Bordel Néné tu m'as fichu la trouille ! J'ai cru que les Autodafeurs se pointaient pour me dégommer ! T'aurais pu prévenir que c'était toi, lui chuchotai-je en finissant ma descente.

– Ben faut savoir ! Tu m'avais dit de pas faire de bruit !

– Parce que tu crois qu'on ne t'entendait pas à des kilomètres ? Je ne sais pas ce que tu branlais avec les vélos mais ça grinçait tellement fort que j'ai cru que c'était RoboCop qui entrait dans la ruelle.

– Ha, ha, très drôle… la prochaine fois c'est toi qui pédaleras avec DEUX vélos et on verra comment tu te débrouilles gros malin, me dit-il un peu vexé en me tendant une bécane.

À défaut d'avoir totalement respecté ma consigne sur le bruit, Néné avait fait un effort pour le côté visuel ; vêtu en noir de la tête aux pieds, il avait même pensé à virer les réflecteurs des vélos… dommage qu'il ait oublié d'éteindre son phare.

– Tu es sûr que personne ne t'a suivi jusqu'ici ? lui demandai-je en scrutant les alentours.

– Certain, mon pote. Ici c'est mon territoire, personne ne peut me surprendre et je peux t'assurer qu'à moins d'être une mouche il est pas né celui qui pourra me suivre sans que je m'en aperçoive, se rengorgea-t-il en bombant le torse.

De toute façon, s'il avait tort, nous finirions bien par nous en rendre compte alors autant le féliciter et se mettre en route rapidement ; Bart nous attendait dans la clairière de la chapelle et nous n'avions plus le temps de traîner.

journal de Césarine

Ça y est, mon frère n'a plus son bracelet à la cheville. Enfin, il a un bracelet mais c'est un faux, ce qui change tout car maintenant il peut à nouveau sortir de Sainte-Catherine à condition de le faire en cachette.

Il était temps, parce qu'il commençait à devenir énervant à se plaindre toute la journée.

Personnellement je n'ai jamais compris le besoin que ressentent les gens de se plaindre.

Moi je ne me plains jamais.

Quand je n'aime pas quelque chose je ne le fais pas et puis c'est tout.

Sara non plus ne se plaint jamais mais elle, c'est parce qu'elle est toujours contente. C'est différent.

Se plaindre ça ne sert à rien. Même Néné est d'accord avec moi.

Je le sais parce que l'autre jour je l'ai entendu dire à mon frère : « Au lieu de râler bouge-toi le cul pour trouver une solution. »

Je ne savais pas de quoi il parlait, mais j'étais certaine que « bouger ses fesses » ne l'aiderait pas à trouver de solution alors je suis allée lui proposer mon aide. Mais il m'a dit que je ne pouvais rien faire parce que c'étaient « des trucs de mecs ».

C'était idiot alors j'ai insisté. Je pensais qu'il allait me parler de papi et mamie parce que même s'il n'en parle jamais je vois bien que ça lui fait mal, mais il s'est mis à me raconter une histoire compliquée à propos « d'Isabelle qui n'avait rien à faire avec le frère de Bart, d'un bal où il était obligé d'aller pour que Néné existe enfin, et d'une fille que je ne connaissais pas qui serait à la fois une louve et un dragon et qui allait le bouffer tout cru ».

C'était vraiment n'importe quoi et j'ai demandé à Gus s'il voulait que j'appelle un médecin, parce qu'il n'avait pas l'air très bien.

Il a gémi que c'était dans ces cas-là que mamie lui manquait le plus.

Assis sur son lit, les épaules basses, Gus tripotait le bas de sa chemise en soupirant et c'est là que j'ai compris qu'il avait besoin d'aide.

Normalement, je n'aime pas trop écouter les gens, mais là c'était mon frère et comme mamie ne pouvait pas l'écouter vu qu'elle était morte, je me suis assise en face de lui et je lui ai demandé de tout me réexpliquer en évitant les trucs idiots de « fille animale qui mangeait les gens ».

Comme mon frère manque de logique et met beaucoup trop de mots dans ses phrases son histoire était compliquée, mais au bout d'un moment j'ai réussi à comprendre son problème.

Rédigé sous forme de schéma il peut se résumer ainsi :

1 : Gus aimerait bien aller au bal avec Isabelle pour embêter Bernard-Gui et parce qu'il la trouve « trop belle » (normalement ce devrait être négatif, mais mon frère m'a expliqué que quand un jeune disait « trop » c'était en fait positif… c'est idiot mais c'est comme ça).

2 : Isabelle va au bal avec Bernard-Gui mais Gus pense qu'il a ses chances, car elle a l'air de lui en vouloir d'y aller avec Marie-Lou.

3 : Gus n'aime pas Marie-Lou, mais va au bal avec elle pour que Néné aille au bal avec sa sœur Jessica.

4 : Néné n'aime pas vraiment Jessica mais va au bal avec elle, car il ne veut pas y aller tout seul et parce qu'elle est « trop bonne » (là non plus, ça ne veut pas dire qu'elle est pleine de bonté mais qu'elle est désirable… n'importe quoi).

5 : Jessica déteste Néné, mais va au bal avec lui car sa sœur la fait chanter (là c'est le seul passage que j'ai du mal à comprendre, parce que je ne vois pas en quoi le fait de chanter l'oblige à obéir à sa sœur… mais bon je n'ai pas voulu tout embrouiller en lui redemandant de m'expliquer).

La solution était tellement évidente qu'il fallait vraiment que mon frère soit un idiot pour ne pas y avoir pensé plus tôt.

Je lui ai dit : « Invite-la. »

Il a répondu : « Qui ? »

J'ai dit : « Isabelle. »

Et je lui ai démontré que cela résoudrait tous ses problèmes, car si comme il me l'avait expliqué aucun élève ne souhaitait aller seul au bal l'équation se solutionnerait d'elle-même.

Du coup ça donnerait ceci :

Gus invite Isabelle et va au bal avec elle.

Du coup Marie-Lou se retrouve seule et n'oblige plus sa sœur à aller au bal avec Néné et on se retrouve avec quatre élèves seuls à la veille du bal : Néné, Bernard-Gui, Marie-Lou et Jessica.

Pour ne pas passer pour des idiots ils sont donc obligés d'y aller ensemble, ce qui nous donne au final :

Bernard-Gui va au bal avec Jessica.
Néné va au bal avec Marie-Lou.
... ou :
Bernard-Gui va au bal avec Néné.
Marie-Lou va au bal avec Jessica.

Mon frère a rigolé et il a dit que non seulement mon plan était logique (ça, je le savais), mais qu'en plus ça ferait « les pieds » à Néné.

Comme il riait ça voulait dire qu'il allait mieux, alors je ne lui ai pas demandé d'explications à propos de cette histoire de « pieds » et je suis retournée dans ma chambre en me disant que les gens normaux étaient vraiment compliqués.

Donc :

1 : Aider Gus à résoudre son problème de bal.
2 : Chercher pourquoi l'amour est si compliqué.

laboratoire

– À quoi tu penses, mec, t'as l'air dans la lune ? me chuchota Néné.

C'était la première fois que je revenais dans cette clairière depuis notre combat contre les Autodafeurs. Allongés sous les buissons entourant la chapelle, nous attendions que Bart s'amène pour nous guider jusqu'à chez lui. Il n'était pas loin de minuit et il aurait déjà dû être là depuis une bonne demi-heure.

– Je pense que ça fait du bien de pouvoir enfin sortir du collège et d'être allongé dans les bois, ai-je répondu le plus doucement possible.

Évidemment, ce n'était pas tout à fait vrai.

Je pensais surtout à la dernière fois où j'étais venu ici, dans cette clairière, et où j'avais mené mon premier vrai combat contre les Autodafeurs.

Tout était calme autour de moi et pourtant il me semblait que les échos du sifflement des balles et du hurlement de ma mère résonnaient encore en sourdine derrière le bruissement des feuilles. Être ici c'était revivre un cauchemar, c'était sentir l'os de mon bras se briser, c'était voir les cheveux blancs de mamie se teinter de rouge et les yeux de mon grand-père se fermer pour la dernière fois, c'était mourir un peu et grandir trop vite.

Machinalement, j'ai passé la main dans mes cheveux et glissé deux doigts sur ma tempe droite en espérant qu'ils ne soient freinés par aucune boursouflure ; mais non, la cicatrice était bel et bien là, souvenir douloureux de cette nuit qui avait bouleversé à jamais nos vies.

Allongé dans le calme de la clairière, je pensais aussi aux deux cercueils couchés l'un contre l'autre à quelques mètres d'ici dans la crypte de la chapelle. Celui de ma grand-mère, si drôle et si sensible, à qui j'aurais eu tant besoin de me confier aujourd'hui ; celui de mon grand-père, si sage et si paisible, dont j'avais vu le regard s'éteindre avec surprise quand la mort avait refermé ses griffes sur lui.

Mais ça je n'avais pas envie d'en parler.

Néné se remit à gigoter.

– Si j'avais su qu'on allait rester aussi longtemps allongés, j'aurais pris un coussin. J'ai mal au dos, moi, ronchonna-t-il en changeant de position.

– T'inquiète. Dis-toi que ce n'est rien à côté de ce que Jessica va te faire subir au bal samedi soir.

– Ha, ha, très drôle… mais rassure-toi, j'ai trouvé la parade et à mon avis c'est plutôt elle qui va moins rigoler quand elle verra la jolie surprise que je lui ai préparée.

Là, il commençait à devenir intéressant et rien qu'au ton de sa voix j'ai deviné que le bal allait peut-être finir par m'amuser.

J'allais lui demander plus de précisions quand un léger sifflement a attiré notre attention. Bart était arrivé et, debout entre deux arbres de l'autre côté de la clairière, il nous faisait signe de le rejoindre.

Comme nous il s'était vêtu de noir de la tête aux pieds pour passer le plus inaperçu possible et, sans son sifflement, nous ne l'aurions certainement pas repéré.

– Vous ne trouvez pas qu'on ressemble à des ninjas les gars ? dit tout à coup Néné en manquant de me renverser par ses mouvements de bras anarchiques censés imiter une prise de karaté.

– Putain, Néné, arrête ton cirque, c'est pas un jeu, là ! répliqua Bart d'une voix tendue.

– Il y a qui chez toi ? lui demandai-je.

– Personne. Mon père et ma mère sont à un dîner chez des amis et mes crétins de frères sont partis à une fête chez des potes. On devrait être tranquilles un petit moment. Mais restez tout de même discrets et mettez ça, ajouta-t-il en nous tendant deux cagoules noires identiques à la sienne et en fixant Néné avec insistance.

Le message était clair et Néné la mit un peu en veilleuse... enfin, non sans avoir développé jusqu'au bout sa stupide idée de ninjas.

– N'empêche que, comme on est trois, il en manque plus qu'un pour faire les tortues ninjas, ne put-il s'empêcher de murmurer entre ses dents.

Bart fit semblant de ne pas entendre et partit d'un bon pas pendant que je fusillais Néné du regard.

Il haussa les épaules d'un air faussement contrit.

– Ben quoi ? articula-t-il en silence.

Nous marchions entre les arbres à la suite de Bart en essayant de nous faire les plus discrets possible et j'avais l'impression d'être de retour dans la réserve indienne de l'Ouest américain où mes parents m'avaient fait faire un séjour de deux mois l'année de mes douze ans. Rien que pour y aller c'était déjà l'aventure, parce que la tribu Havasupai vivait à plus de cent kilomètres de la première agglomération. Mes parents m'avaient prévenu mais, malgré la marche de cinq jours prévue pour rejoindre la réserve, j'étais parti super enthousiaste.

Déjà, rien que l'idée de ne pas avoir ma famille sur le dos pendant deux mois était super cool, mais en plus j'étais persuadé de vivre une aventure du genre de l'émission Koh-Lanta que je suivais avec assiduité malgré les regards dédaigneux de mes parents.

Ça me tue de le dire, mais mes parents avaient raison.

D'abord pour le trek... l'enfer.

Cinq jours sous la chaleur à crapahuter dans le parc du Grand Canyon avec un guide ne me décrochant pas une parole et dont l'endurance me donnait l'impression d'avoir cent ans, c'était déjà hard ; mais si vous ajoutiez les multiples rencontres sympathiques du genre ours noir, serpent et scorpion, là c'était carrément l'enfer.

Bon il ne faut pas que j'exagère, il y avait aussi le paysage.

Grandiose, magnifique, indescriptible.

Mais surtout le village de quatre cents Indiens qui m'avaient accueilli comme si j'avais toujours vécu parmi eux.

À l'époque je ne le savais pas, mais j'ai compris aujourd'hui que ces Indiens appartenaient à la Confrérie et étaient les Gardiens de la mémoire de leur peuple. Je pense même que mon pote Wakiza, dont le prénom signifie « guerrier déterminé », était très certainement, comme moi, un futur Traqueur.

Pendant toute la durée de mon séjour, Wakiza avait été mon frère, m'apprenant à vivre en pleine nature avec les moyens du bord, à me déplacer silencieusement, à poser des pièges, à allumer un feu, à construire un abri ; mais, plus que tout, grâce au peuple des Havasupais j'avais compris l'importance du groupe et de la solidarité… bref, tout l'inverse de la téléréalité.

J'en étais rentré changé et doté d'un nom indien, Dustu, censé être le révélateur de mon animal totémique… mais je ne m'en suis pas franchement vanté, parce qu'en fin de séjour Wakiza m'avait avoué que Dustu signifiait : grenouille sur ressort.

Même s'il m'avait emballé le truc en parlant de mon origine française (pour la grenouille) et de ma dextérité au combat (pour les ressorts)… j'avais quand même eu des doutes !

Évidemment, une forêt française n'a rien de comparable avec celles des immenses parcs nationaux des Rocheuses américaines, mais placé en situation je retrouvai vite mes réflexes indiens de déplacement et avançai dans un silence presque parfait. En tête, Bart qui connaissait cette partie des bois comme sa poche était presque invisible tandis que Néné, une fois passées ses âneries sur les tortues ninjas, nous prouva qu'il n'était pas pour rien le petit-fils du garde champêtre du village.

Coup de chance pour nous, la lune étant presque pleine nous arrivions à nous diriger sans utiliser nos lampes de poche et en moins de dix minutes nous étions arrivés sans encombre devant la maison de Bart… même si « maison » n'était peut-être pas le terme le plus approprié pour décrire l'espèce de blockhaus monumental qui se dressait devant nous !

Si, à l'origine, ces bâtiments qui faisaient partie des terres de la Commanderie étaient eux aussi du XIIIe siècle, la mégalomanie et les moyens financiers du père de Bart en avaient fait quelque chose de, comment dire, « original ».

La demeure ancestrale était à présent totalement imbriquée dans un ensemble de cubes géants de verre et de béton de différentes tailles, tous dans des teintes de gris. L'ensemble était surprenant, très froid, ultra contemporain et aurait pu être pas mal si la présence de dizaines de caméras ne lui avait pas collé un faux air de prison qui donnait froid dans le dos.

– Heu, dis donc Bart, ton père il n'aurait pas fait des travaux depuis la dernière fois que je suis venu ? demandai-je à mon pote.

– Ça, tu peux le dire. Du moment où il s'est mis à travailler avec Adam Murphy, mon père a commencé à devenir complètement parano, au point qu'il a fait transférer les labos de recherche de sa société dans des locaux creusés sous la maison.

– Et on va entrer comment ? Y a plus de mouchards que dans une émission de téléréalité ici, dit Néné en désignant les caméras.

– T'inquiète, y a rien qui marche. Depuis ce matin j'ai fait exprès de déclencher l'alarme des dizaines de fois, du coup ils sont persuadés qu'il y a une panne et ils ont tout coupé en attendant que le technicien de maintenance vienne réparer. Par contre, inutile de se faire remarquer en passant par la maison, j'ai laissé une porte ouverte au sous-sol.

Bart nous fit signe de le suivre et nous entraîna sous la piscine dans ce qui avait l'apparence d'un simple local technique.

Après avoir longé la salle des machines, nous avons pénétré dans une petite pièce servant de stockage aux bouées, ballons, filet de water-polo, matelas et autres jeux de piscine.

– Bizarre comme labo, dis-je à Bart en regardant autour de moi.

– T'es con, c'est pas le labo c'est la zone de stockage du pool-house, mais mon père est tellement parano qu'il y a fait installer une sortie de secours secrète. Regarde, me dit-il en déplaçant une étagère.

Bart se décala légèrement et laissa apparaître une petite porte encastrée dans le mur.

– Je l'ai découverte par hasard l'an dernier, quand mes frères avaient trouvé très drôle de m'enfermer ici pendant une après-midi entière. Et heureusement, parce que c'est la seule porte sans reconnaissance digitale, alors sans eux je ne pourrais pas vous faire visiter, conclut-il en tirant une petite clé de sa poche.

– On pensera à leur dire merci alors, dis-je en imaginant la tête que ferait BG si je lui racontais notre balade nocturne.

Nous nous sommes glissés derrière lui dans ce qui ressemblait à un placard à balais… et qui en était un !

Nous venions de déboucher dans le local d'entretien du labo.

À la suite de Bart nous avons parcouru un long couloir blanc immaculé, percé de portes vitrées et numérotées. Pour tout dire, on avait plus l'impression d'être dans un hôpital que dans un laboratoire.

– On est où exactement ? demanda Néné.

– Dans les labos de recherche de Godeyes. C'est ici que les ingénieurs de mon père planchent sur les nouveaux modèles. À cause des brevets et de l'espionnage industriel, tout y est « top secret ».

– Tout ça pour des photocopieuses ? Qu'est-ce que ce doit être à la NASA ?! me suis-je étonné.

– Pas des photocopieuses, banane, ici les recherches portent sur les scanners de demain, des modèles ultra perfectionnés dotés de systèmes de reconnaissance intelligents qui enregistrent le texte sous n'importe quel format et en indexent le moindre mot en quelques secondes, me répondit Bart.

Je lui jetai un regard vitreux.

– Et alors ? C'est quoi l'intérêt ?

– L'intérêt, répondit Néné en devançant Bart, c'est que non seulement tu disposes d'une copie parfaite de ton texte mais qu'en plus, si tu le mets en ligne, il est disponible dans le monde entier en quelques clics.

– Mieux, compléta Bart. En faisant des recherches avec plusieurs mots-clés tu peux en quelques secondes obtenir tous les textes disponibles sur un sujet précis.

L'un comme l'autre avaient l'air super enthousiaste et, moi-même, je comprenais bien l'intérêt d'un tel procédé mais, dans le même temps, les avertissements de mon grand-père se mirent à résonner dans mon esprit.

– Si je suis votre logique, ça signifie qu'une fois le texte scanné avec vos machines magiques on peut le modifier comme on veut.

– Ben oui, c'est possible, dit Néné en fronçant les sourcils. Mais je vois pas l'intérêt.

– Donc, par exemple, imaginons que je veuille supprimer tous les textes qui parlent de Marco Polo ; je tape son nom et après j'efface tous les textes qui apparaissent et hop ! c'est comme s'il n'avait jamais existé.

Néné me regarda quelques secondes d'un air gêné.

– Ouais, t'as raison, mais tant que les textes papier existent c'est facile de prouver la manipulation et il y a trop de livres en circulation pour que quelqu'un s'amuse à faire une chose pareille. Ça n'a pas de sens ton truc.

– Sauf si les livres papier n'existent plus, nous glissa Bart. Et c'est justement pour ça que je vous ai demandé de venir.

Tout en discutant, nous avions continué d'avancer et nous étions arrivés au bout du couloir. Bart glissa une carte magnétique dans un écran de contrôle et nous introduisit dans une grande pièce souterraine ultra high-tech remplie de machines inconnues, de paillasses de chimie, de tubes à essai et de grands aquariums ressemblant aux terrariums que la prof de SVT utilisait pour ses cours sur les fourmis.

Néné fut le premier à réagir.

– La vache, siffla-t-il en s'arrêtant devant un énorme ordinateur. Je croyais que ce type de bécane était réservé aux labos de la NASA. Ce truc peut traiter des millions d'infos en quelques fractions de seconde et vaut plusieurs millions de dollars. C'est du délire, acheva-t-il en secouant la tête d'un air incrédule.

– Et attendez, vous n'avez pas vu le pire, dit Bart en nous entraînant dans un coin de la pièce. Regardez ça !

Le « ça » était un grand cube vitré de quatre mètres par quatre environ contenant une photocopieuse scanner tout ce qu'il y a de plus classique, comme on pouvait en trouver dans toutes les médiathèques, ainsi qu'une table recouverte de petits tas de cendres ou de poussière.

– Et alors ? C'est quoi ça ? demandai-je à Bart.

– Attendez ici et ne quittez pas le cube des yeux, dit-il en s'engouffrant dans une cabine de contrôle surplombant l'espace vitré.

Au bout de quelques minutes, un ronronnement se fit entendre. Une trappe s'ouvrit sur le côté de la boîte de verre et deux livres furent poussés au centre de la table par un bras mécanique.

Une diode s'alluma sur la photocopieuse. D'abord rouge, puis verte, elle se mit à clignoter et, sans que l'on comprenne comment cela était possible, un des deux livres fut réduit en un tas de poussière.

La destruction avait pris moins de trente secondes, pourtant il ne restait même pas un bout de couverture, rien qui puisse laisser penser que ce tas de poussière avait un jour été un livre fait de papier, de carton, d'encre et de pensées.

Bart nous avait rejoints et tendait le bras vers la table.

– Regardez bien le tas, vous ne remarquez rien ?

Il avait raison. Le « tas » de ce qui avait jadis été un livre semblait agité de fourmillements infimes, comme si une armée de bestioles s'agitait à l'intérieur.

Je me frottai les yeux en constatant que la masse mouvante se déplaçait maintenant vers le second livre comme des paillettes de fer attirées par un électro-aimant.

– Vous avez vu ?

Nous lui fîmes signe que oui.

– Alors maintenant, regardez bien la diode de la photocopieuse.

Celle-ci, qui clignotait toujours en vert, se mit alors à clignoter en rouge.

Comme s'il n'attendait que ce signal, le tas de poussière cessa immédiatement de s'agiter… et une alarme stridente nous éclata dans les tympans.

– Bordel c'est quoi ça ?! criai-je en me tournant vers Bart. Je croyais que tu avais déconnecté les alarmes !

– Moi aussi, me cria Bart en s'élançant vers la sortie. Quelqu'un a dû rentrer plus tôt que prévu ! Tirez-vous vite, il ne faut surtout pas qu'on vous trouve ici et remettez vos cagoules au cas où les caméras soient de nouveau en marche.

Il n'eut pas besoin de nous le répéter deux fois, rabattant les cagoules sur nos visages nous nous précipitâmes à toutes jambes vers la forêt sans nous retourner.

un pour tous…

Autant nous avions fait preuve de la plus grande discrétion en allant chez Bart, autant notre retour se fit dans la plus totale pagaille.

Néné, qui n'est pourtant pas un grand sportif, avait pris la tête et courait comme un dératé sans se préoccuper du bruit qu'il pouvait faire ni même de la direction qu'il avait prise.

J'aurais pu le doubler facilement, mais faisant confiance à sa connaissance des lieux j'ai préféré me laisser guider.

Au bout d'un bon quart d'heure de course, hors d'haleine, il a fini par s'arrêter au milieu d'une clairière que je ne connaissais pas.

Les mains sur les genoux, le buste penché en avant, Néné tentait vainement de reprendre son souffle tout en débitant une série de jurons à faire pâlir ma mère.

– Putain de bordel de merde, c'était quoi ce truc ? Ils m'ont fichu grave la trouille avec leur alarme de ouf !

S'il continuait à essayer de respirer en râlant, il allait finir par s'étouffer.

– Cool, mec. Respire à fond et tais-toi un peu, lui conseillai-je en l'aidant à s'asseoir sur un tronc d'arbre. T'as plus rien à craindre. Vu la vitesse à laquelle tu courais, même un guépard n'aurait pas pu nous rattraper. D'ailleurs regarde autour de toi, on est tout seuls.

Joignant le geste à la parole je désignai les alentours, quand quelque chose me sauta aux yeux : vu la vitesse à laquelle nous avions couru nous aurions dû être arrivés près de la chapelle. Or, si nous étions bien dans une clairière, il n'y avait pas le moindre bâtiment en vue et je n'avais pas la moindre idée de l'endroit où nous étions.

– Dis donc, Néné, on est où là ?

Après avoir relevé la tête et inspecté les environs, il dut avouer que lui aussi n'avait pas la moindre idée de l'endroit où il nous avait entraînés.

– Super ! Il est 1 heure du mat et on est comme deux cons au milieu de la forêt alors que j'ai promis à Marc de ne pas quitter le collège et de ne pas me faire remarquer. Bravo pour la discrétion Néné, ironisai-je en applaudissant mon pote des deux mains.

– Hé ! T'étais pas obligé de courir derrière moi non plus. Après tout, c'est toi le « héros » dans l'histoire. Je suis déjà bien gentil de te suivre partout comme un gentil toutou alors lâche-moi un peu tu veux.

Je n'en revenais pas, le mec nous mettait dans la merde et en plus je me faisais engueuler.

– Excuse-moi, mais je croyais que c'était toi le pro de la forêt ! Et puis faudrait que t'arrêtes d'être susceptible aussi. Ça commence à devenir lourd !

J'étais parti pour lui débiter un long discours mais, avant que je puisse en rajouter, Néné s'est relevé comme un diable sorti de sa boîte et son bras droit est parti comme une flèche vers ma poitrine. Le visage à dix centimètres du mien, son index enfoncé entre mes côtes, il n'avait visiblement pas envie de rire.

– D'abord, je ne suis pas « susceptible », je suis juste « lucide » et ensuite tu devrais peut-être te demander pourquoi tu as si peu d'amis, Auguste. Je veux bien admettre que ces derniers mois n'ont pas été faciles pour toi, mais faudrait voir à pas dépasser les bornes des limites, mon *pote*. Alors tu bouges ton cul, t'arrêtes de te plaindre et tu cherches une solution avec moi. On est arrivés ici tous les deux, on repartira d'ici ensemble ! m'assena-t-il en scandant chaque mot d'un coup d'index sur mon torse avant de s'éloigner en me tournant le dos.

De la part de n'importe qui d'autre j'aurais vu rouge, chopé l'index vengeur et envoyé l'impudent au sol. Mais depuis que je connaissais Néné c'était la première fois que je le voyais perdre ainsi son sang-froid et prononcer une phrase avec autant de sérieux. Ça m'a donné à réfléchir.

Mon pote n'avait pas tort. Je ne m'en étais pas rendu compte mais, depuis la mort de mes grands-parents et ma très injuste condamnation, j'en voulais à la terre entière et je n'avais pas arrêté de me plaindre.

Il était temps que ça cesse.

Debout à l'autre bout de la clairière, Néné me tournait le dos. Les bras croisés, il contemplait la lune avec plus d'attention qu'un astrologue en mal de prédiction et le reflet blanchâtre de cette dernière soulignait la contrariété affichée sur son visage.

– Tu as raison Néné, je suis un gros con. C'est de ma faute si on est là, pas de la tienne. Excuse-moi, dis-je en m'avançant vers lui main tendue.

Pas de réaction.

– Quoi ! Je viens de te dire que je suis un con, ça ne te suffit pas ? Il faut aussi que je me roule dans les orties et que je te lèche les pieds pour que tu me pardonnes ?

Un sourire traversa son visage. Visiblement, l'idée de me voir à quatre pattes la langue collée sur ses pompes pourraves avait l'air de lui plaire.

– Rassure-toi, Gus, je ne t'en demande pas tant. Mais par pitié arrête de te plaindre sans arrêt et de chercher systématiquement des responsables à tout ce qui peut t'arriver. Je t'adore, mais tu n'es pas le nombril du monde, mon pote.

Une partie de moi savait qu'il avait raison… mais l'autre ne pouvait s'empêcher de se dire qu'il exagérait un peu.

– Bon, tu décides quoi alors ? ronchonnai-je en croisant les bras.

– Mouais, c'est bon… mais c'est surtout parce que j'ai besoin de toi pour accompagner Marie-Lou au bal… et que c'est pire que de lécher mes baskets, ajouta-t-il en rigolant.

– Ouais, ben en attendant, si tu veux qu'on aille au bal faudrait d'abord voir à sortir de cette forêt, Cendrillon, sinon j'en connais un qui n'hésitera pas à me transformer en citrouille.

engueulade

Nous avons fini par retrouver notre chemin et j'ai béni mes parents pour mon stage chez les Havasupais. Sans les connaissances sur la nature qu'ils m'avaient inculquées et les nombreux exercices d'orientation que j'avais faits avec eux dans les forêts du Colorado, Néné et moi aurions certainement tourné en rond beaucoup plus longtemps d'autant que, pour corser un peu les choses, l'alerte avait dû être donnée chez les Montagues. Je ne sais pas de combien d'hommes disposaient ces abrutis, mais nous avons rapidement été rejoints dans la forêt par tout un tas de gardes armés qui n'étaient visiblement pas là pour la cueillette des champignons.

Pour le coup, la pleine lune que nous avions trouvée si pratique à l'aller jouait franchement contre nous. Ça n'a pas été une partie de plaisir, mais nous avons réussi à éviter de nous faire choper et, dès notre retour sur les sentiers balisés, j'ai constaté avec plaisir que mon pote ne m'avait pas raconté de bobards sur sa connaissance approfondie des raccourcis du coin… son efficacité pour nous ramener par des routes détournées jusqu'à la maison de son grand-père pouvait aisément être qualifiée de redoutable.

Ensuite, il ne me resta plus qu'à enfourcher mon vélo et faire les six kilomètres me séparant de Sainte-Catherine en pédalant à toute berzingue et en me jetant dans les fossés à chaque lueur de phare.

Un vrai parcours de santé !

Finalement, contre toute attente, le plus difficile fut encore de m'expliquer auprès de DeVergy. Ça peut sembler idiot, mais Néné et moi avions totalement négligé de le tenir au courant de notre conversation avec Bart et je comptais bien sur l'heure tardive pour que mon escapade passe inaperçue. Ça aurait pu marcher si je n'avais pas bêtement laissé une des lampes de ma chambre allumée et si Marc, pensant que je ne dormais pas, n'avait pas voulu en profiter pour discuter. Quand il avait trouvé mon lit vide et ma fenêtre ouverte, le prof avait cru un moment que je m'étais fait enlever par les Autodafeurs.

Bref, tout à ma colère j'avais agi sans réfléchir et il avait toutes les raisons d'être furieux.

Sans entrer dans les détails, disons que mon retour fut moins discret que mon départ, que je me suis pris l'engueulade du siècle… et que comme j'étais en tort je n'avais pas d'autre choix que de fermer ma gueule en attendant que ça passe.

Au bout d'un moment, Marc a tout de même fini par se calmer et j'ai pu lui expliquer les raisons de ma virée nocturne et ce que nous avions découvert dans le labo des Montagues.

Ça l'a calmé d'un coup.

– Tu dis que vous avez vu des livres « disparaître » en quelques secondes sans qu'il y ait de flamme, ni de fumée, ni le moindre signe de combustion ? m'interrogea-t-il en cessant brusquement de faire les cent pas.

J'avais capté son attention.

– Oui, exactement. Il y avait deux livres sur la table et tout à coup, pfft, il n'y en avait plus qu'un et l'autre était réduit en cendres.

– Et c'est tout ? Pas d'intervention extérieure, aucun autre signe visible ?

– Ben, à part le clignotement de la photocopieuse, non, rien.

Marc était concentré, tendu à l'extrême et je pouvais presque entendre les rouages de son cerveau fonctionner.

– Et l'autre livre ? Pourquoi il ne lui est rien arrivé ? Il était différent, placé plus loin, dans une autre matière ?

Je n'en savais rien, pour moi c'étaient juste deux livres et j'ai dû lui avouer que je n'y avais pas prêté plus attention que ça.

– Désolé, Marc, mais tout s'est passé très vite. L'alarme a sonné quelques secondes après que le premier livre a disparu et comme on a eu super peur on est partis comme des dératés sans se retourner. Je ne peux rien te dire d'autre, mais je suis certain que Bart pourra répondre à tes questions dès demain.

J'étais assez fier de ma réplique parce qu'elle me semblait tout arranger ; mais c'était sans compter sur un léger détail qui ne m'avait pas effleuré l'esprit.

– Sauf qu'à cause de vos bêtises il y a fort à parier que ton ami s'est fait repérer et je doute que ses frères me laissent l'approcher pour lui poser la question, me répondit Marc un peu froidement.

Le sous-entendu à peine déguisé de sa réponse me frappa tout à coup en pleine gueule. Il ne l'avait pas dit explicitement mais c'était encore pire, comme si je ne méritais même pas qu'il perde son temps à m'assener l'évidence : non seulement je me conduisais comme un con, mais en plus je mettais mes amis en danger.

Il avait raison. Depuis que l'alarme du labo s'était déclenchée, je n'avais pensé qu'à sauver ma pomme et je n'avais pas eu une seule pensée pour Bart. Je faisais un sacré mousquetaire et si je continuais comme ça on allait même pouvoir changer de devise parce que de mon côté, niveau solidarité, c'était plutôt « un pour moi et tous pour moi ».

Dans la forêt, quand Néné m'avait balancé mes quatre vérités, j'avais trouvé qu'il y allait un peu fort, mais je devais me faire à l'idée qu'il y avait certainement du vrai dans ce qu'il m'avait dit.

Autour de moi, Marc tournait comme un lion en cage, mais il avait beau s'obstiner à me harceler de questions mon cerveau était plus vide que celui d'une future reine de beauté devant un test de QI.

L'arrivée de ma sœur mit fin à mon calvaire.

Debout au milieu des escaliers, bien droite dans son petit pyjama consciencieusement boutonné jusqu'au cou, Césarine nous observait probablement depuis un bon moment et il y avait fort à parier que pas une de nos paroles ne lui avait échappé. Depuis qu'elle s'était entichée de son livre de guerre, ma sœur ne jurait plus que par la stratégie, les plans concertés et l'importance de l'espionnage. Mamie aurait certainement parlé de « syndrome post-traumatique », mais avec ma sœur il était toujours très difficile de savoir ce qui pouvait se passer dans sa tête. DeVergy ne l'avait pas vue et sursauta quand sa petite voix fluette retentit dans le salon.

– Excusez-moi mais, moi, je sais qui est Adam Murphy. Si vous voulez je peux vous en parler, dit-elle sans bouger un cil.

Marc se retourna d'un coup et prit une profonde inspiration avant de lui répondre.

– Merci, Césarine, mais ce ne sera pas nécessaire. Nous savons qui est Adam Murphy, comme tout le monde d'ailleurs. Par contre, étant donné qu'il est presque 4 heures du matin, je pense qu'il serait préférable que tu retournes te coucher.

Ma sœur ne bougea pas et continua à nous fixer de ses grands yeux noirs.

– Mais je vous assure que je suis certaine d'avoir des informations importantes, insista-t-elle.

– Et de quelle manière, Césarine ? demanda Marc en soupirant.

– Grâce à Ray Bradbury bien sûr, lui assena-t-elle en retour comme si c'était une évidence.

Voilà, je pense que c'est à ce moment-là que DeVergy décida que ça suffisait pour la journée et que les limites de sa patience avaient été atteintes. Nous fûmes tous les deux envoyés au lit et au ton de sa voix il était clair que cet ordre direct n'était pas contestable !

journal de Césarine

Cette nuit j'ai été réveillée par des cris en provenance du salon. Je sais que ce n'est pas bien d'espionner les autres, mais comme Sun Tzu dit qu'« un général qui connaît l'échec faute de connaissances aurait tort d'accuser le ciel de son malheur et devrait se l'attribuer tout entier », j'ai décidé d'aller discrètement voir ce qui se passait.

Debout au milieu du salon, mon frère restait tout droit en regardant ses chaussures pendant que DeVergy lui tournait autour en criant.

Le prof n'avait vraiment pas l'air content. Il a dit à mon frère qu'il était « irresponsable » et a ajouté qu'il serait temps qu'il « grandisse un peu », ce qui n'est pas très logique vu que je ne vois pas en quoi faire quelques centimètres de plus le rendrait moins idiot.

Je ne sais pas pourquoi DeVergy criait, mais ça ne m'a pas trop surprise parce que, depuis la mort de papi et mamie, Gus est très fort pour énerver les gens.

Au bout d'un moment, mon frère a réussi à arrêter le prof et a commencé à lui expliquer pourquoi il était sorti en pleine nuit alors qu'il avait promis de rester à la maison.

Il a parlé de Bart, d'un laboratoire dans un placard à balais, d'une photocopieuse qui transformait les livres en tas de cendres qui se déplaçaient et d'un homme qui s'appelle Adam Murphy.

Je n'ai pas tout compris, surtout le passage idiot avec la cendre qui arrêtait de bouger quand la lumière clignotait, mais par contre ce nom d'Adam Murphy m'a rappelé quelque chose ; papa avait tout un dossier sur lui dans son ordinateur.

Même que c'était un des dossiers que j'avais eu le plus de mal à ouvrir parce qu'il était caché à l'intérieur d'un autre et que son mot de passe n'était pas un événement historique.

Je m'en souviens très bien parce que j'avais cherché plusieurs semaines sans trouver le résultat. Ça m'avait embêtée et j'avais fini par aller demander la solution à papa.

Ce soir-là, j'avais attendu que maman et Gus s'endorment et j'étais allée retrouver mon père dans son bureau. Je lui avais expliqué que je ne pouvais pas rester sans savoir et ça l'avait fait sourire.

Il avait dit : « Tu donnes ta langue au chat, ma petite fouine ? »

J'avais répondu : « Non », parce que je n'étais pas une fouine, que j'avais besoin de ma langue, et qu'en plus on n'avait pas de chat.

Mais il m'avait quand même dit qu'il voulait bien me donner un indice, à condition que je promette de ne parler de ce dossier à personne.

J'avais promis et il m'avait donné son indice. C'était « Ray Bradbury ».

Ensuite c'était facile de trouver la réponse, il suffisait de chercher qui était Ray Bradbury et de trouver un mot et un nombre associés.

J'ai trouvé que Ray Bradbury était un auteur de science-fiction et que dans ses livres il y en avait un qui s'appelait Fahrenheit 451. *Je ne l'ai pas lu parce que je n'aime pas la science-fiction, mais c'était bien le mot de passe car j'ai pu ouvrir le dossier.*

Je serais bien allée expliquer tout ça à Gus et au prof, mais comme j'avais promis à papa de ne rien dire je ne savais pas si je pouvais. Et puis je me suis souvenue que papa était mort et je me suis demandé si ma promesse était morte avec lui (là c'est une image, parce qu'une promesse n'est pas une personne et ne peut donc pas mourir, ça signifie que comme papa est mort peut-être que ma promesse n'était plus valable).

C'était compliqué, parce qu'il fallait que je fasse un choix entre :

- parler du dossier et rompre ma promesse ;

- me taire et respecter ma promesse.

Dans le premier cas, je fournissais des informations importantes à mon armée en commettant un parjure ; dans le deuxième cas, je restais intègre mais je privais mon armée de données vitales.

Dans une situation où le général doit agir contre les ordres reçus, Sun Tzu dit : « N'hésitez pas, agissez sans crainte. La première intention de celui qui vous met à la tête de ses troupes est que vous soyez le vainqueur de ses ennemis ; s'il avait prévu la circonstance où vous vous trouvez, il vous aurait dicté lui-même la conduite que vous voulez tenir. »

Pour Sun Tzu je n'avais donc pas à hésiter, je décidai donc de parler du dossier de papa à Gus et DeVergy.

Sauf que, quand je suis descendue, le prof ne m'a pas écoutée. Il m'a dit qu'il était tard et d'aller me coucher.

Alors c'est ce que j'ai fait.

Donc :

1 : Lire le dossier de papa sur Adam Murphy.
2 : Demander à Gus s'il a lu Fahrenheit 451.

une fausse bonne idée

Je n'avais dormi que trois petites heures d'un sommeil agité où j'entendais mon père me répéter en boucle « écoute ta sœur » tandis que l'index de Néné s'enfonçait dans ma cage thoracique pour aller me chatouiller le cœur… le méga cauchemar !

C'est probablement ce qui explique que j'étais d'une humeur de dogue en débarquant au collège… enfin, ça et le fait que nous étions à trois jours du bal et que la cour ressemblait de plus en plus aux coulisses de la Fashion Week. Pas un élève qui ne parle de sa tenue, de son ou sa cavalière et de ses projets d'après-soirée. Après la nuit que j'avais passée, tant de futilité me semblait paradoxalement surréaliste et inutile de préciser que je ne me sentais pas du tout en phase avec l'ambiance survoltée qui régnait dans les travées à l'idée de savoir qui était, ou pas, invité aux *Afters*. Car oui, j'avais découvert que si le bal était l'événement mondain de l'année scolaire ce n'était rien à côté des soirées prévues *après* le bal.

À la différence du bal, ouvert à tous les collégiens, les soirées permettaient de déterminer qui était hype, ou pas. Du coup, dans la cour, les tractations allaient bon train et il suffisait de regarder la tête des élèves pour savoir qui avait été invité à LA soirée… ou pas.

LA soirée, c'était bien entendu celle des Montagues, une espèce d'immense fiesta ultra sélecte organisée par papa pour ses fistons et dont il était difficile de connaître exactement la teneur tant les récits des années passées frisaient le n'importe quoi.

En fait vous aviez deux possibilités. Soit vous discutiez (enfin écoutiez la conversation, dans mon cas, vu que personne ne discutait plus avec moi) avec quelqu'un qui n'avait jamais été invité et il vous en faisait un récit dégoûté à base de fantasmes de drogues, d'alcool, de sexe faisant passer les Spring Break américain pour des rassemblements scouts. Soit vous en parliez (enfin dans mon cas… bref vous avez compris) avec quelqu'un qui avait déjà été invité et celui-ci en rajoutait pour foutre la haine à ceux qui n'étaient pas invités. Bref, dans un cas comme dans l'autre, un ramassis de conneries.

De toute manière, ça avait peu d'importance pour moi vu que j'étais censé ne pas pouvoir quitter le collège… et que de toute façon il ne serait venu à l'idée de personne de m'inviter.

Surtout pas BG.

Je me pensais donc bien à l'abri derrière ma réputation et le couvre-feu instauré par Le Négrier et je me consolais d'aller au bal avec Marie-Lou en sachant qu'à minuit ma punition serait terminée et que nous ficherions enfin le camp d'ici.

Sauf que voilà, Marie-Lou, elle, ne comptait pas se voir gâcher sa soirée par quelque chose d'aussi futile qu'une condamnation et un bracelet électronique et que, malheureusement pour moi, elle avait trouvé un « plan » pour éviter d'avoir à jouer les Cendrillon aux douze coups de minuit.

Et c'est ce qu'elle entreprit de m'expliquer ce matin-là en me sautant dessus au beau milieu de la cour.

– Comme tu ne peux pas quitter le collège c'est moi qui vais rester avec toi, mon biquet, me susurra-t-elle tout excitée en roulant ses énormes yeux derrière les verres grossissants de ses lunettes dans une mimique qui se voulait certainement sexy mais qui était juste monstrueusement angoissante.

Rien dans mes récentes aventures ne m'avait préparé à un piège pareil et, le temps que ses paroles soient acceptées par mon cerveau et que la dure réalité s'impose à moi, je sentis ma mâchoire se décrocher pour laisser jaillir la seule expression formulable que m'inspirait cette vision d'horreur, à savoir : « Putain de merde ! »

Oui, je sais, ce n'était pas très poli mais vous commencez à me connaître. Quand je suis désemparé, je dis une connerie.

De toute façon ma vulgarité ne freina en rien l'enthousiasme de Marie-Lou. Au contraire, elle sembla prendre ma spontanéité pour une marque d'admiration devant son ingéniosité.

– Je t'avais prévenu qu'il était inutile de tenter de m'échapper ; que tu le veuilles ou non, nous allons passer la soirée tous les deux alors inutile d'essayer de te défiler, ajouta-t-elle d'un ton plus froid en me serrant le bras.

– C'est clair qu'une telle idée ne me serait pas venue à l'esprit, Marie-Lou, répondis-je en me dégageant. Par contre, même si c'est vraiment une « super » idée, j'ai peur que ce ne soit pas possible vu que j'habite chez DeVergy et que je n'ai pas le droit d'inviter du monde chez lui, argumentai-je en soutenant son regard.

Ce que je ne pouvais pas lui dire, c'est que notre évasion était prévue pour ce soir-là et que je n'osais même pas envisager la tête du prof si je lui annonçais que j'avais réussi à me coller une gonzesse aux basques juste CE soir-là ! Il fallait absolument que je réussisse à lui faire changer d'avis avant que cette histoire vire à la catastrophe.

La cour s'était remplie et, aussi vite qu'il était arrivé, le masque de méchanceté pure que j'avais vu se glisser sur le visage de Marie-Lou disparut, tandis qu'elle choisissait de faire celle qui n'avait pas compris le message et éclatait de rire.

– Bien sûr que non, gros bêta, j'ai dit que j'allais rester *avec* toi, pas que j'allais aller *chez* toi. Il suffit de se laisser enfermer dans le gymnase à la fin de la fête, comme ça on pourra passer toute la nuit rien que nous deux en amoureux sans que ton bracelet se déclenche, ajouta-t-elle avec un clin d'œil suggestif destiné aux élèves qui s'étaient rapprochés de nous et qui faillit me faire vomir mon petit déj.

J'étais dans la merde.

Grave.

Je regrettai tout à coup de ne pas avoir un peu mieux écouté ma sœur et ses histoires de tactiques et de stratégies, parce qu'il me fallait une idée de génie.

Vite.

C'est à ce moment-là qu'Isabelle traversa mon champ de vision, que son regard accrocha le mien et que je compris ce qu'il me restait à faire.

Alors j'ai foncé.

J'ai planté mon dragon au milieu de la cour et je me suis avancé vers Isabelle sans la quitter des yeux ; j'ai glissé ma main droite derrière le rideau soyeux de ses cheveux pour caresser son cou, j'ai enlacé sa taille de mon bras gauche pour la serrer contre moi puis, dans un lent basculement digne d'un gros plan de cinéma, je l'ai embrassée.

C'était… whaou.

Je n'ai même pas de mots pour décrire ce que j'ai ressenti.

L'espace d'une seconde j'étais un dieu, une supernova, un champignon atomique. En un instant j'ai senti en même temps son parfum sucré, la douceur de sa bouche, la fraîcheur de son souffle, son cœur qui s'emballait.

Plus rien n'existait, plus rien n'avait d'importance.

Juste elle, moi et rien d'autre.

Enfin, ça c'était la première seconde parce que pendant la deuxième tout ce que j'ai eu le temps de sentir avant de tomber dans les pommes c'était qu'une grosse paluche s'abattait sur mon épaule tandis qu'une énorme tête s'écrasait sur mon front.

Mais ça n'avait pas d'importance, parce que j'avais eu le temps de me rendre compte d'une chose : c'est qu'Isabelle m'avait rendu mon baiser et ça… ça valait tous les coups de boule du monde !

journal de Césarine

Le prof de Gus a fait analyser le produit que Sabots marron injecte dans le goutte-à-goutte de maman. Il a trouvé des molécules de Midazolam et de Fentanyl que les médecins utilisent habituellement pour maintenir les patients dans le coma. Ça veut dire que le coma de maman était artificiel et le fait d'arrêter l'injection de ce produit a suffi pour qu'elle se réveille.

Quand maman a ouvert les yeux la première fois, j'ai bien vu que DeVergy était ému parce qu'il avait les yeux tout brillants. Il lui a pris la main et lui a parlé longtemps sans la quitter du regard. Il lui a expliqué qu'elle était là depuis presque deux mois, que Gus allait bien mais qu'il ne pouvait pas venir la voir à cause de son bracelet électronique et que son réveil devait rester secret pour que nous puissions prendre les Autodafeurs par surprise.

Il lui a aussi dit que grâce à elle le trésor de la chapelle avait été sauvé et que le Code Noir qu'elle avait lancé avait permis aux membres de la Confrérie d'échapper au massacre.

Par contre il ne lui a pas parlé de tous ceux qui s'étaient fait attraper, de l'explosion de la Commanderie, de la mort de papi et mamie, ni de Sabots marron qui l'avait droguée.

Quand maman s'est rendormie, j'ai demandé au prof pourquoi il lui avait caché des informations. Il m'a dit que c'était « trop tôt » et que c'était « inutile », car le plus important était que maman se remette suffisamment pour supporter le voyage que nous allions lui imposer pendant notre fuite.

Il avait raison alors je n'ai rien ajouté.

Ensuite, nous avons décidé de nous relayer à l'hôpital pour que maman ne soit jamais toute seule et j'ai dû prendre le premier tour de garde parce que mon frère avait encore fait des bêtises au collège et que le prof a dû partir s'occuper de lui.

Il n'avait pas l'air content.

Deux minutes après son départ, Mamina est arrivée dans la chambre. Quand elle a vu que j'étais là alors que ce n'était pas mon heure habituelle, elle a hésité mais elle a fini par entrer pour me demander « comment ça allait ».

Avec tout ce qui nous était arrivé ces dernières semaines c'était un peu idiot comme question, mais avant que je puisse lui répondre maman a reconnu sa voix et a ouvert les yeux. C'était normal, vu que c'était sa mère, mais ce n'était pas une bonne idée parce que personne n'avait prévenu Mamina pour l'évasion et que, du coup, quand elle a vu maman ouvrir les yeux, elle s'est précipitée sur la sonnette pour avertir les infirmières, car elle ne savait pas qu'il fallait garder le secret.

Je me suis placée devant le lit pour empêcher Mamina de donner l'alerte et je lui ai dit : « Non. »

Mais elle ne m'a pas écoutée.

C'était un cas de « force majeure ».

Alors j'ai agi.

J'ai coincé Mamina contre le lit et je l'ai paralysée avec une clé que m'a apprise DeVergy.

Comme quoi ce n'est pas un si mauvais prof, parce que Mamina ne pouvait plus bouger.

Par contre elle n'a pas apprécié. Même qu'elle est devenue toute rouge et qu'elle s'est mise à parler trop fort.

Je lui ai dit que si elle ne se taisait pas j'allais être obligée d'appuyer sur sa carotide, ce qui entraînerait l'arrêt de l'alimentation de son cerveau en oxygène et son évanouissement.

J'aurais bien aimé qu'elle continue à parler, pour vérifier si cette technique fonctionnait vraiment, mais elle est plus intelligente qu'elle n'en a l'air parce qu'elle m'a obéi.

Je lui ai demandé si elle était prête à m'écouter.

Elle a dit « oui », alors je l'ai laissée s'asseoir et je lui ai expliqué la situation.

Comme j'utilise moins de mots que mon frère et que je suis plus logique, ça m'a pris à peine cinq minutes.

Quand j'ai eu fini, Mamina n'avait pas l'air surprise, elle a juste soupiré et dit : « Ça n'en finira donc jamais. »

Ensuite elle a pris la main de maman et lui a dit « que tout irait bien parce qu'elle ne la quitterait plus et qu'elle allait l'aider à s'en sortir ».

Et puis elle a enlevé son manteau et s'est assise sur le fauteuil en disant qu'elle avait hâte d'avoir une petite conversation avec DeVergy.

Moi je ne suis pas certaine que la réciproque soit vraie.

Donc :

1 : Vérifier que le truc du pouce sur la carotide est vraiment efficace.

2 : Prévenir DeVergy que Mamina a décidé de partir avec nous.

à l'infirmerie

– Monsieur Mars, vous êtes vraiment désespérant et vous avez de la chance que vos petits camarades aient tous témoigné du fait que vous n'avez pas frappé M. Montagues en premier, car autrement je n'aurais pas eu d'autre choix que de faire un rapport au juge.

Allongé sur le lit de l'infirmerie du collège, je devais supporter à la fois le sermon du Négrier et un mal de tête carabiné et, franchement, je ne sais pas lequel était le pire.

BG avait peut-être la tête vide, mais il fallait que je lui reconnaisse qu'elle était sacrément dure. Mon visage était là pour en témoigner même si, au final, je ne m'en tirais pas trop mal : un œil poché et le nez explosé… mais pas cassé.

Un bien faible prix à payer pour avoir pu embrasser Isabelle devant BG.

– Et effacez ce sourire de votre visage, monsieur Mars, la situation n'a rien de glorieux croyez-moi.

Zut, j'étais tellement occupé à me replonger dans le baiser d'Isabelle que j'avais dû oublier de conserver la tête du « bon élève qui a honte de son comportement », que j'avais prise à l'arrivée du Négrier.

– Excusez-moi, M'sieur, je ne souris pas, c'est juste que j'ai mal alors j'essaie de détendre les muscles de mon visage, lançai-je d'un air contrit en appuyant mes propos de tout un tas de grimaces douteuses.

Mon numéro ne devait pas être très crédible, car en m'entendant Le Négrier devint tout rouge et les traits de son visage se figèrent en un masque de fureur.

– C'est ça, prenez-moi pour un con tant que vous y êtes, me jeta-t-il froidement en collant son visage à dix centimètres du mien. Je vous ai à l'œil, monsieur Mars, et croyez-moi je vous promets que vous n'aurez bientôt plus aucune raison de sourire, ajouta-t-il d'un air mauvais avant de quitter la pièce en claquant la porte.

Ses menaces étaient à peine voilées. Ajoutées à ce que nous avions découvert chez Bart, elles me firent froid dans le dos.

Elles signifiaient que les Autodafeurs étaient suffisamment sûrs d'eux pour nous dévoiler leur jeu et qu'ils étaient prêts à passer à l'attaque.

J'allais me replonger dans mon rêve, et dans le goût délicieux des lèvres d'Isabelle, quand la porte s'est rouverte pour laisser passer Marc.

Il avait l'air encore plus furieux que Le Négrier, mais il se contenta de me fixer sans rien dire en secouant la tête.

C'était encore pire.

Cette absence de mots m'obligeait à chercher moi-même les causes de sa colère et les résultats de cette introspection ne me mettaient pas franchement en valeur.

– Tu sais que sans le témoignage des autres élèves Le Négrier aurait contacté le juge ? finit-il par me dire.

– Oui.

– Mais est-ce que tu as bien conscience qu'en passant ce coup de fil il aurait aussi découvert que ton bracelet n'était plus actif et que nous étions sur le point de nous évader ?

Je hochai la tête en silence.

Il n'y avait rien à dire.

Encore une fois, je n'avais pensé qu'à moi sans réfléchir aux conséquences de mes actes. Marc avait pourtant été clair : la réussite de notre plan reposait sur l'effet de surprise. Mon rôle était de me faire discret et voilà que pour la troisième fois, la deuxième en moins de vingt-quatre heures, je manquais de tout faire foirer.

Ma sœur avait raison, j'étais vraiment un idiot.

Assis à califourchon sur une chaise retournée, les bras croisés sur le dossier, Marc me regardait fixement pendant que je digérais l'info et que je prenais conscience de ma connerie. Si je pensais trouver du soutien de son côté, c'était raté. Son visage avait pris la forme d'un masque de réprobation et une étincelle d'agacement dansait dans son regard. Il n'avait pas l'air décidé à reprendre la parole et semblait attendre que je lui fournisse une explication à mon geste.

Sauf qu'il n'y avait pas grand-chose à expliquer.

– Je suis un con, dis-je en baissant la tête.

– C'est trop facile ça, Auguste. Essaie encore.

– Je suis désolé, je n'ai pas réfléchi.

C'était l'exacte vérité mais ce n'était visiblement pas suffisant, car il secoua la tête d'un air déçu.

– Ça aussi c'est trop facile Auguste, tu ne peux pas systématiquement faire tout ce qui te passe par la tête sans en envisager les conséquences puis venir t'excuser en espérant que l'ardoise soit effacée. Ça c'était bon quand tu étais un gamin et que tes pires bêtises ne concernaient que toi. Maintenant tes actes nous concernent tous. Tu ne peux pas continuer à agir comme si tu étais seul au monde.

Il avait raison, mais je commençais à en avoir marre d'avoir tout le temps tout faux.

– Mais j'ai rien demandé moi ! J'en ai plein le cul de vos conneries de Gardiens, de Traqueurs, de Confrérie et d'Autodafeurs ! Je veux retrouver ma vie d'avant ! Je veux parler de fringues avec mes potes, mater des émissions à la con à la télé, dauber sur les profs et écouter de la musique sans me demander si le mec que je croise n'est pas un putain d'Autodafeur en train de préparer je ne sais quel plan pour « dominer » le monde ! J'ai quatorze ans bordel de merde ! Vous ne pouvez pas trouver quelqu'un d'autre pour le job ? Vous ne voyez pas que je suis nul, bon à rien et que dès que je touche à quelque chose je fais tout foirer ? Je laisse tomber, c'est mieux pour tout le monde ! criai-je en balançant rageusement mon oreiller à l'autre bout de la pièce comme si ce bout de plumes et de tissu contenait à lui tout seul la totalité de mes emmerdes.

Marc ne s'est pas mis en colère, mais il m'a regardé de cet air mi-déçu, mi-accusateur qu'ont souvent les parents quand ils voient leurs enfants faire des caprices au milieu de la rue.

– Tu es bien sûr de toi ?

Non, je n'étais pas « sûr », en fait j'étais complètement perdu mais, plutôt que de le lui avouer, j'ai préféré croiser les bras et le fixer d'un air buté pour lui faire comprendre que ma décision était irrévocable et que lui et sa bande des livres débiles pouvaient aller se faire voir ailleurs.

Au bout d'un moment, voyant qu'il n'obtenait pas de réponse, Marc s'est levé tranquillement pour aller ramasser mon oreiller et me l'a tendu.

– Jette-le encore une fois si ça peut te faire plaisir, même dix ou cent fois si c'est nécessaire. Mais quand tu auras fini de faire l'enfant et que tu auras compris que ce que tu souhaites est impossible, rejoins-moi au dojo que je t'explique notre plan.

Sans attendre de réponse, il replaça tranquillement sa chaise contre le mur et se dirigea vers la sortie.

Au moment d'ouvrir la porte, il se retourna et me confia toutefois une dernière information qui allait m'obliger à réagir.

– Au fait Gus, j'étais aussi venu pour te dire que ta mère était sortie du coma. Tu penses que je dois lui dire quand que tu la laisses tomber... avant ou après lui avoir annoncé la mort de tes grands-parents ?

Puis il est parti sans même claquer la porte et je me suis retrouvé tout seul avec ma connerie.

journal de Césarine

Mamina est restée quarante-huit minutes avec moi dans la chambre de maman mais, comme je refusais de répondre à ses questions et que maman s'était rendormie, elle a fini par en avoir assez et elle m'a dit qu'elle « allait boire un café pour se calmer ». C'était idiot bien sûr vu que le café est un excitant, alors pour lui rendre service je lui ai dit qu'elle ferait mieux de réciter des tables de multiplication... mais ça a eu l'air de l'agacer encore plus et elle est partie en regardant le plafond et en soufflant très fort.

Deux minutes après, c'est le prof de Gus qui est entré dans la chambre. Lui aussi il était très énervé et j'allais lui proposer de réciter des tables de multiplication quand il s'est mis à me raconter un truc idiot à propos de mon frère qui choisissait mal son moment et qui s'était fait cogner par le frère de Bart parce qu'il n'avait pas pu s'empêcher de faire « le joli cœur » avec Isabelle.

Je pense que c'était une image, parce que j'ai déjà vu des cœurs en photo et que ce n'est pas très joli. Mais j'ai compris que Gus s'était encore fait taper dessus parce qu'il avait MAL *compris mes conseils concernant Isabelle.*

Je ne lui avais jamais dit de l'embrasser devant tout le monde. Je lui avais dit de l'inviter au bal.

C'est différent et, à part mon frère, je ne connais personne qui aurait interprété ma phrase de cette manière.

Sun Tzu a raison quand il dit qu'il est important de bien choisir ses généraux et de faire en sorte que nos ordres soient compris avec précision.

C'est une bonne leçon.

De toute manière mon frère fait n'importe quoi. On dirait qu'il fait exprès de ne pas comprendre ce qu'on lui explique et de faire ou de dire le contraire.

Du coup, j'ai décidé d'aller chercher le Livre de papa sans rien dire à personne. Comme ça, je pourrai le lire et, quand je le donnerai à mon frère, je pourrai lui expliquer ce qu'il ne comprend pas pour lui éviter de faire encore des bêtises.

Quand Marc DeVergy a eu fini de s'énerver sur mon frère, je lui ai parlé de Mamina qui avait vu que maman était réveillée. Je lui ai dit qu'elle voulait avoir « une petite conversation avec lui » et qu'elle était partie boire du café pour se désénerver au lieu de réciter des tables de multiplication, ce qui était idiot parce qu'elle allait revenir encore plus énervée.

Le prof s'est passé la main sur le visage avant de regarder le plafond en soufflant et il a dit : « Manquait plus que ça ! »

Je lui aurais bien demandé des précisions à propos de ce qui n'allait pas avec ce plafond, mais juste à ce moment-là Sara et sa maman sont arrivées pour me ramener. Alors je suis partie.

Donc :

À partir de maintenant, je ferai les choses importantes moi-même et je vérifierai que tout le monde comprend bien mes explications.

surprises

À mon retour, Marc n'était pas là mais je trouvai Césarine qui m'attendait. Elle qui avait toujours été un modèle de calme et d'impassibilité manifestait une excitation qui n'était pas du tout dans ses habitudes.

– J'ai une surprise pour toi, s'écria-t-elle dès mon entrée dans le salon. Maman est réveillée ! Elle m'a serré la main et m'a fait un sourire !

Voir ma sœur manifester autant d'enthousiasme pour quelque chose était si rare que j'ai compris à quel point elle avait dû être touchée par les récents événements.

Pour être honnête, Césarine avait toujours l'air si distante que je n'avais même pas envisagé que la mort de nos grands-parents et le coma de maman aient pu la perturber.

J'avais visiblement confondu absence d'expression et absence de sentiments. Je croyais que ma sœur était un roc, mais ce n'était qu'une petite fille de sept ans et tout à mes propres problèmes je n'avais même pas essayé de savoir comment elle allait.

Que je me conduise comme un crétin avec Néné c'était déjà moyen, mais avec ma sœur c'était carrément inadmissible.

– Je suis désolé Cés, j'ai été nul comme grand frère.

Césarine, qui s'apprêtait à me dire autre chose, ferma immédiatement la bouche et se mit à me regarder bizarrement.

– C'est encore une image ? Parce que je ne vois pas bien ce que tu veux dire par « nul ».

– Je veux dire que je ne me suis pas bien occupé de toi. J'aurais dû être là pour t'écouter, pour t'épauler. C'est ce qu'on doit faire entre frère et sœur, se parler, s'entraider. Je suis sûr que tout ce qui s'est passé a été difficile pour toi, tentai-je maladroitement de lui expliquer.

Ma sœur fronça les sourcils.

– C'est surtout pour papi et mamie que ça a été difficile, vu qu'ils sont morts. Et puis pour maman bien sûr, vu que Sabots marron l'a empoisonnée. Mais moi ça va, ajouta-t-elle avec logique.

Assise le dos bien droit sur le bord du canapé, sa jupe plissée rabattue sur le haut de ses chaussettes blanches et les mains croisées à plat sur ses genoux, ma sœur me contemplait avec son regard impénétrable de sphinx. Je me doutais qu'elle avait parfaitement compris ce que je voulais dire, mais comme elle n'avait pas envie d'en parler, je n'avais plus qu'à laisser tomber. Quand ma sœur avait décidé quelque chose, rien ni personne ne pouvait la faire changer d'avis.

Les discussions frère-sœur à cœur ouvert n'étaient pas à l'ordre du jour. Je capitulai.

– Et Marc, il est où ? demandai-je pour changer de sujet.

– À l'hôpital avec maman et Mamina.

– DeVergy, avec Mamina !

– Oui. Même que Mamina a décidé de venir avec nous et que ça ne lui fait pas du tout plaisir.

– Tu m'étonnes.

Connaissant Mamina, le prof allait passer un sale quart d'heure ; s'il espérait pouvoir la manipuler il se fourrait le doigt dans l'œil jusqu'au coude et j'étais curieux de savoir de quelle manière il allait pouvoir justifier la situation sans lui parler de notre implication dans la dernière attaque des Autodafeurs.

– Et comment il va faire pour tout lui expliquer ? Elle ne va jamais le croire. J'ai déjà du mal à y croire moi-même alors Mamina…

Mais ma sœur balaya ma question d'un revers de la main.

– Réfléchis un peu, Gus. Tu as bien compris que maman avait fait partie de la Confrérie. Sinon où est-ce qu'elle aurait appris tout ce qu'elle savait sur les armes et les explosifs ?

– Ben, je ne sais pas moi, en archéologie ils vont parfois sur des sites dangereux alors…

– N'importe quoi ! Et le Code Noir alors ? C'est dans un cours sur quoi qu'elle en aurait entendu parler à ton avis ?

Je savais que ma sœur avait raison, d'autant que Marc m'avait dit que le père de maman était lui aussi membre de la Confrérie. C'est juste que je n'avais pas envie de regarder la vérité en face. Parce que la vérité c'était que tout le monde m'avait menti. Même ma mère.

Je grognai.

– Et alors, c'est quoi le rapport avec Mamina ?

Césarine soupira en secouant la tête d'un air désespéré. Je ne réfléchissais pas suffisamment vite à son goût.

– Papi et DeVergy t'ont bien expliqué que les membres de la Confrérie étaient choisis presque toujours dans les mêmes familles ?

– Tu écoutes aux portes maintenant !?

– L'information est une arme sans égale. Sun Tzu. Réponds à ma question.

– Oui, c'est un truc du genre de père en fils. Et alors ?

Césarine ne me regardait plus. La conversation avait duré trop longtemps et elle ne m'adresserait plus la parole tant que je n'aurais pas trouvé tout seul la réponse. Sauf que j'en avais marre d'être manipulé et que j'en avais rien à foutre de Mamina.

Que DeVergy se débrouille tout seul avec elle. Je pourrais toujours lui en parler à son retour.

– Tu peux au moins me dire quand est-ce qu'il va rentrer ?

– Il a dit qu'il restait avec maman jusqu'à ce que Jésus le remplace.

Mon cœur rata un battement.

Si DeVergy envisageait déjà de confier maman au seigneur, c'est que ma sœur avait dû exagérer les bonnes nouvelles concernant sa santé.

Je me levai d'un bond. Discrétion ou pas, personne ne pourrait m'empêcher d'aller voir ma mère avant qu'elle meure.

– Jésus ? Comment ça Jésus ? Maman est si mal que ça ? Dis-moi la vérité Césarine, maman va mourir c'est ça ?

Je ne m'attirai qu'un regard perplexe.

– Mais qu'est-ce qui ne va pas chez toi, Gus ? Je t'ai dit que maman s'était réveillée et que nous allions bientôt nous enfuir. Je n'ai jamais dit qu'elle allait mourir.

– Alors pourquoi tu parles de la confier à Jésus ? insistai-je, complètement largué.

– Ben parce que c'est comme ça que s'appelle le gros monsieur qui est arrivé ce matin pour nous aider. Tu n'as qu'à aller lui demander si tu veux, il est dans le dojo. Même qu'il est drôlement fort, ajouta ma sœur avant de me planter au milieu du salon.

journal de Césarine

En quittant l'hôpital, j'ai convaincu la maman de Sara de m'emmener à la Commanderie. Je lui ai dit que j'avais besoin de prendre des affaires, ce qui n'était pas un mensonge, et comme elle est gentille et que ça ne faisait pas un gros détour, elle a accepté de m'y conduire.

À l'intérieur de la Commanderie il faisait noir, car l'électricité ne fonctionnait plus.

Ce n'était pas grave pour moi, mais du coup Sara n'a pas voulu venir et sa maman a dû rester avec elle dans la voiture parce que depuis que nous avons été enfermées sous la chapelle Sara a peur du noir.

J'ai bien essayé de lui expliquer que c'était idiot, mais il n'y a rien eu à faire. Même que maintenant elle dort avec une lumière allumée.

Moi, je n'ai pas peur du noir.

Pourtant j'ai peur de plein de choses, j'ai même une liste pour ça.

J'ai peur :

- des gens que je ne connais pas ;

- du bruit ;

- des choses mal rangées ;
- des endroits que je ne connais pas ;
- des vingt-deux premières pages des livres ;
- des vers de terre qui mangent les gens morts ;
- du métro ;
- des lignes de couleur qui s'entrecroisent ;
- de la télévision ;
- de toucher les gens ;
- de changer mes habitudes.

Mais je n'ai pas peur du noir.

D'abord parce que c'est une couleur et dire qu'on a peur d'une couleur, c'est idiot (les gens devraient plutôt dire qu'ils ont peur de ce qui se cache DANS *le noir... mais pas* DU *noir).*

Ensuite je trouve qu'être dans le noir c'est plutôt apaisant car, comme tu ne vois rien, ça te fait un sens en moins qui travaille et tu peux te concentrer sur les quatre autres.

Enfin, quand tu es dans le noir c'est comme si tu te retrouvais en tête à tête avec toi-même (d'ailleurs c'est certainement ce qui fait le plus peur aux gens).

Dans le noir tu peux écouter ta propre respiration, chaque bruit est amplifié, chaque odeur devient importante et c'est comme si, brusquement, tous ces petits détails que ton cerveau enregistre sans y prêter attention prenaient soudain de la matière, devenaient plus denses.

De nos jours les gens ne se fient souvent qu'à leurs yeux, ce qui est une erreur car les images mentent alors que le goût, le son, les textures et les odeurs... c'est plus rare.

Je le sais parce qu'à Paris, dans mon institut, il y avait un garçon, Jérémie, qui était aveugle et je m'étais rendu compte qu'il voyait pourtant mieux que la plupart des gens. Alors, pour comprendre comment il faisait, j'ai décidé de fermer les yeux. Au début, ça a beaucoup inquiété papa et maman, mais quand je leur ai expliqué que c'était parce que mes yeux étaient fatigués de faire tout le travail et qu'il fallait que je sache aussi voir avec mes mains, mes oreilles, mon nez et ma langue, ils ont eu l'air de comprendre et ont accepté de me laisser faire... à condition que ça ne dure pas plus d'un mois.

J'ai dit oui et je suis devenue aveugle pendant trente jours.

C'était bien.

Si je n'avais pas promis je n'aurais peut-être jamais rouvert les yeux, mais il aurait fallu que je lise des livres en braille et il y en a nettement moins que des livres pour les voyants.

C'est ce qui m'a décidée à rouvrir les yeux (enfin, ça et ma promesse bien sûr).

Depuis, je suis à l'aise dans le noir et beaucoup plus efficace en plein jour parce que j'utilise mes cinq sens et du coup j'arrive à me déplacer sans aucun bruit.

C'est pratique.

Une fois entrée dans la Commanderie, même s'il faisait sombre, j'ai tout de suite vu que quelqu'un était venu fouiller, car tout avait été retourné. Je savais que ça n'avait pas d'importance car DeVergy nous avait dit que le trésor de la chapelle n'était pas caché ici, mais j'ai tout de même eu un peu peur qu'ils aient trouvé le Livre de papa.

Ils avaient déjà essayé de le faire disparaître à notre arrivée à la Commanderie en mettant le feu à la remise où maman avait rangé les affaires de papa. Le risque était réel et je m'en suis voulu de ne pas avoir pensé plus tôt à venir le chercher.

Sun Tzu dit pourtant qu'une trop grande confiance est nuisible. J'aurais dû écouter Sun Tzu.

Il faut toujours écouter Sun Tzu.

Heureusement, le Livre de papa était toujours là où je l'avais caché. Derrière l'édition originale des Fables de La Fontaine, bien en évidence dans la vitrine de la mezzanine des enfants. J'avais eu cette idée en lisant les Histoires extraordinaires d'Edgar Allan Poe, où pour cacher une lettre le héros la laisse tout simplement posée sur la cheminée. Sur le coup j'avais trouvé ça idiot et puis j'avais compris que c'était justement cette incohérence qui rendait la cachette si géniale. J'avais fait pareil et la preuve était faite que j'avais eu raison, vu que les Autodafeurs n'avaient même pas ouvert la vitrine.

Ensuite nous sommes passées chercher la grande sœur de Sara à son cours de danse.

J'en ai profité pour lui parler de mon frère.

Je lui ai dit : « Gus veut que tu ailles au bal avec lui. »

Elle a tripoté ses cheveux et m'a répondu : « Il aurait mieux fait de me le dire plutôt que de m'embrasser dans la cour devant BG. »

J'ai dit que c'était ce que je lui avais dit, mais qu'il ne fallait pas lui en vouloir car il était idiot.

Isabelle a ri et a ajouté : « Comme tous les garçons. »

Sauf que ça c'était faux, parce que papa et papi par exemple ils n'étaient pas idiots.

J'ai failli le lui dire et puis j'ai pensé que comme papa et papi étaient morts tous les garçons qui restaient étaient *peut-être idiots, alors je n'ai rien dit mais ça m'a embêtée parce que j'ai réalisé que je ne connaissais plus de garçons qui ne soient pas un peu idiots.*

Pour être sûre, j'ai fait une liste :

- Gus : idiot depuis toujours.

- Néné : dit des choses idiotes.

- DeVergy : prend un air idiot quand je lui dis des choses importantes.

- Sabots marron : très idiot de nous sous-estimer.

- Les garçons de l'institut : méchants avec Sara donc idiots.

Du coup je pense qu'Isabelle est plus intelligente que Gus, car elle a tout compris, et j'espère qu'elle va aller au bal avec lui. Mais ce n'est pas certain, parce qu'elle m'a répondu que c'était « compliqué » et qu'elle allait « y réfléchir ». Pour l'aider je lui ai fait remarquer que comme elle n'avait que deux options, oui ou non, ça n'avait rien de compliqué mais ça l'a encore fait rigoler et elle a ajouté « qu'elle aimerait bien vivre dans mon monde ».

Mais ça c'était vraiment idiot, vu qu'on habite toutes les deux sur la même planète.

Donc :

1 : Chercher un garçon qui ne soit pas idiot.

2 : Trouver un nouveau moyen pour que Gus parle à Isabelle.

prudence est mère de sûreté

Jésus, gros, dojo.

L'association de ces trois mots fit enfin tilt dans mon esprit et je souris malgré moi de ma confusion. Non seulement maman n'était pas mourante, mais en plus nous avions reçu un renfort de poids dans notre lutte contre les Autodafeurs.

Pour en avoir le cœur net, j'ai foncé tête baissée dans le dojo sans réfléchir.

Mauvaise idée.

La porte était ouverte, j'ai franchi son seuil à pleine vitesse sans voir que maître Akitori se tenait juste derrière… et j'ai fini ma course par un soleil magistral avant de recevoir mon maître sur le dos (enfin, ça ou un semi-remorque parce que, sur le coup, ce n'était pas évident de faire la différence.)

Allongé sur le ventre, le bras droit douloureusement coincé derrière la nuque par la poigne de fer d'Akitori, je tentais de récupérer un peu de l'air que son coup violent entre mes omoplates avait éjecté de mes poumons, quand sa voix résonna à mes oreilles :

– Toujours être sur ses gardes, Auguste, me dit-il pour la millionième fois depuis que je le connaissais.

Je frappai le sol du plat de ma main libre en signe de soumission mais, contre toute attente, son étreinte se fit encore plus forte.

– Hé ! J'ai frappé le sol, vous devez me relâcher, criai-je en sentant la douleur augmenter.

– Parce que tu penses t'en tirer ainsi contre les Autodafeurs, Auguste ? En gémissant comme un porcelet qu'on égorge ? En dressant les pouces en l'air comme un gosse de quatre ans ? Montre-moi que ton père ne s'est pas trompé en te choisissant, Auguste. Défends-toi !

Je ne sais pas ce qui se passa dans ma tête à ce moment-là.

Probablement l'allusion à mon père, un ras-le-bol général pour tout ce qui m'était arrivé ces derniers mois, une frustration monstrueuse de me sentir aussi nul, bête et inutile.

À moins que ce soit un trop-plein de rage contre les Autodafeurs qui m'avaient volé ma famille, contre ma famille qui me volait mon enfance et contre moi-même qui n'étais pas à la hauteur de ce que l'on attendait de moi.

D'un seul coup, cette rage et cette peine que je gardais enfouies au fond de mon cœur entrèrent en fusion avec la moindre cellule de mon cerveau et transformèrent mon corps en une machine de guerre implacable et violente.

Je n'étais plus Auguste Mars mais une boule de haine vibrante contre laquelle les cent cinquante kilos de maître Akitori ne pesaient pas plus qu'une plume.

Oublіant la douleur de mon épaule tordue je me redressai d'un seul coup en hurlant tout en saisissant au passage le pied gauche de mon maître. Déséquilibré par ma prise et entraîné par son poids, il se retrouva sur le dos en moins d'une seconde et je profitai de sa stupéfaction pour enfoncer mon genou de toutes mes forces au creux de son plexus solaire.

Le coup était vache et je vis la surprise s'imprimer sur ses traits tandis que tout l'air de ses poumons était brusquement expulsé. Ces quelques secondes me suffirent pour le retourner et coincer sa tête sur le sol en calant ma main sur sa nuque.

– Et comme ça, vous êtes content ? hurlai-je en lui postillonnant au visage.

– Pas mal, souffla-t-il en souriant.

J'étais refait, comment ça « pas mal » ? Avec mes soixante kilos tout mouillé je venais de mettre au tapis un des plus grands maîtres en arts martiaux du monde en moins de dix secondes et le mec me disait : « Pas mal » !!!

J'avais dû zapper un truc.

– Regarde ma main gauche, Auguste, ajouta-t-il tranquillement.

Je baissai les yeux.

À quelques centimètres de ma cuisse, la pointe acérée d'un stylet brillait dangereusement.

Oups.

C'était évidemment totalement interdit par la fédé, mais dans la vraie vie… ben y avait pas de règles !

Je refusai pour autant de m'avouer vaincu.

– Oui mais je peux vous briser la nuque quand même, argumentai-je, un peu vexé de m'être fait avoir.

– Pas assez vite pour m'empêcher de sectionner ton artère fémorale, Auguste, et à moins d'avoir un chirurgien expérimenté à tes côtés tu seras mort en moins de cinq minutes.

– Sauf que, comme le dit Sun Tzu, « qui maîtrise l'art de la surprise, maîtrise l'issue de la bataille ».

Cette petite voix, c'était celle de ma sœur. Nous ne l'avions pas entendue entrer et là, penchée au-dessus de maître Akitori, elle appuya tranquillement son pouce sur le côté de son cou de taureau.

La surprise eut à peine le temps de traverser ses yeux que déjà le corps de mon maître se détendait et que je ne tenais plus dans mes bras qu'une grosse poupée molle.

Ma petite sœur de sept ans venait de mettre hors de combat un formateur de la Confrérie de cinq fois son poids. C'était tellement énorme que je ne trouvais même pas de connerie à dire.

– Quoi ? Je n'aurais pas dû ? Il a dit qu'il fallait faire comme dans la vraie vie et qu'il n'y avait pas de règles. Alors je suis venue t'aider. C'est bien ce que tu voulais me faire comprendre tout à l'heure avec ton discours sur le rôle des grands frères ? me dit-elle en se balançant un peu gênée d'un pied sur l'autre.

Si.

C'était bien ça.

Sauf que dans mon esprit, c'était plutôt à moi de m'occuper d'elle… pas le contraire.

ras le bol

Maître Akitori mit moins de cinq minutes à reprendre ses esprits, mais il lui fallut un peu plus de temps pour encaisser sa défaite.

Comme quoi on peut être un grand maître zen et avoir du mal à gérer son orgueil. Évidemment, ma sœur s'était tirée avant son réveil (elle avait soi-disant un livre important à lire) et je me retrouvai seul pour lui expliquer ce qui s'était passé.

– Désolé mais ma sœur a cru bien faire, dis-je à mon maître dès que je vis ses paupières frémir.

Ses yeux s'ouvrirent en grand et c'est un regard sévère qui se posa sur moi.

– Tu n'as pas à t'excuser pour les autres, Auguste, chacun est responsable de ses actes. En plus ta sœur a parfaitement agi et m'a rappelé qu'il n'est nul besoin de donner des leçons si on ne les applique pas soi-même, ajouta-t-il en se redressant avec souplesse.

Sa réplique me fit sourire et je songeai que ma sœur avait vraiment l'art de mettre chacun, élève ou maître, face à ses contradictions.

Debout à trois mètres de moi, jambes écartées, bien stable sur le tatami, maître Akitori me dominait de son imposante présence. Face à lui, j'avais toujours eu l'impression d'être d'une faiblesse sans limites, car tout dans sa stature imposait le respect : sa taille, son poids, la largeur de ses mains, l'épaisseur de son cou, sa puissante musculature.

Maître Akitori n'était pas fort, il personnifiait la force.

Mais plus encore que cette puissance affichée, c'étaient ses yeux, son regard et la sérénité qui vous enveloppaient dès qu'il pénétrait dans une pièce qui vous faisaient comprendre à qui vous aviez affaire : le meilleur des amis ou le pire des ennemis.

Le problème c'est que, à ce moment précis, j'avais du mal à savoir qui, de l'ami ou de l'ennemi, se tenait face à moi. Sa réaction brutale lors de mon arrivée dans le dojo m'avait un peu refroidi et je préférai rester à une distance respectueuse tant que je n'en saurais pas plus sur ses intentions.

Après tout c'était lui-même qui parlait de « prudence », je décidai donc de mettre ses principes en action et reculai encore d'un pas.

– De quoi as-tu peur Auguste ? Que je te colle la raclée que tu mérites ou d'être mis face à tes responsabilités ?

Zut, j'aurais mieux fait d'avancer. La raclée était nettement préférable à la leçon de morale.

J'en avais plein le cul des longs discours. Après Le Négrier et DeVergy, ça allait être le troisième en moins de deux heures et comme je savais ce qu'il allait me dire je préférai le devancer.

– Je sais. Je suis le Gardien, j'ai des responsabilités, j'ai l'avenir de l'humanité sur les épaules et patati et patata. Sauf que moi je m'en fous ! De toute manière je ne sais même pas ce que je dois faire et quand je prends des initiatives je finis toujours par me faire engueuler alors…

Je me laissai glisser au sol, entourai mes bras autour de mes jambes repliées et cachai mon visage entre mes genoux en rêvant de me transformer en autruche. C'était puéril, mais je ne voyais rien d'autre à faire.

J'avais envie de disparaître.

– J'en ai juste marre, je suis fatigué de tout ça. Tout le monde me fait la morale, tout le monde m'engueule. Même mon père qui est MORT me réclame des trucs dans mes rêves. Ça suffit, vous m'en demandez trop. Je lâche l'affaire. Je suis qu'une grosse merde !

Je ne m'attendais pas à ce qu'il me prenne dans ses bras, ni même à ce qu'il me réconforte, mais je pense que je m'attendais au moins à une réaction.

N'importe laquelle.

Mais rien.

Alors je restai prostré à ressasser. Mais pendant le bon quart d'heure où dura ma crise il ne fit pas un geste, ne dit pas une parole et je finis par comprendre qu'il était carrément parti.

Quand je cessai enfin de m'apitoyer sur mon sort, la seule chose que je remarquai fut un désagréable et insistant raclement de gorge… qui était bien trop aigu pour être masculin.

La tête toujours cachée entre mes jambes je ne voyais rien d'autre que le sol autour de mes pieds, mais c'était suffisant pour que j'aperçoive du coin de l'œil la pointe d'une ballerine rose qui se détachait sur le vert du tatami. Cette ballerine suffit à me faire deviner qui se tenait devant moi, mais j'avais trop honte pour relever la tête.

Mamie avait beau m'avoir un jour expliqué que les filles aimaient les garçons sensibles qui étaient capables d'exprimer leurs sentiments, j'avoue que renvoyer ainsi l'image d'un type pleurnichard à la fille qui me plaisait me fichait la misère… et je n'avais pas besoin de lever la tête pour savoir que jamais maître Akitori n'aurait senti aussi bon et qu'il n'était pas du genre à porter des ballerines roses à paillettes.

– Heu, désolée mais ta sœur m'a dit que je pouvais venir te voir ici. Mais si ce n'est pas le bon moment je peux revenir plus tard si tu veux ?

J'aurais dû répondre, mais je n'arrivais pas à m'y résoudre et ce n'est qu'en voyant les petites ballerines s'éloigner de mon champ de vision que je réagis enfin.

– Attends, Belle. Ne pars pas.

Le temps qu'elle s'arrête, j'étais déjà derrière elle, emprisonné dans les reflets soyeux de ses cheveux, prisonnier de son parfum, captivé par les breloques scintillantes pendant à son poignet.

J'étais un papillon de nuit fasciné par la lumière d'une étoile.

Sauf que mon étoile à moi était descendue sur terre et qu'elle me parlait.

– Ça va, Auguste ? dit-elle en avançant la main vers ma joue.

Elle était si belle que j'aurais pu passer des heures à contempler la moindre partie de sa personne, pourtant je ne voyais que le petit grain de beauté minuscule posé comme une signature d'artiste sur une des veines de son cou.

Dissimulé sous l'ombre d'une mèche rebelle, ce grain de beauté en forme de cœur palpitait doucement au rythme de son pouls et m'attirait irrésistiblement.

J'étais incapable de parler et Isabelle dut le sentir, car elle se contenta de poser sa main sur ma joue pour la caresser doucement.

Sa main était fraîche.

Mes joues brûlantes.

Les mots étaient inutiles.

J'avançai à mon tour la main vers son visage et dégageai doucement de son cou la mèche cachant le grain de beauté.

Elle frissonna et le petit cœur battit plus vite.

Je posai mes lèvres sur son cou, sur sa veine palpitante et son cœur frissonnant.

Sa main se posa sur ma poitrine, et je pensais qu'elle allait me laisser l'embrasser… mais elle me repoussa doucement en secouant la tête.

Et tout à coup, je réalisai… que j'étais atrocement malheureux, mais que ça n'avait rien à voir avec elle.

– Excuse-moi, Isabelle. Je n'aurais pas dû faire ça, dis-je en m'éloignant d'elle.

– Laisse tomber, Gus, je suis aussi fautive que toi, je n'aurais pas dû te laisser espérer quoi que ce soit. Quand ta sœur m'a parlé tout à l'heure dans la voiture j'ai compris que c'était vraiment nul de jouer avec toi juste pour embêter BG.

C'était le râteau de l'année et pourtant ce qu'elle venait de me dire me soulageait. Le moins que je puisse faire, c'était d'être aussi honnête qu'elle.

– Pour tout dire… je crois que moi aussi ça me faisait kiffer de faire tourner ton mec en bourrique. Et puis de toute manière en ce moment je ne suis pas bien. Je fais n'importe quoi et je n'ai pas le droit de t'entraîner avec moi dans mes emmerdes, alors c'est mieux qu'on reste amis.

Je pensais qu'elle serait un peu vexée que je lâche l'affaire aussi vite et qu'elle me planterait là comme le gros naze que j'étais, pourtant elle se contenta de me sourire et m'obligea à la suivre vers un des bancs de bois courant contre les murs du dojo avant de s'asseoir à côté de moi sans me lâcher la main.

– Auguste, ton père est mort, tes grands-parents sont morts, ta mère est dans le coma et tu dois vivre dans une maison qui n'est pas la tienne. Tu as tout à fait le droit d'aller mal.

– Mais je dois m'occuper de Césarine et…

Isabelle éclata de rire.

– T'occuper de Césarine ?! Tu plaisantes j'espère ? Si tu veux lui faire plaisir, occupe-toi donc de toi-même.

Changeant de position, elle s'accroupit face à moi et plongea son regard dans le mien avant d'ajouter avec sérieux :

– Qui est là pour toi, Auguste ?

– Ben, DeVergy et ma sœur et…

– Non, idiot. Je voulais dire à qui peux-tu te confier ?

Gêné, je détournai la tête mais, saisissant doucement mon menton, elle m'obligea à me retourner vers elle.

Isabelle me faisait penser à ma grand-mère, qui savait si bien trouver les mots qui soignent les blessures de l'âme. Leurs yeux n'avaient pas la même couleur mais ils avaient la même douceur, la même chaleur et tout à coup je sentis fondre dans ma poitrine le bloc de douleur et de chagrin qui m'oppressait depuis les événements de la chapelle.

– Il faut beaucoup de courage pour affronter sa peine, Gus. Et du courage, je sais que tu n'en manques pas, me dit-elle en souriant.

C'est ce sourire, si doux, qui fit disparaître mes dernières résistances et m'aida à comprendre que mes conneries de ces derniers mois n'étaient que l'expression de ma douleur. Si je n'acceptais pas ma peine, elle continuerait à m'empoisonner, à m'engluer. J'étais en train de me noyer dans les milliers de larmes qui coulaient à l'intérieur de moi parce que je refusais de les laisser sortir.

Il fallait que ça cesse.

Et j'éclatai en sanglots dans les bras d'Isabelle.

journal de Césarine

J'ai lu le Livre de papa.

Même sans les 22 premières pages il était très long.

C'est un « Livre de bord ».

Je ne sais pas quand papa a commencé à l'écrire, mais à la page 23 il avait déjà dix-huit ans.

Il ne raconte pas toute sa vie (sinon le Livre serait beaucoup plus gros), mais juste les événements importants en rapport avec la Confrérie. L'embêtant c'est que souvent il n'appelle pas les gens par leur nom, alors c'est difficile à suivre, mais j'ai tout de même pu en déduire quelques informations qu'il est possible de résumer ainsi :

Période 1 : de ? à 20 ans

Papa parle de sa formation avec ses amis Porthos, Athos, d'Artagnan et une fille dont ils sont tous les trois amoureux.

Là, je pense que c'est maman parce qu'il l'appelle « Jolie » et que maman s'appelle Julie (ce qui implique que Porthos était Virgile, mon oncle, car papa en parle souvent comme le frère de « Jolie »).

Ils ont tous passé un pacte, celui de chercher et de trouver le « Livre qu'on ne peut pas lire », qui serait à l'origine de la création de la Confrérie par Alexandre le Grand.

Période 2 : 1989

Cette année-là il se passe un événement pas clair concernant papi, le papa de maman (qui est aussi le mari de Mamina) et le papa d'Athos. Ils partent tous les trois à Berlin chercher des livres importants auxquels ils peuvent enfin accéder parce qu'un « rideau de fer est en train de se lever » et qu'un « mur » est tombé… Oui, je sais c'est idiot mais c'est ce que papa a écrit. Leur expédition se passe mal, car papi revient sans les livres et tout seul.

À la suite de ça il va y avoir un « effet domino », c'est-à-dire que chaque événement va en déclencher un autre ; dans l'ordre, ça donne :

1 : Athos se fâche avec ses amis et quitte la Confrérie en accusant mon papi d'être responsable de la mort de son père.

2 : le frère de maman meurt dans un accident en conduisant la moto trafiquée de d'Artagnan.

3 : maman se fâche avec d'Artagnan, quitte la Confrérie et part vivre avec papa à Paris.

4 : Mamina, qui n'a plus ni mari, ni fils parce qu'ils sont morts, part vivre en Amérique du Sud et se fâche avec maman.

Puis, plus rien jusqu'en l'an 2000.

Période 3 : 2000-2014

À la naissance d'Auguste, papa se remet à écrire dans son Livre. Il explique qu'il a décidé de reprendre sa place dans la Confrérie, car il pense avoir trouvé aux archives de la Bibliothèque nationale des indices pour localiser le trésor de la Confrérie. Papa explique que ce trésor avait été confié à notre famille en 1314 à la mort sur le bûcher du dernier grand maître des Templiers, Jacques de Molay, mais que nous l'avons perdu en 1790 lorsque notre ancêtre, qui était le seul à en connaître le contenu et l'emplacement, a lui-même été décapité par les révolutionnaires.

Papa explique dans son Livre que si ce trésor est bien ce qu'il pense il leur permettrait de trouver le fameux « Livre qu'on ne peut pas lire », que tous recherchent depuis des années. Il n'entre pas dans les détails, mais son hypothèse serait que ce « Livre qu'on ne peut pas lire » aurait été confié à un membre de la Confrérie pour qu'il le mette à l'abri et que le lieu qu'il aurait choisi serait indiqué dans son Livre de bord... lui-même conservé dans le trésor de la Confrérie. J'avoue que tout ça n'est pas très clair.

Papa dit aussi que devant l'importance des enjeux il a décidé de former mon frère en cachette, même si maman n'est pas d'accord.

Ensuite, pendant plus de dix ans il transcrit juste quelques résultats de ses recherches et les progrès de mon frère.

Ce n'est pas très intéressant.

Il ne parle même pas de moi.

Les dernières pages sont les plus importantes, même si elles sont parfois un peu idiotes (comme ce passage où il explique qu'il a découvert par hasard le grand complot des Autodafeurs en renversant sa tasse de café sur la photocopieuse des archives de la Bibliothèque nationale... n'importe quoi !).

Tout à la fin, papa parle d'une conversation qu'il aurait surprise au ministère de la Culture et qui donne les détails d'une opération mondiale. Il écrit qu'il a tout enregistré et qu'il détient des preuves, mais qu'il ne veut rien faire avant d'avoir mis la main sur le « Livre qu'on ne peut pas lire », car ce serait « l'arme ultime » contre les Autodafeurs.

Il dit aussi qu'il a l'impression d'être surveillé et qu'il a peur pour nous.

Et puis plus rien.

Parce que papa est mort.

Moi je sais où sont les preuves.

J'en ai même déjà parlé à mon frère et à DeVergy.

Elles sont dans le dossier Fahrenheit 451.

Sauf que personne ne m'écoute jamais.

Donc :

1 : Trouver qui sont d'Artagnan et Athos.

2 : Lire le dossier Fahrenheit.

3 : Me renseigner sur cette histoire stupide de « Livre qu'on ne peut pas lire ».

moment de gloire

Nous étions à deux jours du bal et il était grand temps que DeVergy nous explique son plan pour nous tirer d'ici.

Réunis dans le salon, Césarine, Néné et moi attendions avec impatience son retour de l'hôpital. Enfin, l'impatient c'était surtout moi parce que Césarine, plongée dans l'ordi de papa, était focalisée sur sa lecture. Et quand Césarine est concentrée… la terre peut s'écrouler !

Assise au creux d'un profond fauteuil blanc en forme d'œuf, elle ne touchait plus le sol de ses pieds. Ses petites chaussures vernies se balançaient sur un rythme obsédant et agaçant en rebondissant sur les rebords de plastique du siège seventies. Tap, tap, tap, tap…

Un vrai supplice.

Il fallait que je pense à autre chose avant de me jeter sur elle.

– Dis donc Néné, t'as des nouvelles de Bart ?

Mon pote leva une seconde le nez de sa tablette pour me toiser d'un air agacé avant de retourner à son monde virtuel.

Super, entre lui et ma sœur j'avais l'impression d'être perdu dans un congrès de geeks.

Vautré sur le sol pour pouvoir utiliser la table basse comme bureau, Néné avait connecté un clavier souple à son écran et ses doigts couraient si vite sur les touches que leurs mouvements en devenaient hypnotiques.

Je n'osai pas lui demander ce qu'il trafiquait.

D'abord parce que je n'y aurais certainement rien compris, mais surtout parce que depuis mon coup d'éclat dans la cour avec Isabelle, Néné me faisait la gueule. J'avais failli faire capoter son rendez-vous avec Jessica et, même si j'avais réussi à rattraper le coup, l'histoire lui était restée en travers de la gorge.

– Allez, Néné ! Ne fais pas la gueule ! Puisque je te dis qu'Isabelle ira au bal avec BG, que je me suis excusé auprès de Marie-Lou et qu'elle m'a promis que sa sœur t'accompagnerait bien au bal demain soir.

Sa réponse fusa sans que ses doigts cessent une seconde leur manège.

– Ouais. N'empêche que si Isabelle n'était pas venue te dire qu'elle ne pouvait pas quitter BG, TOI ça t'aurait pas dérangé de me laisser tomber pour ses beaux yeux !

Le pire c'est qu'il avait raison. Quand Isabelle était venue me voir dans le dojo, je l'aurais volontiers embrassée, et si elle n'avait pas mis les choses au point j'aurais certainement perdu mon meilleur pote. Au lieu de ça, j'avais gagné une amie et c'était nettement mieux comme ça. Bon, si j'étais parfaitement honnête je reconnaîtrais que ce râteau ne m'avait pas non plus fait hyper plaisir (je suis un mec, tout de même), mais je dois admettre qu'elle n'avait pas tort ; je n'étais pas vraiment amoureux d'elle, je la trouvais juste super jolie et je la draguais aussi un peu pour emmerder BG… mais ce n'était pas le genre de truc que j'allais avouer à Néné !

– La faute aux hormones, mon pote ! Ose me regarder dans les yeux et me dire que tu n'aurais pas fait la même chose si l'occase s'était présentée, lui assenai-je en tentant le tout pour le tout.

Néné lâcha son clavier en soupirant et s'affala dans le canapé en balançant ses grandes jambes maigrichonnes sur la table basse.

– Ouais. T'as raison. Même si la fille la plus moche du collège me proposait de te vendre à la mafia russe en échange d'un baiser, c'est clair que j'accepterais sans hésiter, dit-il en ricanant. En même temps, y a aucune chance que ça arrive… t'es trop insupportable pour intéresser qui que ce soit !

– Ça c'est vrai, ajouta ma sœur qui venait de finir sa lecture.

– Super. Merci pour la solidarité, Cés. D'autant que je te rappelle que c'est TOI qui m'as conseillé d'inviter Isabelle !

En regardant la tronche de Néné et le frémissement de la lèvre supérieure de Césarine, je compris tout à coup que les deux étaient en train de se foutre de moi.

En même temps, je ne l'avais pas volé.

– Pour répondre à ta question, Gus, oui, j'ai des nouvelles de Bart. Il a profité du bordel que tu as foutu dans la cour pour m'expliquer qu'il ne pouvait plus nous appeler, car son ordi est sous surveillance. Du coup je lui ai filé mon téléphone et il va essayer de nous joindre ce soir, m'expliqua Néné en retrouvant son sérieux.

– Tu es certain que ses frères et Le Négrier n'ont rien vu ?

– Pour BG c'est sûr. Du moment où tu as commencé à te rapprocher d'Isabelle, il n'y a plus eu rien d'autre qui l'intéressait. Et quand tu t'es mis à l'embrasser on a tous cru qu'il allait faire une crise cardiaque. Pour les deux autres crétins, ce qui les intéressait c'était justement la gueule que tirait leur frère. Je pense qu'ils n'ont pas tous les jours l'occasion de se foutre de lui, c'est un tel connard ! Je te jure que je les ai vus se marrer. En foutant la honte à BG tu leur as fait un sacré cadeau. Donc, t'inquiète, personne ne m'a vu filer mon téléphone à Bart… et puis de toute manière je l'ai un peu modifié alors même s'ils le trouvent c'est pas grave, conclut-il avec un petit sourire en coin.

La porte d'entrée claqua à cet instant. DeVergy était de retour, mais il n'était pas seul… et visiblement ça ne le réjouissait pas des masses.

L'avantage des lofts (certains diraient le désavantage…) c'est qu'entre l'absence de cloisons et le volume des espaces la diffusion du son se fait plutôt bien ; quand tu organises une teuf c'est de la balle… par contre niveau intimité, c'est pourri.

Bref, si Marc et Mamina étaient restés près de l'entrée pour pouvoir parler discrètement, c'était raté ; ils avaient beau faire en sorte de moduler leurs voix vers le bas, nous entendions toute leur conversation. Enfin, si le fait de tenir chacun un discours différent sans écouter l'autre peut être qualifié de discussion…

– Il est hors de question que vous veniez avec nous, Élisabeth. Vous n'appartenez pas à la Confrérie. Le refuge où nous partons est strictement réservé aux enfants des membres de l'Ordre. Vous ne pourrez pas y accéder. N'interférez pas, ou vous pourriez faire échouer notre plan et mettre nos vies en danger.

– Et moi je te dis que je ne te laisserai pas emmener ma fille et mes petits-enfants je ne sais où. Votre Confrérie m'a déjà coûté un fils et un mari. Je pense que j'ai suffisamment payé pour pouvoir exiger de vous suivre. Et arrête de me vouvoyer et de m'appeler Élisabeth, Marc, ça me donne l'impression d'avoir mille ans. Je te rappelle que je t'ai connu tout petit et que j'ai même changé tes couches, alors baisse d'un ton si tu veux bien.

Néné et moi avons échangé un sourire. Imaginer DeVergy en train de se faire changer les couches par Mamina avait quelque chose d'irrésistible.

– Tu crois qu'il avait déjà des tatouages quand il était bébé ? chuchota Néné avec un sourire jusqu'aux oreilles. Ça se trouve il était adepte des décalcos qu'on trouve dans les paquets de petits-suisses.

L'image d'un DeVergy potelé avec des tattoos de Scooby-Doo sur ses petits bras dodus s'imposa à moi et je pense que Néné visualisait le même type d'image parce que nous avons éclaté de rire en même temps.

Forcément ce n'était pas discret ; Marc et Mamina ont donc cessé leur engueulade et se sont ramenés dans le salon.

Mamina, fidèle à son habitude, nous fit une entrée théâtrale ; parfaitement coiffée, maquillée, parfumée et habillée, elle s'est avancée vers nous les bras grands ouverts en déclamant mélodramatiquement :

– Mes chéris, mes chéris, ne vous inquiétez pas, vous n'avez plus rien à craindre ; votre Mamina est là et va s'occuper de tout.

Derrière elle, Marc avait la tête du type à qui on vient d'apprendre la pire nouvelle de toute sa vie… et qui ne sait pas comment faire pour se débarrasser du problème. Si je n'avais pas été concerné, je pense que ça m'aurait fait rire, sauf que pour le coup, serré dans l'étreinte de fer de Mamina et à moitié étouffé par son parfum capiteux, je trouvais la situation plutôt tragique. Marc s'écrasait peut-être comme un gamin, mais il était hors de question que je me laisse manipuler par une grand-mère qui n'était même pas capable de se souvenir de ma date d'anniversaire. C'était le moment de prouver que j'étais capable de prendre les choses en main.

Je l'ai repoussée fermement, avant de la saisir par les épaules et de l'asseoir d'autorité dans un fauteuil malgré ses protestations. Même si elle n'en avait pas envie, elle allait devoir entendre ce que j'avais à dire.

– Mamina, pour une fois dans ta vie tu vas me faire le plaisir de te taire et d'écouter. Marc a raison, il ne s'agit pas d'organiser un tournoi de golf ou des vacances. Les hommes contre lesquels nous luttons sont dangereux et déterminés. Si papi n'avait pas pris la balle qui m'était destinée, je serais mort… nous serions tous morts !

– Mais tu n'es qu'un enfant et…

Je l'arrêtai d'un geste et continuai, plus déterminé que jamais à faire passer mon message à l'ensemble des personnes présentes dans la pièce.

– J'ai cessé d'être un enfant le jour où papa est mort ; même si j'ai continué à me comporter comme un gamin, j'ai compris aujourd'hui que ce n'était plus possible. Alors à partir de maintenant nous allons TOUS nous faire confiance. Fini les cachotteries, il faut arrêter de faire nos petites magouilles chacun dans notre coin sinon nous fonçons droit dans le mur. J'ai besoin de tout savoir pour avancer et je suis certain que Césarine, Néné et moi avons connaissance d'éléments que vous, les adultes, ne soupçonnez même pas. Nous devons mettre nos forces en commun, travailler sur un pied d'égalité… Nous réussirons ou nous échouerons ; mais nous le ferons ensemble.

J'ai dû mettre suffisamment de conviction dans mon discours car Mamina, vaincue, a baissé les yeux en signe d'acceptation et, lorsque j'ai balayé l'assemblée du regard, ce que j'y ai vu m'a rempli de fierté. Pour la première fois depuis les événements de la chapelle nous semblions tous sur la même longueur d'onde.

DeVergy, les bras croisés, me souriait de toutes ses dents en hochant la tête, Néné avait dressé les pouces en l'air tandis que ma sœur, égale à elle-même, se contenta de retourner l'ordi de papa vers nous et de ponctuer mon discours par une courte phrase très inattendue :

– Donc maintenant que vous êtes prêts à écouter les autres, ça vous intéresse de voir ce que papa avait trouvé sur Adam Murphy et les Montagues ?

Et voilà, mon moment de gloire aurait duré en tout et pour tout… dix secondes.

journal de Césarine

Le moment que papa m'avait demandé de guetter est enfin arrivé : mon frère semble prêt et je vais pouvoir lui donner son Livre.

J'en suis sûre parce que, pour une fois, au lieu de se plaindre ou d'être en colère, Gus nous a fait un discours sans rien dire d'idiot. Ce qui m'agace un peu c'est que moi quand je dis quelque chose d'important personne ne m'écoute. Mais bon, mieux vaut tard que jamais.

Du coup, après le monologue de mon frère, Mamina et le prof se sont serré la main et ont passé un accord : DeVergy a accepté que Mamina vienne avec nous et elle, en échange, a promis d'obéir sans discuter.

C'est un bon début.

Ensuite ils ont tous voulu voir le dossier de papa sur Adam Murphy, mais comme ce n'était pas très pratique Néné est allé imprimer des copies en grognant. Il était vexé, parce que malgré les heures qu'il avait passées sur l'ordi de papa il n'avait pas compris l'importance de ce fichier. Il répétait qu'il était « vraiment un triple idiot », mais je l'ai consolé en lui disant que c'était normal vu que c'était un garçon. Ça a fait rire Mamina, qui a dit : « Elle a beaucoup de bon sens cette petite », et, même si je n'aime pas trop qu'elle m'appelle « cette petite », c'est toujours un progrès par rapport à d'habitude. D'ailleurs j'ai bien remarqué que maintenant elle m'observe différemment.

Ça aussi c'est un progrès.

Pendant que tout le monde lisait le dossier « Fahrenheit », je me suis amusée à observer leurs expressions. Je pense que mamie aurait été très fière de moi, car je suis sûre d'avoir réussi à décoder leurs sentiments.

Le plus facile c'était Néné, parce qu'il n'arrêtait pas de répéter « Merde alors ! » en ouvrant des yeux tout ronds et en se grattant la tête. Comme je suis certaine que ce n'était pas l'expression d'un problème intestinal, j'en ai conclu qu'il était stupéfait.

Pour mon frère aussi c'était simple : il tripotait l'ourlet de son sweat en jetant de temps en temps des coups d'œil vers les autres, signe qu'il était embêté. Je pense qu'il n'a pas tout compris au dossier parce qu'il n'est pas très calé en informatique et qu'il n'osait pas demander d'explications aux autres de peur de passer pour un idiot.

C'était plus difficile de savoir ce que pensait Mamina ; d'abord parce que je ne la connais pas bien, mais aussi parce qu'elle est très forte pour cacher ses sentiments. Pendant qu'elle lisait, pas un mouvement n'agitait son visage. Très droite, elle tenait le dossier du bout des doigts et seuls ses yeux bougeaient de gauche à droite. Pourtant, à un moment, j'ai bien vu que quelque chose l'avait surprise, car ses pupilles se sont dilatées tandis que ses sourcils se plissaient brusquement vers son nez. Ça n'a duré qu'une seconde et elle a tout de suite levé la tête pour voir si quelqu'un s'en était rendu compte ; mais à part moi, tout le monde était concentré sur son dossier et ça a eu l'air de la rassurer. Évidemment elle a bien vu que MOI *je n'étais pas en train de lire, mais elle a fait comme si je n'étais pas capable de comprendre.*

DeVergy, lui, ne semblait pas si surpris que ça, je pense qu'après ce que mon frère lui avait raconté sur ce qui se passait dans le laboratoire des Montagues *il avait déjà dû en tirer les mêmes conclusions que papa : à savoir qu'*Adam Murphy *et les* Montagues *s'étaient ralliés aux* Autodafeurs *et s'apprêtaient à détruire le stock mondial de livres grâce au projet* Goodbooks *et aux scanners de* Godeyes*.*

À la fin de leur lecture, ils se sont tous mis à parler en même temps. Sauf qu'encore une fois ils n'étaient pas d'accord et que ça m'a donné mal à la tête.

Alors je les ai laissés crier et je suis partie dans ma chambre relire le dossier de papa pour trouver ce qui avait bien pu surprendre Mamina*… même que je suis presque certaine d'avoir trouvé.*

le plan

Les révélations de Césarine ont fait l'effet d'une bombe. Le plan des Autodafeurs qui transparaissait au travers du dossier de papa était si énorme et soulevait tant de questions que j'ai commencé par avoir du mal à y croire.

Pourtant papa avait fait un travail de recherche si minutieux qu'il était impossible de douter de ce que nous lisions. Son dossier s'ouvrait sur une étude détaillée du projet *Goodbooks*, contenant la liste des bibliothèques déjà scannées et celle des autres lieux en cours de réalisation… Cette liste était si impressionnante que ça donnait le vertige ; aucun lieu de culture, aucune université, aucun musée ou bibliothèque de quelque importance ne semblait avoir été oublié et cette liste concernait les pays du monde entier !

Mais papa ne s'était pas arrêté là, il avait joint à cette première liste une copie des carnets de commandes de Godeyes, dont il avait surligné de nombreux passages ; malheureusement, cette liste ne contenant que des codes, elle était incompréhensible. Enfin, incompréhensible pour moi, parce que Néné lui la comprenait parfaitement…

– La feuille sur Godeyes, je sais ce que c'est ! s'exclama-t-il tout excité.

Devant l'air étonné de Marc et Mamina, Néné s'est senti obligé de s'expliquer.

– Mon père est informaticien chez eux et, quand j'étais plus petit, il ramenait souvent des feuilles de saisies à la maison. Comme elles ne sont imprimées que d'un côté et que dans ma famille on lutte contre la déforestation, papa les ramenait pour qu'on en utilise le verso. Du recyclage, quoi, précisa-t-il en voyant que j'avais du mal à le suivre.

– OK, Néné, on a compris le principe, mais tu sais ce que signifient ces lignes de codes ? le questionna Marc.

– Ouais, facile, mon père me l'a expliqué un jour, dit-il en se concentrant sur sa feuille. Alors, si je me souviens bien la première colonne c'est le code du type de machine vendue, la deuxième c'est la quantité expédiée, la troisième c'est le code du pays destinataire et la dernière c'est le code client, nous expliqua-t-il en désignant successivement chaque suite de chiffres avec son index gauche.

Marc reprit son propre listing et le feuilleta en parcourant rapidement les données avant de constater :

– Regardez. Les extraits surlignées par le père de Gus correspondent toujours à une référence de machine bien précise : XIPEscan ; ça signifie quelque chose pour toi, Néné ?

Mon pote se gratta la tête, avant de grimacer pour nous signifier que ses connaissances n'allaient pas plus loin.

– Pas la moindre idée… mais par contre je peux aller vérifier dans leurs bases de données si vous voulez, leur système est le premier que j'ai réussi à craquer quand j'étais gamin et je m'y suis installé une porte dérobée pour le fun.

Sa réponse a eu l'air d'enthousiasmer Marc, mais moi j'étais complètement largué.

– Néné, s'te plaît, tu peux traduire pour le pauvre homme des cavernes que je suis ?

Occupé à pianoter comme un malade sur l'ordi de papa, Néné ne leva même pas les yeux pour me répondre, mais Marc s'en chargea à sa place.

– Une porte dérobée c'est un truc de hackers. Quand ils piratent un système, ils laissent un accès connu d'eux seuls pour pouvoir s'y réintroduire à volonté.

Bon, en fait c'était tout simple… sauf que j'avais peur qu'ils aient négligé un truc.

– Dis donc, Néné, ce n'est pas un peu risqué d'utiliser l'ordi de papa ? Souviens-toi qu'il avait dit qu'il se sentait surveillé et tu m'as dit toi-même que le réseau n'était pas sûr.

– Aucun risque, j'ai totalement vérifié sa bécane et j'utilise un réseau perso, t'inquiète mon pote, je maîtrise, me dit-il avec fierté avant d'enchaîner : voilà… j'y suis, alors aucune idée de ce que veut dire XIPEscan, par contre ces machines sont toutes fabriquées dans la même usine et cette usine est celle de… non, j'y crois pas. Il doit y avoir une erreur !! s'exclama-t-il.

– Quoi Néné ? Explique-toi, lui demanda Marc brusquement.

Mon pote leva la tête de son écran et se passa la main dans les cheveux avant de soupirer.

– C'est débile, leurs bordereaux indiquent que les XIPEscan sont fabriqués sur Block Island, or c'est l'île privée d'Adam Murphy.

Je ne voyais pas pourquoi cela lui semblait si bizarre. On savait depuis notre discussion avec Bart que les Montagues étaient associés avec Murphy sur le projet *Goodbooks*, alors il n'y avait rien de surprenant à ce qu'ils fassent fabriquer leurs scanners sur son île.

– Et alors ? C'est quoi le problème ? lui demandai-je.

– Le problème c'est que j'ai vu un reportage sur cette île. À l'époque ça avait fait un sacré scandale, car c'était censé devenir une réserve naturelle pour une espèce de coléoptère en voie de disparition et l'État avait tout de même accepté de la vendre ; Murphy y a fait installer deux piscines, des tennis, un minigolf, une piste de kart, un aérodrome privé et la baraque la plus dingue que j'aie jamais vue… par contre, il reste peut-être un ou deux coléoptères, mais je peux t'assurer qu'il n'y a pas d'usine sur ce caillou ! Tiens, vérifie toi-même si tu ne me crois pas, ajouta-t-il en me tendant sa tablette.

Néné avait ouvert une vidéo et nous avons pu constater par nous-mêmes qu'il avait parfaitement raison. Murphy s'était fait aménager une île de malade mais la topographie des lieux ne laissait pas de place au doute : il n'y avait pas d'usine !

– Ce n'est pas parce qu'on ne la voit pas qu'elle n'existe pas, dit alors Mamina. J'ai souvent travaillé dans des complexes sécurisés totalement enterrés. De l'extérieur vous ne voyez qu'un petit bâtiment, alors qu'en sous-sol il y a parfois jusqu'à cinq niveaux qui peuvent s'étendre sur des kilomètres. C'est probablement le cas ici.

J'ai cru une seconde que j'avais mal entendu ; ou alors c'est que j'avais zappé un truc dans le CV de ma grand-mère.

– Heuu, qu'est-ce que tu fichais dans des complexes sécurisés ? Et depuis quand les lycées sont considérés comme des zones ultrasecrètes ? Je croyais que t'étais prof de bio…

Mamina a jeté un coup d'œil vers Marc avant de se tourner vers moi. Sa couche de maquillage avait beau lui faire un masque inexpressif, je voyais bien qu'elle était gênée et comme sa réponse tardait trop j'ai deviné qu'elle cherchait un bobard pour s'en sortir.

– Laisse tomber, Mamina. Tu ne seras pas la première de cette famille à avoir menti sur son passé alors accouche. T'étais quoi toi ? agent secret ? tueuse à gages ? spécialiste en bombe nucléaire ? Vas-y crache le morceau, au point où j'en suis, je suis prêt à tout.

À côté de moi, Néné n'osait plus bouger, tandis que Marc restait sagement en arrière en attendant de voir comment ma grand-mère allait s'en tirer. Debout face à moi, ses yeux bleus si semblables à ceux de ma mère plantés dans les miens, Mamina pesait le pour et le contre. Il était hors de question que je cède et je n'ai pas baissé les yeux.

– Si tu veux venir avec nous il va falloir que tu nous dises la vérité, insistai-je en m'avançant d'un pas.

Nous étions dans une impasse et je commençai à me dire qu'elle ne céderait pas, quand la petite voix flûtée de ma sœur a retenti du haut de l'escalier.

– Mamina n'a pas tout à fait menti. C'est une biotechnologiste spécialisée dans les nanotechnologies appliquées et elle a travaillé sur le développement de la technique que vous avez vue détruire le livre dans le laboratoire des Montagues.

Mamina n'a cillé qu'une fois… mais c'était suffisant pour que je sache que Césarine avait visé juste.

journal de Césarine

La réaction de Mamina n'était pas naturelle et j'étais certaine qu'elle avait quelque chose à cacher. J'ai profité qu'ils soient tous en train de discuter pour aller chercher tranquillement dans ma chambre ce qui avait pu la faire réagir. J'aurais pu relire la totalité du dossier, mais c'était inutile. D'abord parce que ça m'aurait pris trop de temps, ensuite car je ne savais pas vraiment quoi chercher. Par contre avec un peu de logique je n'ai pas eu de mal à déduire quel passage Mamina était en train de lire quand ses sourcils se sont froncés.

Déjà, vu que le paquet de feuilles qu'elle avait dans sa main gauche était nettement plus épais que celui qu'elle tenait dans sa main droite, il était évident qu'elle en était à la fin du dossier ; c'est-à-dire à la partie assez ennuyeuse où papa avait répertorié toutes les entreprises dans lesquelles Adam Murphy et les Montagues avaient une participation.

En sachant qu'elle balayait la feuille de gauche à droite en à peu près deux secondes et demie et que ça faisait presque cinquante secondes qu'elle avait tourné sa page, j'en ai déduit que la ligne qui l'avait surprise était environ la vingtième.

Donc je me suis concentrée sur toutes les lignes entre les dix-huitièmes et les vingt-troisièmes des dix dernières pages du dossier et j'ai fini par trouver ce que je cherchais : à la vingt et unième ligne de l'avant-dernière page, il était fait mention de la fondation Cleansearch.

Si papa n'avait pas rajouté entre parenthèses que le laboratoire de recherche de cette fondation se situait au Brésil, je n'y aurais pas fait attention... mais comme Mamina habite au Brésil c'était un indice suffisant pour que je cherche un peu plus dans cette direction.

Je n'ai pas eu à chercher très longtemps, à peine quelques clics sur Internet et j'ai découvert que Cleansearch était une fondation dont le but était de développer des méthodes écologiques et peu coûteuses pour aider les pays les plus pauvres à traiter et à recycler leurs déchets. Au début je n'ai pas bien vu le rapport avec Mamina, ni même avec les livres et la Confrérie, mais quand j'ai regardé en détail la liste du personnel brésilien et j'ai vu que Mamina était leur directrice de recherche, j'ai tout de suite compris qu'elle était certainement plus qu'un simple professeur de biologie.

Alors je l'ai googlisée sous son nom de jeune fille et des dizaines d'articles scientifiques, de participations à des colloques sont apparus sur mon écran. Mamina n'était pas « prof de bio » mais une grande biotechnologiste, professeur de génie génétique spécialisée, entre autres, dans les nanotechnologies. Moi qui la voyais juste comme une vieille dame trop parfumée et trop maquillée, j'ai dû admettre que je m'étais trompée et que Sun Tzu avait raison quand il disait qu'il fallait se garder de tirer des conclusions hâtives lorsque l'on ne disposait que de données incomplètes.

Par contre, j'ai eu beau chercher, je n'ai pas trouvé ce que faisait concrètement Mamina dans ce laboratoire ; les seules mentions que j'ai trouvées étaient assez vagues, parlant de recherches « révolutionnaires et prometteuses » concernant la « dégradation biologique des déchets » ou de « destruction écologique des surplus humains par des procédés naturels ».

Rien de plus.

Alors je suis redescendue dans le salon pour demander directement à Mamina ce qu'elle faisait dans son laboratoire et je suis arrivée pile au bon moment : mon frère, qui est de moins en moins idiot, venait lui aussi de découvrir que Mamina nous cachait quelque chose.

mise au point

Finalement, après tout ce que j'avais découvert sur ma famille, le secret de Mamina n'était pas si terrible que ça et, quand Césarine l'a balancée, ma grand-mère a fini par nous fournir quelques précisions. À mon grand soulagement, elle n'était ni un Autodafeur ni un espion à leur solde… elle était juste une grande chercheuse en génétique qui avait travaillé par mégarde pour la mauvaise personne. L'avantage, c'est que grâce à elle on a pu en savoir plus sur le projet d'Adam Murphy et des Autodafeurs.

Après s'être fait un peu bousculer par Marc, Mamina nous a expliqué qu'elle effectuait des recherches depuis la fin des années quatre-vingt sur les IGM (les Insectes génétiquement modifiés) et qu'elle venait de réussir à percer le code génétique de différentes espèces quand elle avait été contactée par la fondation Cleansearch pour diriger leur équipe.

– Et tu savais que c'était la fondation d'Adam Murphy ? lui ai-je demandé.

– Évidemment, mais à l'époque personne n'avait encore fait le lien entre lui et les Autodafeurs. Le projet

Goodbooks n'existait même pas et sa fondation avait un but caritatif et écologique.

Là, ça commençait à devenir carrément confus.

– C'est-à-dire ? C'est quoi le rapport entre tes insectes et l'écologie ? Je croyais que justement les écologistes luttaient contre les OGM ?

Mamina a souri.

– Les IGM, Auguste, pas les OGM ; eh oui, même si les écologistes ne sont pas très fans des manipulations génétiques, il se trouve que parfois elles sont bien utiles. Si on a réussi à faire baisser le nombre de moustiques transmetteurs de maladies dans de nombreux pays du Sud, c'est justement grâce à l'introduction de moustiques IGM.

– Alors vous travailliez sur des moustiques ? lui demanda Néné, toujours intéressé quand on parlait d'écologie.

– Pas tout à fait, c'était juste un exemple ; pour comprendre le cadre de mes recherches, il faut garder à l'esprit que les sociétés de consommation génèrent de plus en plus de déchets. C'est déjà un problème dans les pays riches, alors je vous laisse imaginer l'ampleur du désastre dans les pays qui n'ont pas les moyens de stocker et de détruire convenablement leurs ordures.

Néné, notre consom'acteur écolo, opina vigoureusement de la tête pour signifier sa totale adhésion au concept tandis que je me contentais de faire comprendre à Mamina qu'elle pouvait continuer.

– Ouais, je suis au courant. Ma prof de SVT de l'an dernier était en mode écolo et nous passait en boucle les films de Yann Arthus-Bertrand. Mais je ne vois toujours pas le rapport entre tes bestioles, les livres, nos poubelles et les Autodafeurs.

Mamina ne se laissa pas démonter et enchaîna immédiatement.

– En se basant sur les dernières trouvailles en matière de modification génétique, l'idée un peu dingue de la fondation Cleansearch était de modifier le code génétique de certains insectes pour en faire des super-recycleurs biologiques pouvant détruire les déchets issus de l'activité humaine.

– Et c'est possible ça ? l'interrogea Néné.

Ma grand-mère haussa les épaules.

– Sur le papier, tout est possible Néné. Il suffit de choisir les insectes les plus utiles, comme les détritivores, les coprophages et autres nécrophages qui recyclent naturellement les déchets organiques de l'environnement, puis de les rendre plus efficaces pour accélérer le processus. C'est un peu le principe du compostage, si tu veux, mais en nettement plus efficace. Pour être franche l'idée était bonne, mais comme à l'époque je ne voulais pas déraciner ma famille, j'ai décliné leur offre.

– Pourtant tu as fini par accepter ! lui ai-je fait remarquer.

Mamina se tourna vers moi.

– C'est exact, mais c'est parce qu'en 1989 les circonstances avaient changé. Quelques semaines après mon refus ton grand-père disparaissait en Allemagne et mon fils, ton oncle Virgile, se tuait en moto. Rester ici m'était devenu insupportable, j'ai rappelé Cleansearch pour leur dire que j'acceptais leur offre et je suis partie m'installer au Brésil… D'ailleurs, ta mère a refusé de m'accompagner et ne m'a jamais pardonné mon départ.

Pour la première fois, j'ai senti que le masque de Mamina se fissurait et que derrière la grand-mère indifférente et froide que je connaissais depuis ma naissance se cachait une vieille femme souffrant de sa solitude et portant la mort de son fils et de son mari comme des fardeaux. Pour un peu j'aurais presque eu envie de la serrer dans mes bras pour la consoler, mais ce n'était pas franchement le moment. L'urgence était à l'action et la réconciliation familiale devrait encore attendre.

Marc, qui était resté relativement discret jusque-là, s'avança à son tour pour poser ses questions.

– Élisabeth, quand Auguste et Néné ont visité le laboratoire des Montagues, ils ont été témoins d'une expérience étrange. Ils ont vu un livre disparaître sous leurs yeux en quelques secondes pour ne laisser place qu'à un tas de cendres. Est-ce que ce type de phénomène te dit quelque chose ?

Mamina sursauta.

– Est-ce que ce « tas de cendres », comme vous l'appelez, présentait des signes de mobilité ou était totalement inerte après la disparition du livre ? nous demanda-t-elle avec insistance.

Je pris la parole en premier.

– C'était bizarre, et je ne vois pas bien comme te décrire ce qui se passait ; c'était comme si le tas « gigotait » de l'intérieur, on aurait dit qu'il était vivant et qu'il essayait de se déplacer, dis-je en consultant Néné du regard.

Mon pote hocha la tête pour signifier qu'il était d'accord avec mon explication avant d'ajouter :

– Si on l'a appelé de la « cendre » c'est parce que le tas était gris et presque brillant, mais Gus a raison, ça avait plus l'air d'un truc vivant et on aurait dit qu'il était attiré par le deuxième livre.

– Et ce deuxième livre a lui aussi été détruit ?

– Non, parce que la photocopieuse a clignoté en rouge et que le tas s'est immédiatement arrêté de bouger.

– La photocopieuse ? Quelle photocopieuse ? demanda Mamina d'un ton surpris.

Bon, c'est sûr que nos explications n'étaient pas très claires et que, si Mamina devait rester avec nous, il fallait que nous lui donnions plus d'informations ; alors avec l'aide de Néné, de Marc et de Césarine j'ai repris toute l'histoire depuis le début : le projet mondial de numérisation *Goodbooks* d'Adam Murphy, les photocopieuses scanners spéciales fabriquées par les Montagues, le laboratoire secret découvert par Bart dans les sous-sols de sa maison et notre visite guidée en pleine nuit.

Nous prenions la parole chacun notre tour et de temps en temps Mamina nous interrompait pour avoir quelques précisions. Ce qui l'intriguait le plus c'était le laboratoire des Montagues, elle voulait savoir quels types d'instruments nous avions vus, comment étaient les terrariums, de quelle couleur était la terre qu'ils contenaient, si nous avions vu des incubateurs et des microscopes électroniques, si la température nous avait semblé plutôt chaude et humide ou fraîche et sèche… bref tout un tas de trucs auxquels nous n'avions pas fait attention sur le moment et que nous avons eu de la peine à nous remémorer.

Quand nous avons eu fini de tout lui raconter, Mamina s'est levée et s'est mise à marcher de long en large dans le salon ; elle avait l'air de réfléchir intensément et Marc nous a fait signe de la laisser tranquille. Au bout d'une ou deux minutes elle est revenue s'asseoir avec nous, mais ce qu'elle avait à nous annoncer n'était pas franchement une bonne nouvelle.

– Je pense savoir ce que préparent les Autodafeurs et de quelle manière ils comptent procéder. Quand je travaillais pour Cleansearch, mon équipe a développé un IGM à partir d'un croisement du *Lepisma saccharina*, qu'on appelle aussi le « poisson d'argent » à cause de sa couleur et de sa forme, et des thermobies. Ces insectes sont les pires ennemis des bibliothèques, car ils se nourrissent de préférence de produits riches en hydrates de carbone et en protéines. Ils recherchent plus particulièrement les matériaux comme le papier, les produits d'encollage, les gravures et la colle. Bref, ils adorent les livres. Évidemment, notre but n'était pas officiellement de trouver une méthode pour détruire les livres ; Cleansearch nous avait donné pour mission de modifier ces insectes pour en faire des super-recycleurs de papier, carton, cuir et emballages divers dans le but de trouver un moyen rapide et peu onéreux de recyclage… et c'est ce qu'on a fait !

L'IGM que nous avions créé était si efficace qu'il pouvait détruire n'importe quel produit composé de colle, de papier et de carton à une vitesse phénoménale et son appétit était insatiable ; à tel point qu'un jour, à la suite d'un accident, Cleansearch nous a dit que le projet comportait trop de risques et nous a demandé de stopper nos travaux.

– Comment ça ? l'interrogea Marc.

– Eh bien, c'est assez bizarre en fait. Nous venions juste de finir de mettre au point notre superinsecte quand un matin, en ouvrant le labo, je me suis rendu compte que tous nos livres, nos papiers, nos carnets avaient disparu. À la place nous n'avons retrouvé que des petits tas de matière organique. Même si j'étais convaincue du contraire, l'enquête interne a conclu que les protocoles de sécurité n'avaient pas été respectés et que nos IGM avaient dû s'échapper. Devant l'ampleur des dégâts la direction nous a demandé d'abandonner le projet et nous avons tous été licenciés. Pourtant, ce que vous venez de me décrire, dit Mamina en se tournant vers Néné et moi, ressemble à s'y méprendre à l'action de nos petites bêtes… même si certains détails sont un peu étranges.

– Lesquels ? lui demanda Marc aussitôt.

– Tout d'abord le processus de destruction semble avoir été accéléré et les IGM miniaturisés. Normalement, les garçons auraient dû les distinguer à l'œil nu. Or, là, la seule chose qu'ils ont vue c'est la couleur gris argenté du *Lepisma*. C'est d'ailleurs pour ça qu'ils les ont qualifiés de « cendre » je pense, dit-elle en se tournant vers nous.

Néné et moi avons hoché la tête pour confirmer ses dires.

– D'autre part, cette histoire de diode verte qui s'allume pour déclencher la destruction et de diode rouge qui la stoppe ne faisait pas partie de nos protocoles. Notre IGM avait une durée de vie réduite, à peine deux semaines, mais rien d'autre que le feu ne pouvait l'arrêter et c'est ce qui rendait son utilisation si dangereuse à ce stade de nos recherches. Je pense que, depuis, les Autodafeurs ont trouvé un moyen de les activer ou de les arrêter sur commande, probablement dans le but de pouvoir les contenir, parce que je vous laisse imaginer le saccage si on ne pouvait pas les stopper… les insectes ne font pas la différence entre les différents types de papier, quand ils s'étaient échappés dans mon labo ils avaient aussi détruit les billets de banque, mon chéquier et mon permis de conduire qui traînaient dans mon tiroir.

Effectivement, vu comme ça l'histoire prenait une tout autre ampleur et je me doutais bien que si les Autodafeurs souhaitaient détruire les livres ils n'avaient certainement pas pour projet de détruire l'économie mondiale en causant la disparition des actes notariés, de la monnaie, des registres d'état civil et de tout un tas d'autres choses importantes pour notre société. Mais pendant que je m'arrêtais sur le côté apocalyptique des révélations de Mamina, Néné, plus pragmatique, relevait un autre aspect de l'histoire.

– Du coup, on a un moyen de les arrêter ! s'écria-t-il. Il suffit de savoir à quoi réagissent les bestioles quand la diode rouge s'allume et on n'aura plus qu'à émettre le même signal dans tous les endroits où les Montagues ont livré leurs machines XIPEscan et où *Goodbooks* a scanné des livres… et le tour est joué ! Plus de bestioles, plus de risque de destruction des livres et pif, paf, pouf, plus de conspiration mondiale Machin-chose.

Confrérie : 1 – Autodafeurs : 0.

Bien que présenté à la Néné, son raisonnement était bon… sauf qu'on n'avait pas la moindre idée de ce que faisait cette diode rouge et rien qu'en jetant un coup d'œil sur les listes établies par papa il était clair que les lieux infestés représentaient des milliers et des milliers d'endroits dans le monde. C'était juste un poil décourageant et, à part Néné tout fier de sa trouvaille, tout le monde dut ressentir la même chose parce qu'en quelques secondes un grand silence s'abattit sur le salon avant que nous nous mettions tous à imaginer des méthodes plus ou moins concrètes pour faire échouer le plan des Autodafeurs. Mais entre Mamina qui parlait d'appeler la police, Césarine qui citait d'obscurs passages de Sun Tzu et Néné qui envisageait rien de moins qu'une cyberattaque mondiale… c'était vraiment n'importe naouack !

Étrangement, dans cette cacophonie de plans plus foireux les uns que les autres, le seul à garder le silence fut DeVergy. Comprenant que nous risquions d'en avoir pour un moment il s'était éloigné pour nous laisser parler. Debout face à la baie vitrée, les mains dans les poches, Marc contemplait le reflet des lumières de la ville sur les tuiles patinées de Sainte-Catherine et finit même par aller s'installer dans un des transats de la terrasse.

Un peu surpris, j'ai interrompu Néné dans son délire pour lui faire remarquer que le prof s'était tiré et du coup tout le monde s'est arrêté de parler pour le rejoindre sur la terrasse.

– Si ça ne t'intéresse pas ce qu'on raconte, faut le dire, lui balançai-je un poil énervé par son attitude.

– Effectivement, Gus, ça ne m'intéresse pas, me répondit-il en croisant les jambes et en glissant les mains sous sa nuque. Ça ne m'intéresse pas parce qu'en plus d'être idiots vos plans sont inutiles. Césarine, que dit Sun Tzu à propos des forces en présence dans une bataille quand elles sont trop inégales ? demanda-t-il en se tournant vers ma sœur.

Immédiatement, Cés récita le passage que lui réclamait le prof.

– « Lorsque les forces d'une armée sont par trop supérieures à celles d'une autre, le sage général doit savoir éviter l'affrontement. »

– Exactement, Césarine, merci de nous le rappeler. Gus, as-tu oublié que même en incluant ta mère, Néné et ta grand-mère nous n'étions que sept face aux Autodafeurs et que sur ces sept personnes seules trois savent se battre ?

– Quatre, précisa ma sœur. Il ne faut pas oublier maître Akitori, même s'il ne fait rien et qu'il est moins fort que moi.

– Césarine, ce n'est pas parce qu'Akitori n'est pas avec nous qu'il ne fait rien. Crois-moi, il sera là quand l'heure sera venue, dit Marc à ma sœur avant de poursuivre. N'oubliez pas que nous sommes tous étroitement surveillés. Pour le moment, notre seul objectif est de réussir à nous échapper avec le trésor de la chapelle pour le mettre à l'abri. As-tu oublié, Gus, que tes grands-parents sont morts pour protéger ce trésor et que ta mère a, elle aussi, payé très cher son intervention ? Protéger ce trésor est notre devoir à tous et il faut que nous restions concentrés sur cet objectif.

Il avait beau enfoncer des portes ouvertes, son discours ne me convenait pas du tout. Nous venions de découvrir ce que tramaient les Autodafeurs, nous avions, presque, trouvé un moyen de les en empêcher et lui il nous demandait de « laisser tomber »... c'était trop fort !

– Mais tu ne vas tout de même pas les laisser faire sans réagir ? m'exclamai-je.

– En fait... si. C'est même la parfaite diversion qu'Akitori et moi attendions pour avoir une toute petite chance de nous en sortir, me répondit-il calmement.

Je n'en revenais pas et me tournai vers les autres pour les encourager à me soutenir quand je m'aperçus que, à part Néné, ils avaient tous l'air d'accord avec son analyse.

– « La retraite n'est parfois que le premier pas vers la victoire », cita derechef ma sœur en s'inclinant vers le prof.

– Marc a raison, Auguste, me dit Mamina en posant sa main sur mon épaule. Le plus important est de partir rejoindre la Confrérie pour mettre votre trésor en lieu sûr et pour pouvoir les prévenir de ce que nous avons découvert. À nous seuls, nous ne pouvons rien faire, alors que la Confrérie, elle, pourra agir efficacement.

Je me dégageai brusquement et me tournai vers Marc.

– Et le téléphone ? c'est pas fait pour les chiens, on est au XXIe siècle, bordel ! Il doit y avoir un moyen de prévenir la Confrérie sans attendre. Pourquoi il n'y a que maître Akitori qui soit venu nous aider ? Les Autodafeurs, eux, ils font bien intervenir des hommes de l'extérieur, alors pourquoi pas nous ?

– Parce que ce serait trop risqué, Auguste. Faire venir Akitori était déjà une décision dangereuse. Si nous changeons quoi que ce soit dans nos habitudes, ils s'apercevront de quelque chose et nous ne pourrons plus rien faire. Pour le moment, les Autodafeurs sont persuadés que nous ne sommes au courant de rien et que nous sommes piégés ; ils pensent que ton bracelet électronique est toujours actif et que ta mère est dans le coma. S'ils nous laissent tranquilles, c'est qu'ils espèrent probablement que d'autres membres de la Confrérie viendront et que, grâce à eux, ils pourront remonter jusqu'aux autres et tous nous éliminer. Akitori est venu car il n'a aucune famille et ne risquait pas de mettre qui que ce soit d'autre que lui en danger, m'expliqua Marc calmement.

J'avais beau être énervé, je commençais à comprendre.

– En fait nous servons d'appâts ?

– Exactement, mais c'est notre grande chance et c'est parce qu'ils nous croient faibles et isolés que nous pourrons les surprendre et nous enfuir demain soir.

– Alors on laisse tomber le labo des Montagues ? On prend le risque qu'ils déclenchent leur opération avant que nous ayons pu intervenir ? insistai-je, un peu désabusé.

Marc se leva de son transat pour se placer face à moi ; ses yeux verts hypnotiques plantés dans les miens, il posa les deux mains sur mes épaules avant de hocher doucement la tête en signe d'assentiment.

– Exactement, Gus, nous les laissons croire que nous sommes faibles… mais n'oublie jamais que c'est un leurre et que nous saurons agir le moment venu.

Même si son idée ne me plaisait pas, je n'avais pas d'autre choix que de m'incliner alors je le laissai nous exposer son plan pour le lendemain. Que je le veuille ou pas, cette histoire de destruction mondiale des livres devrait attendre ; j'espérais juste que nous ne commettions pas une grosse erreur.

journal de Césarine

Ce soir le prof de Gus nous a donné ses instructions pour l'opération de demain. Néné voulait qu'on l'appelle « l'opération ninja » ; mais le prof lui a répondu qu'on n'était pas dans un film et qu'il n'était pas utile de donner un nom à notre plan d'évasion. Sur ce point précis, il a raison ; par contre j'ai bien réfléchi et même si son plan semble logique, il y a tout de même des détails qui ne me plaisent pas.

Son plan est le suivant : nous devons tous nous retrouver à minuit à la Commanderie où nous attendrons d'autres membres de la Confrérie chargés de nous conduire en lieu sûr avec le trésor de la chapelle.

Pour y arriver discrètement, DeVergy nous a divisés en trois équipes :

- l'équipe 1, composée de Mamina, maître Akitori et moi, doit neutraliser Sabots marron puis transférer maman de l'hôpital jusqu'à la Commanderie ;

- l'équipe 2, composée de Néné et mon frère, doit aller au bal pour se débarrasser du Négrier et des frères Montagues avant de nous rejoindre ;

- l'équipe 3, composée du prof de Gus, fait… ce qu'elle a à faire, sans rien dire à personne !

C'est un plan simple, il a donc toutes les chances de fonctionner, néanmoins, je n'aime pas du tout que DeVergy, mon frère et Néné soient laissés tout seuls sans surveillance.

Ce n'est pas que je n'aie pas confiance en eux, c'est juste que je sais qu'ils ont tendance à faire des choses idiotes quand on ne leur explique pas tout en détail.

J'ai essayé d'en parler avec les autres mais personne n'a voulu m'écouter ; Gus est persuadé qu'il est tout à fait capable de se débrouiller tout seul ; quant au prof il m'a dit que, pour des raisons de sécurité, il y avait des choses qui devaient rester secrètes le plus longtemps possible et il est allé dans sa pièce fermée à clé où personne n'a le droit d'entrer.

Enfin, quand je dis « fermée à clé » c'est une façon de parler, parce qu'en fait cette pièce n'a pas de clé mais un digicode ; à la place de la serrure il y a neuf petits carrés sur lesquels sont inscrits un chiffre et trois ou quatre lettres.

Moi, j'aime bien les codes, alors depuis que j'étais arrivée dans le duplex j'avais déjà essayé 2 347 combinaisons mais je n'avais toujours pas trouvé la bonne alors, comme ça devenait urgent, j'ai décidé de tricher : je me suis glissée derrière DeVergy en silence et j'ai réussi à voir sur quelles touches il appuyait.

Son code, c'est 58543 ; même que c'est facile à retenir parce que si on utilise les lettres du clavier ça donne :

5 : jkl
8 : tuv
5 : jkl
4 : ghi
3 : def

Donc on peut écrire JULIE et même que c'est le prénom de ma maman (on peut aussi écrire Lukie, mais même si ça veut dire « chance » en anglais ce serait avec de grosses fautes).

Comme Sun Tzu insiste toujours sur l'importance capitale de l'information et de la préparation, je pense que je vais aller voir ce que le prof cache de si important dans cette pièce avant de confier le Livre de papa à mon frère et lui donner quelques conseils pour demain soir.

réunion

Assis sur mon lit je ne décolérais pas ; encore une fois il fallait « attendre », « se faire discret », « être prudent »... en gros pendant que Marc s'occuperait seul du trésor et que les filles sauveraient ma mère avec Akitori, moi j'allais faire la potiche au bal et seconder Néné pendant qu'il orchestrerait sa diversion. Bref, je ne servirais pas à grand-chose et cette situation ne me convenait pas du tout.

Il fallait que j'arrive à convaincre Néné que ce plan était absurde, que DeVergy se trompait et que nous pouvions nous occuper du labo des Montagues avant de nous enfuir. Sauf que pour ça il aurait fallu que Néné m'écoute et comme il était en boucle sur son projet de diversion, ce n'était pas gagné ; j'ai vite saisi que le mieux que j'avais à faire était encore de le laisser me détailler son plan avant de lui proposer le mien.

– Vas-y Néné, explique-moi ton plan.

– Mon « plan » ? Tu déconnes là mon pote ! Tu ne m'as pas écouté ou quoi ? Comment tu peux oser qualifier de vulgaire « plan » ma cybermachination machiavélique ? glapit-il en levant les yeux et les mains vers le plafond.

Je soupirai, quand Néné était en mode transe je savais d'expérience qu'il n'y avait rien à faire, il était bloqué sur son idée et ça pouvait durer longtemps ; comme le jour où ils avaient annoncé la sortie de GTA 5 et où j'avais osé dire que je trouvais ce jeu débile... j'avais eu le droit à l'historique et à tous les détails de GTA en boucle pendant plus de quarante-huit heures, jusqu'à ce que je demande grâce et admette (pour avoir la paix) que « oui, c'était un jeu super ». Sauf que là je n'avais pas quarante-huit heures devant moi, alors le mieux c'était encore d'aller dans son sens.

– T'as raison mon pote, c'est le plan le plus dément, le plus génial, le plus gonflé dont j'aie jamais entendu parler. Tiens, d'ailleurs, je pense même que j'avais rien vu d'aussi osé depuis la destruction de l'Étoile noire par Luke Skywalker.

Bon, j'y allais un peu fort, mais je savais que faire référence à *Star Wars* était encore le moyen le plus sûr de faire plaisir à Néné et l'effet fut immédiat.

– Sans déconner ! Tu le penses vraiment ? Parce que tout de même, l'Étoile noire... se rengorgea Néné, tout fier, avant d'analyser son plan sous ce nouvel éclairage.

– T'as raison Gus, j'y avais pas pensé mais si on part du principe que Facebook est une arme de destruction massive des réputations, on peut tout à fait dire que viser au cœur du réseau pour le faire éclater revient à faire exploser l'Étoile noire. C'est la parfaite métachose petit Padawan ! s'exclama-t-il en croisant les bras et en me saluant à la manière d'Obi-Wan Kenobi.

Padawan, j'avais compris… mais métachose ? Bordel, mais c'était quoi encore que ce truc ?

– Heuu, Néné, tu peux éclairer un peu ma lanterne s'te plaît, parce que « métachose » ça ne me dit rien du tout. C'est quoi ? Un truc de Jedi ?

– Ben non banane, dit-il en haussant les épaules, c'est le truc dont parle tout le temps le prof en cours quand on étudie des textes ; tu sais bien, quand l'auteur compare des trucs à des machins et que ça fait des images… des métachoses ou des métabidules !

Oups, effectivement ça n'avait rien à voir avec les Jedi, mais ce n'était pas le moment de le vexer.

– Je crois qu'on dit une métaphore, Néné, mais t'as raison c'est tout à fait ça ; Facebook c'est leur Étoile noire et toi tu vas la pulvériser ; par contre j'ai toujours pas compris comment tu comptais t'y prendre.

Néné cessa son entraînement de air sabre laser et se jeta sur le lit à côté de moi en râlant.

– Putain mec c'est abusé, ça fait dix fois que je t'explique, parfois je comprends ta sœur tu sais. Attends, je vais te montrer, ça sera plus simple.

Dégainant sa tablette, Néné se mit à pianoter et à ouvrir tout un tas de dossiers avant de tourner l'écran vers moi.

– Bon, tu vois ces fichiers, dit-il en désignant une liste impressionnante de documents différenciés par des prénoms, ce sont des copies des messages privés de tous les boloss du collège que j'ai piratés sur Facebook. Clique sur n'importe lequel, ça va t'aider à comprendre.

Forcément je cliquai sur le dossier BG.

Au début je n'ai pas trop compris à quoi j'avais affaire ; présentés dans un tableau, il y avait tout un tas de messages « de » ou « sur » BG, avec à chaque fois une précision concernant l'émetteur ou le destinataire. Dans le détail ça permettait par exemple de savoir que BG avait écrit à Éliot que Jordan (soi-disant son meilleur pote) était un « gro myto qui se la ramenait grave avec le fric de ses parents alors que sa mère lui achetait ses fringues d'ocases » ou que Guillaume Montagues écrivait à tout le monde que son frère faisait le gros dur mais qu'il pissait encore au lit ou encore que BG n'hésitait pas à poster des photos d'Isabelle en petite tenue pour frimer auprès de ses potes.

Bref une belle brochette de faux-culs, une collection de petites hypocrisies quotidiennes et de vacheries entre « amis ».

Même si je clame toujours que Facebook et la vie des autres ne m'intéressent pas, je n'ai pas pu m'empêcher de jeter un œil. Je n'en suis pas trop fier mais au début j'ai plutôt trouvé ça drôle, sauf que quand je suis tombé sur un message d'Isabelle expliquant à BG qu'elle et moi on était « juste copains » et qu'elle me voyait « simplement pour passer le temps » quand elle emmenait sa sœur voir Césarine… je me suis rendu compte qu'il y avait certaines choses qui gagnaient à rester secrètes.

Un peu dégoûté, j'ai rendu sa tablette à Néné en le regardant de travers.

– Sans déconner, c'est franchement pourri ton truc, je ne t'imaginais pas voyeur à ce point-là. Tu comptes en faire quoi de tous ces messages ? lui demandai-je.

Néné rigola.

– Me regarde pas comme ça, j'ai l'impression d'être un pervers qui vient d'avouer qu'il regarde les filles se déshabiller dans les vestiaires.

– Excuse-moi mais c'est exactement l'effet que ça fait mon pote. Tu en as téléchargé des centaines, et si ces messages sont « privés » c'est justement pour pas que tout le monde les lise, alors qu'est-ce qu'ils font, bien alignés sur ton ordi ? Tu fais la collec ou quoi ? Et puis c'est quoi le rapport avec le bal et la diversion qu'on doit organiser ?

Loin de se sentir touché par mes remarques, Néné affichait un grand sourire qui me fit craindre le pire... mais j'étais encore loin du compte.

– Tu penses que ça ferait quoi comme effet si, au même moment, tous ces messages se retrouvaient dans les mauvaises boîtes ? Disons par exemple en plein milieu du bal, ajouta-t-il en agrandissant encore son sourire.

Whaou, c'était à la fois le plan le plus malin et le plus vicieux possible et j'imaginais sans peine le bordel que déclencherait cette avalanche de révélations sur un groupe de jeunes probablement déjà un peu bourrés et surexcités par le bal.

– Ça va être cataclysmique, sifflai-je en visualisant la scène.

– Ouais mon pote, je vais étaler leur hypocrisie au grand jour et tous ces crétins qui se regardent le nombril, tous ces faux-culs qui ne pensent qu'à leur réputation et à leur apparence vont apprendre l'effet dévastateur de la vérité. Leur joli petit monde va voler en éclats grâce à Néné Skywalker.

Je n'ai pas voulu le décevoir, mais la lueur que je voyais briller au fond de ses yeux me faisait plus penser à Dark Vador qu'à un gentil Jedi... mais comme je voulais le convaincre de m'aider, ce n'était pas le moment de le lui faire remarquer et je me suis contenté de le féliciter avant de le brancher sur mon objectif personnel.

– Écoute, Néné, je pense que grâce à la pagaille que va déclencher ta cyberattaque on va avoir suffisamment de temps pour rendre une dernière petite visite au labo des Montagues avant de rejoindre les autres à la Commanderie.

Néné m'a regardé de travers et s'est mis à grogner en secouant la tête.

– Gus, tu n'as pas écouté DeVergy tout à l'heure ? On ne doit pas intervenir et tu as promis de te conformer au plan d'ensemble.

– Et alors, ce n'est pas incompatible ! Notre rôle c'est de créer une diversion pour neutraliser les frères Montagues et Le Négrier, mais si on fait ça vite, rien ne nous empêche de faire un petit détour avant de rejoindre les autres, argumentai-je avec virulence.

Néné s'est passé la main dans les cheveux en continuant à me regarder de travers. Je ne l'avais visiblement pas convaincu et je pense qu'il cherchait comment me le dire quand nous avons été interrompus par la sonnerie de son téléphone.

C'était Bart, et Néné mit aussitôt le haut-parleur pour que je puisse participer à la conversation.

– Je n'ai pas beaucoup de temps devant moi et je risque d'être obligé de raccrocher à tout moment, alors écoutez bien, nous dit-il sans préambule.

Bart chuchotait et haletait légèrement comme s'il venait de courir un cent mètres.

– Ici c'est l'effervescence et je suis certain qu'il se passe quelque chose. Adam Murphy doit débarquer demain à la maison et depuis ce matin une dizaine de types de nationalités différentes sont arrivés les uns après les autres. Même que ça doit être des mecs importants parce que mon père se comporte comme un vrai lèche-cul.

– Et tu sais ce qu'ils font là ? lui demandai-je vivement.

– Je n'ai aucune certitude, car mes frères m'ont enfermé dans ma chambre dès qu'ils ont commencé à arriver et je ne les ai vus que par la fenêtre ; mais je sais que quelque chose se passe car papa a envoyé maman chez ma grand-mère, tous les employés ont été renvoyés chez eux et l'équipe des gardes a été renforcée. Par contre j'ai surpris une conversation qui me laisse penser que tous ces mecs sont venus assister à l'expérience que je vous ai montrée l'autre nuit.

– Tu peux nous dire ce que tu as entendu exactement ? demanda Néné.

Bart avait l'air d'hésiter, comme si une partie de ce qu'il avait découvert le dérangeait, mais il a tout de même fini par nous répondre.

– C'était hier, quand mon père essayait de convaincre ma mère de quitter la maison ; il lui a dit que son projet aboutissait, que la XIe plaie d'Égypte était enfin maîtrisée et que les membres les plus importants du Consistoire allaient venir assister à sa démonstration sur les insectes avant de lancer l'attaque générale… Je sais que cette histoire d'insectes a l'air débile, mais je suis certain que c'est ce qu'il a dit !

Néné et moi nous sommes regardés avant que je lui réponde.

– T'inquiète Bart, on te croit, on sait même très précisément de quoi parle ton père et ça n'a rien d'idiot. Tu penses qu'on pourrait revenir en douce chez toi demain soir pendant le bal pour les espionner ?

Un grand silence a suivi ma réponse et quand Bart nous a parlé sa voix était tendue.

– Impossible mec, je suis sous surveillance H 24 et mes frères ne me laisseront jamais quitter le bal avec vous.

Nous avons accueilli sa réponse avec un grand sourire.

– Si y a que ça comme problème, mec, t'inquiète de rien, Néné a tout prévu et tes frères seront suffisamment occupés pour oublier jusqu'à ton existence, le rassurai-je en rigolant. Contente-toi de nous préparer un accès et on s'occupe du reste.

J'espérais que Bart avait eu le temps d'entendre la fin de ma phrase, parce que quand j'ai eu fini de parler… il avait raccroché.

journal de Césarine

Quand le prof de mon frère est parti pour remplacer maître Akitori à l'hôpital, je suis allée voir ce qu'il y avait dans la pièce fermée à clé.

Maintenant je sais pourquoi il ne voulait pas que nous y entrions.

Cette pièce est plus petite que les autres, elle mesure à peine 3,5 mètres sur 3 et n'a même pas de fenêtre. DeVergy l'utilise comme bureau, mais on dirait plus un grand placard. Par contre je dois reconnaître que tout y est très bien rangé ; les murs sont couverts d'étagères pleines de livres anciens et de grosses boîtes étiquetées par années. J'en ai ouvert quelques-unes pour comprendre ce qu'il y avait dedans et j'ai découvert qu'il s'agissait des recherches de DeVergy concernant des ouvrages rares et disparus qu'il s'efforçait de retrouver à travers le monde.

Comme DeVergy est un Traqueur, j'en ai déduit que dans ce bureau il concentrait tous les résultats de ses traques. C'était logique et j'allais en conclure qu'il n'avait rien à cacher et que je pouvais m'en aller tranquillement quand j'ai aperçu sur son bureau deux choses qui m'ont fait changer d'avis.

La première c'était un carnet en cuir que j'avais déjà vu ailleurs et qui n'avait rien à faire ici parce que c'était celui de papi. Je le sais parce que je l'avais souvent vu écrire dedans et que j'ai reconnu la grosse tache d'encre en forme de nuage qu'il y avait sur sa couverture. J'aurais bien aimé le lire mais il était trop gros, alors j'ai décidé de le prendre ; vu qu'il appartenait à mon grand-père, ce n'était pas du vol.

La deuxième chose qui n'avait rien à faire là c'était une photo de maman, pas de maman maintenant mais de maman quand elle était jeune. Déjà, trouver une photo de ma maman dans le bureau du prof de Gus c'était étrange, mais ce qui m'a fait le plus bizarre c'est qu'elle n'était pas seule sur cette photo : elle était dans les bras d'un garçon et ce garçon ce n'était pas papa.

Du coup j'ai décidé de fouiller le bureau à fond. Ça m'a pris soixante-huit minutes, mais quand j'ai trouvé le paquet de vieilles lettres qui était rangé au fond d'une des boîtes j'ai compris pourquoi maman avait l'air si heureuse sur la photo : elle était amoureuse. Sauf que deux ans plus tard elle se mariait avec mon papa et ça, ce n'était pas logique et moi je n'aime pas quand ce n'est pas logique.

Donc :

Demander à maman pourquoi elle s'est mariée avec papa.

une drôle de question

Néné était à peine parti que Césarine a fait irruption dans ma chambre avec son sac à dos « Monsieur-Madame » sur les épaules et, rien qu'à sa tenue, j'ai tout de suite vu qu'il y avait un problème ; il était 11 heures passées et elle n'était toujours pas en pyjama ce qui, chez ma sœur réglée comme un coucou suisse, était rarissime.

Debout devant mon lit, toute droite, elle oscillait comme un métronome en fixant le bout de ses chaussures vernies sans prononcer un mot. Elle avait l'air chamboulée et voir ma sœur dans cet état était tellement rare que je me suis inquiété.

– Qu'est-ce qui se passe, Cés ? lui ai-je demandé doucement en m'accroupissant devant elle.

– C'est pas logique, a-t-elle répondu sans cesser de se balancer.

Connaissant Césarine il était inutile de la brusquer, le mieux que j'avais à faire était d'attendre patiemment qu'elle se décide à continuer sa phrase. Je suis allé fermer la porte avant de revenir m'asseoir en face d'elle pour lui signifier qu'elle avait toute mon attention et, au bout de cinq minutes, elle s'est enfin décidée à me dire ce qui la tracassait.

– Pourquoi les gens se marient ?

La vache, celle-là je ne m'y attendais pas et heureusement que ma sœur fixait ses chaussures sinon j'aurais sûrement eu droit à une remarque sur mon air idiot.

– Heuu, pourquoi tu me demandes ça ?

– Parce que je veux une réponse.

J'étais coincé, elle ne me dirait rien de plus tant que je ne lui aurais pas répondu… sauf que j'avais quatorze ans et que franchement, moi, le mariage ce n'était pas ma préoccupation du moment.

– Les gens se marient parce qu'ils sont amoureux, ai-je dit en tentant d'insuffler le plus de conviction possible à ma voix.

Ça n'a pas suffi et j'avais à peine fini ma phrase que j'ai su que j'avais foiré. Ma sœur a brusquement cessé de se balancer et m'a lancé sa réplique en pleine gueule.

– Si c'est la vérité, alors pourquoi tu ne te maries pas avec Isabelle ?

Arghhhh, j'aurais dû m'en douter. Avec logique-girl les réponses trop simples étaient souvent foireuses. Il me fallait un argument en béton pour rattraper mon erreur.

– Alors d'abord parce que j'ai quatorze ans et que c'est interdit de se marier à cet âge-là et ensuite parce que je ne suis pas « tout à fait » amoureux d'Isabelle.

– Comment ça, « pas tout à fait » ? C'est idiot, tu l'aimes ou tu ne l'aimes pas ?

– Ben, en fait je l'aime *bien*, je la trouve super jolie… mais je n'en suis pas *amoureux*.

– Parce qu'« aimer bien » et « être amoureux » ce n'est pas pareil ? me demanda ma sœur avec l'air intéressé du gosse de quatre ans qui arrache les ailes d'une mouche pour savoir si elle peut encore voler.

Il fallait que je sois plus précis.

– Pas vraiment, disons qu'être amoureux je pense que c'est ne plus pouvoir vivre sans l'autre personne, alors qu'Isabelle je l'aime comme, disons… comme j'aime la mousse au chocolat : quand j'en vois au self, j'en ai très envie, mais s'il n'y en a pas je n'y pense pas.

Césarine me jeta un coup d'œil en coin en fronçant les sourcils.

– Tu veux dire que tu aimerais manger Isabelle ? Je ne suis pas sûre que ce soit très normal, Gus, tu devrais peut-être en parler à quelqu'un, ajouta-t-elle d'un ton sérieux.

Là, j'avais touché le fond. Pourtant je connaissais la règle : jamais de comparaison avec ma sœur. J'étais vraiment trop con.

– Je ne suis pas cannibale, Cés, c'est juste une image pour te faire comprendre qu'être amoureux c'est beaucoup plus fort que juste « aimer bien ». Je pense que ça ne s'explique pas et que du coup quand on a la chance de rencontrer la bonne personne on se marie parce qu'on a envie de rester ensemble pour toujours… enfin je crois.

– Alors si deux personnes qui ont le bon âge sont amoureuses, logiquement elles se marient ?

– Exactement.

– Alors pourquoi maman s'est mariée avec papa et pas avec ton prof ? me dit-elle en sortant une photo de son sac à dos.

C'était mon tour de ne plus rien y comprendre. Que venaient faire ma mère et DeVergy dans cette histoire ? Machinalement j'ai saisi la photo qu'elle me tendait et au moment où je posai les yeux dessus tout un tas de détails récents me sont revenus à l'esprit : maman pleurant dans les bras de Marc dans la remise, la manière qu'avait le prof de la regarder, ses réponses évasives quand je lui avais demandé de me parler de leur jeunesse commune et l'air gêné qu'il avait eu quand j'avais découvert un M et un J entrelacés dans un cœur tatoué sur son poignet et que je lui avais demandé comment s'appelait sa copine... Comme un con je n'avais pas vu l'évidence ; ce type, qui se disait le meilleur ami de mon père, était amoureux de ma mère.

Je ne savais pas trop quoi en penser et les sentiments que je ressentais manquaient de clarté. J'étais à la fois vexé de n'avoir rien deviné, en colère que Marc m'ait caché la vérité, mais aussi un peu jaloux de ce bonheur indescriptible que je lisais dans les yeux du jeune homme à peine plus vieux que moi que je découvrais sur cette photo. Je lui en voulais d'avoir éprouvé ce qui m'était encore inconnu et que je devinais comme très loin de ce que je pouvais ressentir pour Isabelle.

J'aurais pu ruminer longtemps si ma sœur ne m'avait pas ramené au présent.

– Alors ? pourquoi maman s'est mariée avec papa et pas avec ton prof ?

– Je n'en sais rien, Cés, mais si c'est important pour toi tu n'auras qu'à demander à maman, soupirai-je en lui rendant sa photo. Après tout ce sont leurs affaires, pas les nôtres.

Ma sœur a pesé ma réponse et celle-ci a dû lui convenir, parce qu'elle a rangé sa photo en hochant la tête avant de sortir de son sac un gros carnet en cuir.

– C'est quoi ça ? la questionnai-je en désignant l'ouvrage.

– C'est le Livre de papa, celui que tu voulais lire. Je suis allée le chercher pour toi à la Commanderie la semaine dernière avec Sara.

J'ai cru que j'avais mal entendu. Je cherchais ce P… de Livre depuis des mois, j'en rêvais presque toutes les nuits et voilà que ma sœur m'annonçait tranquillement qu'il était depuis plusieurs jours dans son sac à dos.

– La semaine dernière ! Et pourquoi tu ne me le donnes que maintenant ?

– Parce qu'avant tu n'étais pas prêt et que papa m'avait dit de te le donner quand tu serais prêt.

– Mais prêt à quoi ?

– Ça, je ne sais pas.

– Alors comment tu sais que c'est maintenant ?

– Je le sais, c'est tout. Et puis comme je me doute que tu vas désobéir à ton prof et que tu vas aller chez les Montagues avant que nous partions, je pense que c'est important que tu saches ce que papa avait découvert sur leurs photocopieuses, ajouta-t-elle finement. Si tu n'as pas le temps de tout lire, c'est dans les chapitres de la fin. Commence maintenant, je reste là au cas où tu aurais besoin que je t'explique quelque chose, conclut-elle en s'installant confortablement sur mon lit.

Le carnet dans les mains, je restai un moment pétrifié sans oser l'ouvrir. Depuis le temps que j'attendais ce moment, j'appréhendais presque de commencer ma lecture.

Toucher ce Livre, sentir la douceur de son enveloppe de cuir sous mes doigts me faisaient penser à mon père. Lui aussi avait posé ses mains à cet endroit, caressé la couverture brune, tourné ces fines pages de papier bible veinées de lignes bleues.

Il fallait que je me secoue avant que ma sœur ne me fasse une réflexion.

Comme elle avait décidé de me piquer mon lit, je me suis assis à mon bureau et j'ai ouvert le carnet pour commencer ma lecture. Fait étrange, j'ai tout de suite repéré que les premières pages, un mince cahier de quelques feuilles, avaient été rajoutées récemment. Le papier était différent, et l'encre presque fraîche et la date inscrite en haut à gauche ne laissaient pas de place au doute : ces pages avaient été écrites quelques jours avant la mort de mon père et m'étaient personnellement destinées. Les mains tremblantes et le souffle court, je commençai ma lecture.

Auguste, mon fils,

Je crains pour ma vie et je tremble pour la vôtre. Si tu lis ces lignes c'est que j'avais vu juste, que les Autodafeurs étaient sur ma piste et que j'ai eu raison de confier ce carnet à ta sœur.

Tu te demandes certainement pourquoi je ne te l'ai pas remis personnellement; te connaissant j'imagine que tu dois même être vexé et en colère devant mon choix, mais sache que je fais ceci pour ton bien. Te confier ce carnet t'aurait amené à me poser beaucoup trop de questions… des questions que je préfère éviter si ce n'est pas vraiment utile, car mon plus grand souhait est que tu vives une vie normale le plus longtemps possible.

À la différence de toi, je sais que Césarine accédera à ma requête sans discuter et cachera ce carnet pour te le donner lorsque tu en auras besoin. Je sais aussi qu'avec elle il sera bien protégé, car tout le monde fait l'erreur de la sous-estimer et personne ne la soupçonnera de le détenir.

Par contre je sais aussi que ta sœur ne pourra pas s'empêcher de le lire, c'est pourquoi je rajoute ce message à ton intention dans les 22 premières pages… je suis ainsi certain que Césarine ne le lira jamais.

Ce message n'est donc que pour toi, Auguste, mon fils.

Les lignes m'étant comptées, je serai bref sur l'histoire de ce Livre ; sache juste qu'il est mon Livre de bord, celui qu'en tant que membre de la Confrérie j'ai reçu des mains de ton grand-père lorsqu'il m'a initié à la lourde tâche qui est la nôtre depuis de nombreux siècles. En le lisant tu y découvriras de nombreux secrets de notre famille, mon enthousiasme des premiers temps, mes rêves de grandeur, mais aussi mes doutes et mes peurs face à une si lourde tâche. Je te le confie, parce que je ne serai plus là pour t'aider à affronter ton destin et que je veux que tu saches tout de moi ; que tu saches que je n'étais pas un héros, juste un jeune homme jeté par les hasards de la vie face à une destinée immense. Je veux te dire qu'il est normal d'avoir peur, de douter et même de trouver injuste de se voir imposer cet avenir. Moi aussi je suis passé par là.

Tu découvriras même qu'à une certaine époque j'ai été lâche et que j'ai tourné le dos à la Confrérie. J'ai abandonné *ma place de Gardien par amour pour ta mère parce qu'elle pensait qu'en nous éloignant nous pourrions échapper à notre destin.*

Néanmoins je n'ai jamais cessé de te parler, de te former et de t'instruire au cas où la guerre deviendrait inévitable. Ta mère me l'a souvent reproché, mais je sais maintenant que j'ai bien fait car les Autodafeurs visent le monde entier et nul ne pourra leur échapper.

J'espère qu'en lisant mon Livre de bord chaque détail de ce que je t'ai appris prendra enfin sens et que tu comprendras que, même si tu en doutes, tu es prêt à remplir la mission qui est la tienne.

Apprends à te faire confiance, écoute ton cœur et, quoi qu'il arrive, souviens-toi toujours que je t'aime et que je suis fier de toi.

Papa

J'aurais bien aimé continuer à lire mais les lignes suivantes étaient floues, délavées, brouillées et il fallut que ma sœur mette la main sur mon épaule pour que je comprenne à quoi tenait cet étrange phénomène : j'étais en train de pleurer.

journal de Césarine

Quand j'ai donné le Livre de bord de papa à Gus, je pensais lui faire plaisir pourtant il a eu une réaction très étrange : il s'est mis à pleurer.

Il était là, assis bien droit à son bureau en train de lire, quand des larmes se sont mises à couler sur ses joues sans même qu'il essaie de les arrêter. Je sais que j'aurais dû dire quelque chose, mais je n'ai pas pu parce que je ne savais pas quoi lui dire.

Les larmes sont une chose étrange et je n'arrive jamais à comprendre pourquoi les gens pleurent. Parfois ils pleurent quand ils sont heureux, parfois quand ils ont mal, parfois quand ils sont tristes, parfois quand ils rient, parfois parce qu'ils ont un grain de sable ou le soleil dans l'œil.

Par exemple ma maman, elle, elle pleure tout le temps ; quand elle cuisine, quand elle lit, quand elle regarde la télévision, quand elle raconte des histoires… parfois même quand elle ne fait rien. Papa disait qu'elle était « trop sensible », mais maman lui répondait toujours qu'elle préférait « être une éponge qu'un rocher ». C'était idiot bien sûr parce qu'elle n'était ni l'un ni l'autre et je n'ai jamais compris pourquoi elle disait ça.

Moi, je ne pleure jamais.

Probablement parce que je ne suis jamais « heureuse » ou « malheureuse » ou « émue ».

Je suis juste là et j'analyse les faits qui se déroulent autour de moi pour en tirer des conclusions et agir en conséquence.

Quand les gens meurent, je ne pleure pas.

Quand les gens se marient, je ne pleure pas.

Quand je me blesse, je ne pleure pas.

Quand j'ai mal, je ne pleure pas.

Moi, pour que je pleure, il faut que je cuisine un oignon, ou que je me mette du citron dans les yeux ; mais je ne le fais pas parce que c'est idiot et que je ne comprends pas pourquoi quelques gouttes d'eau salée peuvent te « faire du bien » en coulant sur tes joues.

Dans la chambre de Gus il n'y avait pas d'oignon et je ne comprenais pas pourquoi lire le Livre de papa le faisait pleurer. Moi, quand je l'avais lu, je n'avais rien ressenti à part de l'agacement parce que papa n'était pas toujours très clair… mais mon frère, lui, pleurait.

Ça voulait dire qu'il était capable de ressentir « quelque chose » qui m'échappait complètement, quelque chose que je ne comprendrais jamais et ça, ça m'a fait mal.

le livre de mon père

Il m'a fallu presque toute la nuit pour lire le Livre de bord de mon père mais, passé la douleur des premières pages, ça valait le coup.

Mon père avait commencé à l'écrire quand il avait à peu près mon âge et lire ses mots d'ado, avec les fautes d'orthographe qui vont avec, ça m'a fait super bizarre. C'est idiot mais je n'avais jamais envisagé mon père comme « un jeune » ; pour moi il était juste « mon père », cet adulte sérieux aux petites lunettes d'écaille, habillé de costumes de velours, portant toujours un nœud papillon et sentant l'après-rasage.

Mon père, c'était cet archiviste réputé pour ses recherches qui faisait des conférences sérieuses et qui pouvait passer des heures à lire d'obscurs grimoires sans prêter attention à ce qui se passait autour de lui, au point d'être parfois tellement plongé dans ses pensées que le monde aurait pu s'écrouler. Maman était très forte pour repérer ces moments d'absence ; comme ce jour où, après nous avoir fait un clin d'œil, elle s'était mise à lui dire n'importe quoi : que des extraterrestres étaient venus lui demander la main de Césarine, que j'avais décidé de devenir trapéziste dans un cirque et qu'elle allait donner sa démission pour pouvoir élever des lamas nains ; quand elle avait eu fini, papa avait juste répondu : « Hum, hum, très bonne idée »... et Césarine avait dit qu'elle ne donnerait sa main à personne parce qu'elle en avait besoin.

Voilà, pour moi mon père c'était ça : un adulte... mais en aucun cas cet ado de quinze ans que je découvrais au fil des lignes, et qui écrivait des trucs du genre : *« C'est zarbi ce qui m'arrive, je suis un "membre de la Confrérie", sans déc !!! Quand je pense que je suis presque un agent secret, comme Roger Moore dans James Bond, et que je vais même apprendre à tirer avec un vrai pistolet... c'est dément ! »*, un type qui parlait de ses copains comme des êtres les plus importants du monde – *« Maintenant Athos, d'Artagnan et moi c'est à la vie à la mort, c'est bath plus jamais on se sépare, on est comme les mecs de l'Agence tous risques »* – et râlait contre ses profs de collège et ses parents – *« Les vieux c'est tous des cons, ils ne comprennent pas que j'ai besoin d'être libre de me réaliser, d'exister, ils m'étouffent et de toute manière qu'est-ce qu'ils y connaissent à la vie ? »* Bref, ce type, c'était limite un crétin... comme moi.

C'était flippant de découvrir ce père-pote. J'avais à la fois envie de mieux le connaître mais aussi peur de ce que j'allais lire, peur que mes repères s'effondrent d'un coup et je me suis rendu compte que même si je râlais souvent contre mes parents, j'avais besoin qu'ils restent tels qu'ils étaient pour me permettre, à moi, d'être un ado.

Heureusement, mon père n'était pas franchement une racaille et les plus grosses conneries mentionnées dans son Livre étaient d'avoir fait le mur pour fumer les cigares qu'il avait piqués à papi et de picoler des bières en cachette avec ses potes. Je pense que je n'aurais pas aimé découvrir des trucs plus graves, ça m'aurait trop donné l'impression d'avoir vécu avec un inconnu.

De toute manière, assez rapidement il ne parlait plus que de sa formation au sein de la Confrérie et du groupe qu'il avait monté avec ses deux meilleurs amis : les fameux mousquetaires. Évidemment, grâce à la dédicace de mon père que j'avais lue sur le livre que m'avait filé DeVergy il y a deux mois, je savais déjà que mon père était Aramis et que Marc était d'Artagnan, par contre ce que j'ai découvert ici c'est qu'Athos n'était autre que Charles Montagues… le père de Bart et des BCG !

Ce n'était pas écrit en toutes lettres, mais les indices étaient suffisants pour qu'aucun doute ne subsiste : la mention de leur voisinage, le fait qu'Athos souhaite être Propagateur pour remplacer son père… tout coïncidait avec ce que m'avait confié Bart sur sa famille.

Les rapports entre ces trois mousquetaires étaient assez bizarres ; en fait j'ai vite compris que, si mon père considérait Marc et Charles comme ses meilleurs amis, ces deux-là n'avaient pas l'air de s'entendre des masses car papa était sans arrêt obligé de les réconcilier.

Maman et Virgile apparaissent dans le Livre au bout de quelques chapitres. Ils se rencontrent tous lors d'une session de formation d'été et deviennent rapidement inséparables. Rien qu'à lire ce que papa écrit sur maman, je vois bien qu'ils en tombent tous immédiatement amoureux, sauf que mon père, comme un con, préfère lui cacher ce qu'il ressent et qu'elle tombe dans les bras de Marc qui, lui, n'a pas peur de lui avouer ouvertement ses sentiments. Papa semble l'accepter mais Charles Montagues, jaloux, prend ses distances avec le groupe.

Vu que maman et Virgile habitaient dans une ville pas trop éloignée de la Commanderie et que leur père était très ami avec papi, ils viennent ensuite passer toutes leurs vacances chez nous. C'est à cette époque qu'ils découvrent et restaurent la chapelle avec Marc et papa, dans le but d'avoir une planque pour fumer et picoler en cachette. Lors de cet épisode on voit bien que leurs rapports avec Charles Montagues se sont nettement détériorés, car ils ne le mettent même pas au courant de leur découverte. Évidemment, ils n'ont pas la moindre idée de ce qui se cache sous leurs pieds…

C'est en 1989 que leurs vies basculent pour de bon. Papa, Marc et Charles ont alors vingt-deux ans, maman en a vingt et ils ont tous décidé de travailler pour la Confrérie, quand le père de Charles et le père de maman disparaissent lors d'une mission en Allemagne dont seul papi revient sain et sauf.

Il y a visiblement une énigme autour de ces événements, car papa a beau interroger papi il n'arrive pas à savoir ce qui s'est réellement passé. Toujours est-il que c'est à la suite de cette histoire que Charles Montagues cesse définitivement de leur adresser la parole et quitte la Confrérie. Peu de temps après, Virgile, le frère de maman, se tue avec la moto de Marc ; c'est à ce moment-là que ma mère le plaque pour mon père et qu'elle décide de tourner le dos à la Confrérie pour aller vivre à Paris avec lui.

Perso cette histoire m'a donné à réfléchir sur mes parents et je n'étais pas sûr d'aimer l'image d'eux que cela renvoyait. Que maman largue son mec parce qu'il avait prêté à son frère la moto qui avait causé sa mort… passe encore, on pouvait mettre ça sur le compte de la douleur ; mais que mon père en profite pour piquer la copine de son meilleur pote, même s'il en était secrètement amoureux depuis des années, c'était carrément abusé !

Je comprenais mieux pourquoi je n'avais jamais vu Marc avant, quand je lui avais posé la question directement il m'avait répondu que ses traques l'entraînaient souvent aux quatre coins du monde et qu'il n'était jamais là quand nous venions en vacances à la Commanderie… Avec du recul je pense plutôt que l'image de jolie petite famille que nous formions tous les quatre devait un peu lui foutre les boules. De toute façon je pense qu'ils se sont forcément réconciliés à un moment ou à un autre, parce qu'autrement rien n'expliquerait que mes parents l'aient choisi pour nous servir de tuteur.

Papa reprend son journal le jour de ma naissance et cette fois-ci j'ai moins l'impression de lire les lignes d'un inconnu. Son écriture est celle que je connais, il ne fait plus de fautes d'orthographe et ne s'exprime plus comme un gamin. À cette époque il vient tout juste d'être nommé conservateur à la Bibliothèque nationale et c'est là qu'il décide de reprendre sa place au sein de la Confrérie. La principale motivation qu'il avance pour ce revirement c'est que ma naissance lui a fait prendre conscience qu'il ne pouvait renier son héritage et qu'il avait la responsabilité de me le transmettre. À l'époque il cache sa décision à maman et commence à me former en cachette, tout en notant à chacun de mes anniversaires le résumé de mes progrès dans son Livre :

Depuis la naissance de Gus je profite de chaque instant où nous sommes seuls tous les deux pour lui raconter l'histoire de la Confrérie, ce n'est qu'un bébé et il se contente de me regarder en bavant mais, si ma mère a raison, j'espère que les détails finiront par s'imprégner dans son cerveau et que le jour venu sa mémoire lui fournira les informations dont il a besoin.

Auguste, six ans : je dois arrêter de lui parler de la Confrérie, car il commence à poser trop de questions et j'ai peur que Julie se doute de quelque chose. À partir de maintenant je vais me concentrer sur sa préparation physique. Natation et vélo acquis, début d'apprentissage du ski, bonne aptitude à la lecture et l'écriture.

Auguste, sept ans : premiers sports de combat, excellente aptitude aux arts martiaux, films envoyés à maître Akitori qui conseille de compléter avec de la boxe.

Auguste, huit ans : apprécie le scoutisme, aucune aptitude au kart (abandonner les sports mécaniques pour le moment et essayer plutôt le tir), bons débuts à la boxe.

Auguste, neuf ans : a décroché son chamois, arrête le ski pour passer au snow, très doué, pratique le tir en club. J'ai commencé à lui inculquer l'importance des livres et à orienter ses lectures, difficile de dire s'il en retire quelque chose.

Auguste, dix ans : a ajouté le tir à l'arc au tir au fusil, champion de son club de paintball. J'ai réussi à convaincre papa de lui donner des cours de latin, j'ai dit à Gus que c'était pour faire une surprise à sa mère. Pour l'instant Julie ne se doute de rien.

Auguste, onze ans : j'ai réessayé la conduite… rien à faire, par contre son stage de survie dans le Vercors s'est très bien passé, maître Akitori le pense prêt pour un séjour initiatique chez les Havasupais… Impossible de faire ça en cachette, je vais être obligé de parler à Julie.

Auguste, douze ans : j'ai convaincu Julie de l'importance de mon projet. Elle a accepté que maître Akitori se charge de Gus, à condition qu'il ne soit pas mis au courant et que Césarine reste en dehors de la formation. Le séjour chez les Havasupais est une réussite, mais quand j'essaie d'aborder des thèmes plus sérieux avec lui il n'est pas intéressé.

Auguste, treize ans : continue le sport mais ne semble plus préoccupé que par les copains, son look et son obsession d'avoir un téléphone, a accepté de lire "Fahrenheit 451" et "1984" mais refuse d'y voir plus que des fictions. Je ne sais plus comment communiquer avec lui. Il devient nécessaire que Julie me laisse lui parler de la Confrérie.

Il n'y a pas de bilan pour mes quatorze ans et, même si je pense qu'il aurait été content de savoir que maman avait enfin accepté son point de vue, découvrir que toute mon éducation faisait ainsi partie d'un « projet » m'a mis assez mal à l'aise. J'ai tout de suite pensé au *Truman Show*, ce film de dingue où un pauvre gars se fait manipuler à son insu tout au long de sa vie, et ça m'a rendu furax ; néanmoins, passé la colère de cette découverte, c'était comme si chaque pièce du puzzle trouvait sa place, que tout s'emboîtait parfaitement de manière à faire de mon existence un parcours tendant vers un destin exceptionnel.

Tout s'expliquait et ma mémoire, comme débloquée par cette lecture, se décida enfin à me fournir les informations qui me manquaient en un flot d'images et de flashs remontant du plus profond de mon enfance : papa me donnant la main dans la forêt et me montrant la chapelle, papa écrivant sur son Livre pendant que je dessinais à côté de lui, papa me racontant des histoires merveilleuses remplies de livres, de voyages et de chevaliers… jusqu'à cette image de papa accroupi dans le jardin de la Commanderie me faisant sentir du bout des doigts les inscriptions en braille du manche de la bêche verte.

Et tout à coup, j'ai compris. Papa ne me parlait pas dans mes rêves… c'était juste mon subconscient qui me rappelait ce que j'avais besoin de savoir ! Et même si ça m'a rassuré, j'ai dû aussi accepter l'évidence : j'étais seul et ça, c'était moins cool.

derniers préparatifs

J'ai passé les dernières heures nous séparant du bal à ruminer sur ce que je venais de découvrir. Depuis que ma sœur m'avait donné le Livre de bord de mon père, je n'avais pas réussi à le refermer… mais si ça m'avait apporté pas mal de réponses, ça m'avait aussi donné un paquet de questions !

À force de me torturer, je pense que j'avais dû finir par m'endormir dessus, parce que j'étais plongé dans un rêve comateux quand je fus réveillé brutalement par une voix suraiguë que je connaissais bien.

– Alors grosse larve, encore au lit ! Bouge ton cul, mec, c'est la dernière ligne droite et on a du taf !

Cette voix désagréable qui me criait dans les oreilles, c'était Néné et je lui en aurais volontiers collé une si j'avais eu le courage de bouger ; mais là j'avais dormi trois heures, alors mon seul réflexe fut de prendre mon oreiller et de m'en recouvrir la tête en lui grognant de se tirer de ma chambre.

Si j'espérais que ça suffise à le faire fuir, c'était mal connaître l'abruti qui me servait de copain et je me sentis immédiatement rebondir dans tous les sens.

– Néné, bordel de merde, arrête de sauter sur mon lit !! C'est pas un trampoline et puis fiche-moi la paix, je me suis couché super tard, je suis mort, criai-je en tentant de lui choper une jambe pour le faire tomber.

Il était visiblement mieux réveillé que moi, car il m'évita sans problème et se mit à sauter de plus belle en braillant.

– DEBOUT, DEBOUT, DE… Aïe ! Mais t'es malade, ça fait hyper mal ton truc.

J'avais fini par l'attraper et lui avais coincé le bras en arrière pour l'immobiliser.

– Tiens ducon, ça t'apprendra à me réveiller, lui criai-je à l'oreille en lui frottant énergiquement la tignasse avec mon poing droit.

– Hé ! Fais gaffe à ma coupe, faut que je sois beau pour le bal de ce soir, mec, râla-t-il en se tortillant comme un ver de terre pour essayer de se dégager.

Plus que ses sauts de cabri et ses hurlements, la mention du bal me réveilla immédiatement. Si je voulais avoir le temps de faire ce que j'avais prévu, ce n'était pas le moment de dormir. Maintenant que, grâce à son Livre de bord, je savais précisément ce que papa avait découvert sur les méthodes des Autodafeurs, ma petite visite secrète chez les Montagues n'était plus une option mais une obligation et il fallait absolument que je convainque Néné de m'aider.

Je le lâchai brusquement et me frottai les yeux pour faire disparaître les derniers lambeaux de sommeil qui s'y accrochaient encore. C'était le moment de prouver que j'étais capable de prendre les choses en main.

– Néné, faut qu'on reparle du plan. Je sais que t'es pas trop chaud, mais c'est vraiment important d'aller chez les Montagues ce soir, attaquai-je avec conviction.

– Putain, mec, tu vas pas recommencer avec ça ! Moi aussi j'y ai repensé, figure-toi, et plus j'y pense et plus je me dis que c'est une TRÈS mauvaise idée, me rétorqua Néné en insistant sur ses derniers mots.

C'était pas gagné. Assis sur mon lit, les bras croisés et le regard fixe, Néné avait pris la pose du mec buté sur ses convictions. Si je voulais le convaincre il allait falloir sortir l'artillerie lourde.

– Je sais bien ce que t'en penses, mais grâce à mon père je crois avoir découvert comment les Autodafeurs vont réussir à prendre le contrôle de l'humanité…

Je laissai planer le suspense quelques secondes et, comme je l'espérais, Néné mordit à l'hameçon.

– Vas-y, dis toujours. Mais je te préviens, c'est pas parce que je t'écoute que je pense que c'est une bonne idée, ajouta-t-il aussitôt en avisant le léger sourire que, comme un con, j'avais laissé transparaître sur mon visage.

Ce n'était pas le moment de me rater, alors j'ai pris soin de bien choisir mes mots pour que mon raisonnement entraîne Néné à aboutir à la bonne conclusion. Je lui avais déjà parlé du Livre de bord de mon père, j'avais bien été obligé pour qu'il accepte de me laisser dans mon coin, mais je n'étais pas encore rentré dans les détails de mes découvertes et je comptais bien sur cet atout pour le convaincre de suivre mon plan.

– Dans le carnet que m'a donné Césarine, mon père raconte que, un jour, il a renversé son café sur la photocopieuse neuve qui venait d'être livrée aux archives. Assez emmerdé, il a préféré faire venir un pote à lui pour tenter de la réparer plutôt que de prévenir la maintenance de Godeyes. Le truc c'est qu'en démontant la machine son pote a découvert que cette photocopieuse n'était pas comme les autres.

– C'est-à-dire ? Explique ?

– Eh bien ils ont découvert qu'un compartiment permettait la sortie d'une minuscule aiguille paramétrée pour injecter un « marqueur » dans les couvertures des livres quand on les photocopiait.

– Comment ça un « marqueur » ?

– Papa appelle ça « un marqueur » parce qu'il ne sait pas trop ce que c'est et qu'au début il pense juste que *Goodbooks* cherche à marquer les livres qu'ils ont scannés pour leurs banques de données. Sauf que pour nous, avec ce que Mamina nous a révélé et ce que nous avons vu chez Bart, c'est facile d'en déduire ce que ces aiguilles injectent dans les livres du monde entier depuis plus d'un an.

Je croisai les doigts pour que Néné arrive tout seul à la même conclusion que moi et heureusement je n'ai pas eu à attendre bien longtemps : quand je vis que ses yeux s'agrandissaient de stupéfaction, je compris que j'avais gagné mon pari.

– NON ! Tu veux dire que les insectes génétiquement modifiés dont nous a parlé ta grand-mère, ces sales bestioles bouffeuses de papier, sont déjà dans les livres ?

Je hochai gravement la tête pour lui signifier qu'il avait pigé et Néné se mit alors à arpenter ma chambre comme un lion en cage en réfléchissant à haute voix aux implications de cette découverte.

– Alors ça voudrait dire que toutes les bibliothèques où une de ces bécanes a été installée sont infectées et qu'il suffirait d'un geste des Autodafeurs pour lancer la destruction quasi totale de tous les livres dans le monde ?

– Heu, non Néné, tu dramatises, là. Pense à la conversation que nous a rapportée Bart, jusqu'à présent ils savaient *déclencher* les bestioles mais pas les arrêter, ce qui veut dire que leurs bécanes ne sont pas encore paramétrées convenablement ; *a priori* ils viennent juste de mettre au point leur système, c'est bien pour ça qu'ils se retrouvent tous chez lui ce soir : pour voir la démonstration du prototype de Charles Montagues avant de lancer leur projet XIe plaie d'Égypte. Du coup si nous détruisons le labo, nous détruisons leur prototype et nous avons une petite chance de faire foirer leur plan.

Néné sursauta brutalement et me jeta un regard de travers.

– Hé là ! Comment on est passés de « petite visite secrète d'espionnage » à « détruire le labo » ? Tu délires complètement, Gus. Je comprends que tu aies besoin de te sentir utile et je suis d'accord avec ton raisonnement… mais de là à nous transformer en commando SAS y a quand même des limites. Faut refiler l'info à DeVergy, c'est trop gros pour nous mec, faut que tu lâches l'affaire.

J'avais merdé. J'avais intérêt à rattraper vite fait ma boulette et à rassurer Néné avant qu'il aille tout raconter au prof et foute mon plan à l'eau.

Je posai ma main sur son bras pour l'obliger à rester assis et tentai de me justifier.

– Non, non, t'as mal compris. Bien sûr que c'est pas à nous de le faire. Nous on va juste aller regarder discrétos ce qui se passe pour apporter un dossier béton à Marc et à la Confrérie. Sinon j'ai peur qu'ils ne nous croient pas et qu'ils agissent trop tard… Néné, tu étais là lorsqu'ils ont abattu mon grand-père, tu sais de quoi ces types sont capables. Me laisse pas tomber mec. C'est important pour moi de participer et je sais que c'est ce que mon père aurait voulu.

C'était nul de jouer comme ça sur les sentiments et je n'étais pas fier de moi. Néné m'a regardé de longues secondes avant de reprendre la parole, mais rien qu'à la petite lueur qui brillait au fond de ses yeux j'ai senti tout de suite que j'avais une chance.

– Si on va là-bas, Gus, autant essayer de piquer leur boîtier magique, comme ça ta grand-mère arrivera peut-être à trouver une parade pour sauver les livres infectés, me dit-il en se frottant les trois poils qu'il avait au menton.

C'était une idée géniale et, si j'avais été moins con, j'y aurais certainement pensé aussi.

– C'est possible, ça ? lui demandai-je avec espoir.

Néné haussa les épaules en souriant.

– Sur le papier, tout est possible, mon pote… mais va falloir que je te donne deux trois cours de rattrapage en électronique si on veut que tu nous ramènes le boîtier en un seul morceau.

S'il n'y avait que ça pour qu'il accepte d'avancer sa diversion d'une demi-heure et de faire un détour chez les Montagues avant d'aller à la Commanderie, j'étais plus que partant !

journal de Césarine

Il a fallu que je prépare mes affaires et que je dise au revoir à Sara.

Ça aurait dû être facile, surtout que quand nous avions quitté Paris j'avais déjà dû dire au revoir à mes camarades de l'institut et que je savais comment faire. Mais rien ne s'est passé comme prévu.

Normalement, pour dire au revoir aux gens, je me mets devant eux, je les regarde presque dans les yeux et je leur dis juste « au revoir ». Même si Gus se moque de moi en me disant que je suis trop sérieuse et que je lui fais penser à Valéry Giscard d'Estaing qui est un président français qui s'appelle comme une fille mais qui est un garçon, je sais que c'est suffisant.

Personnellement je ne vois pas l'intérêt de dire au revoir, mais mamie m'avait expliqué que c'était « un usage de société » et que c'était important. Donc je le fais, même si je continue à trouver ça sans intérêt.

Donc là, comme nous partions ce soir et que Sara ne venait pas avec nous, il fallait que je lui dise au revoir et j'avais décidé de profiter qu'elle soit à la maison pour le faire.

Sauf que les mots sont restés... coincés dans ma bouche. Oui, je sais, c'est idiot parce que des mots ce n'est pas solide donc ça ne peut pas « rester coincé », sauf que je ne sais pas comment expliquer ce qui m'est arrivé de manière logique.

J'étais avec Sara dans ma chambre et nous faisions des dessins. Sara faisait une grande maison qui souriait avec deux bonshommes très moches sous un énorme soleil qui souriait. C'était bizarre, surtout qu'il y avait aussi un nuage, un lapin, une fleur et un papillon qui eux aussi souriaient. Comme ce n'était pas très logique, je lui ai expliqué que ce n'était pas possible parce que le soleil était une étoile, le nuage de la vapeur d'eau et que la fleur et le papillon n'avaient pas de bouche et donc qu'ils ne pouvaient pas sourire. J'aurais bien aimé la convaincre, mais elle a secoué la tête avant de me montrer les deux bonshommes moches en disant : « Sara et Césarine sont amies, alors le monde entier sourit. »

C'était idiot, mais au moment où j'allais le lui dire j'ai regardé son dessin de plus près et j'ai remarqué que les deux bonshommes moches avaient des couettes et portaient tous les deux une jupe et un gilet bleu marine. Le bonhomme de gauche avait des chaussures bleues, celui de droite avait des chaussures rouges, mais autrement ils étaient identiques et j'ai compris que Sara nous avait dessinées. Bien sûr ce n'était pas très ressemblant, mais en les voyant se tenir par la main et faire de grands sourires, j'ai su que c'était nous et j'ai senti une grosse boule gonfler dans ma gorge.

Ce n'était qu'un dessin, moche et idiot, mais Sara doit vraiment avoir des pouvoirs extraordinaires parce que je ne pouvais plus le lâcher et que, plus je le regardais, plus je sentais la boule grossir et s'étendre partout dans mon corps. Mes mains se sont mises à trembler, mes oreilles ont commencé à bourdonner, mon nez à couler, tout est devenu flou et j'ai eu peur parce que je ne comprenais pas ce qui m'arrivait.

Alors je me suis mise à compter, sauf qu'au lieu de compter des choses j'ai compté tous les sourires de Sara. D'abord ceux de son dessin, il y en avait sept, puis celui de son visage à elle, qui est tellement immense qu'il en vaut au moins cent, puis tous ceux qu'elle m'avait faits depuis que je l'avais rencontrée : son premier sourire à l'institut, les sourires-pardons qu'elle lançait aux idiots qui se moquaient d'elle, les sourires-baisers qu'elle offrait à ceux qu'elle aimait à longueur de journée, les sourires-poèmes dont elle parsemait ses gazouillis, ses sourires désolés quand elle ne comprenait pas, les sourires-soleil qu'elle pose sur chaque minute de sa vie, ses sourires-papillons qui vous chatouillent à l'intérieur, ses sourires-bonbons qui vous sucrent l'existence...

Je ne sais pas combien de temps il m'a fallu pour compter tous les sourires de Sara, mais au bout d'un moment la boule qui était dans ma gorge a disparu et j'ai pu recommencer à parler.

J'ai dit à Sara que je devais lui dire « au revoir » parce que j'allais partir trop loin pour qu'on puisse se voir, et que je ne pouvais pas lui dire où car c'était un secret.

Sara a demandé si je partais à cause du méchant monsieur de l'hôpital et je lui ai répondu « oui ». Alors Sara a dit qu'elle comprenait et qu'elle n'était pas triste, parce que « au revoir » c'était différent d'« adieu » et que ça voulait dire qu'on allait se revoir. C'était logique et ça m'a fait du bien, même si c'était bizarre que Sara soit plus logique que moi.

Ensuite Sara s'est remise à gazouiller et à dessiner comme si je ne lui avais rien dit.

C'est là que la chose étrange est arrivée et que j'ai compris quel était l'extraordinaire pouvoir de Sara.

J'étais là, sans bouger, à la regarder mettre des sourires partout, quand j'ai senti comme une crampe, une crispation sur mon visage. Des muscles dont je ne connaissais pas l'existence s'étaient mis à fonctionner sans que je le demande et ces muscles devaient être particuliers parce que j'ai senti qu'ils déclenchaient en moi une sensation inconnue, comme si j'avais plus de place pour respirer et que mon corps se relâchait.

C'était nouveau et... agréable.

J'allais en parler à Sara quand elle a levé la tête pour me regarder ; son sourire est devenu encore plus grand et elle s'est mise à me dessiner.

Quand sa sœur est arrivée pour la chercher, Sara m'a donné son dessin en me disant que c'était son cadeau et qu'il fallait que je le garde jusqu'à ce qu'on se revoie.

Je n'ai pas réussi à lui répondre, parce que la grosse boule était revenue dans ma gorge.

Sur le dessin de Sara il y avait un gros smiley avec des couettes et juste au-dessous elle avait écrit :

Le sourire de Césarine.

Quand j'ai regardé le dessin il était tout flou et des gouttes tombaient dessus, mais les muscles de mon visage ont recommencé malgré moi à faire le truc étrange qui déclenchait des drôles de sensations. C'est là que j'ai su ce que Sara avait de plus que les autres : elle savait créer le bonheur autour d'elle et ça, c'est un talent inestimable.

Donc :

1 : Je sais sourire.
2 : Je sais pleurer.
3 : Je crois que j'aime ça… même si c'est idiot.

préparation

Pour des raisons pratiques Marc ne nous avait autorisés à emmener qu'un petit sac à dos dans notre fuite. Pour Césarine c'était facile, vu qu'elle s'habillait toujours pareil il lui suffisait de prendre une de ses tenues fétiches et la fourrer dans le sac (enfin… plutôt de la plier méticuleusement en un rectangle du même format que l'ordi de papa, avant de glisser cette jolie pile dans son sac à dos « Monsieur-Madame »).

Pour moi, qui avais toujours attaché beaucoup d'importance à mon look, c'était plus compliqué car il fallait que je décide ce que j'allais abandonner derrière moi. Assis sur mon lit, je contemplais alternativement le sac de toile noire et le contenu de mon placard, en me demandant comment j'allais pouvoir faire tenir quatorze ans de ma vie dans un espace aussi petit, quand je réalisai que tout ça n'avait pas beaucoup d'importance. Je regardais mes gilets logotés, mes pulls et mes polos de marque, ceux-là mêmes pour lesquels j'avais parfois fait de vraies comédies à ma mère… quand je me suis rendu compte que je me fichais totalement de ce que j'allais emporter.

Une fois ce constat établi, tout fut plus simple ; je me levai et allai rapidement retirer de leurs cintres quelques vêtements pratiques et discrets et refermai sans regret mon placard sur une part de ma vie trop futile pour avoir encore du sens à mes yeux. Moi qui attachais tant d'importance à mes fringues il y a encore peu de temps, je constatais que je n'avais eu aucun mal à choisir quoi emmener : la paire de baskets de skate et le dernier sweat que mon père m'avait offerts, un jean et mes tee-shirts préférés étaient rapidement allés rejoindre le Livre de papa au fond du sac. J'abandonnai tout le reste sans regret, réalisant par la même occasion que pour la première fois depuis mes onze ans je venais de passer trois mois sans aller chez le coiffeur… et que je n'en avais rien à battre.

Après avoir préparé mon sac et révisé les moindres aspects de notre plan avec Néné, j'ai donc décidé de passer le reste de la journée à m'entraîner au dojo. J'avais dit à Néné que j'avais besoin de m'échauffer, mais pour tout dire j'avais surtout besoin de me calmer et de ne penser à rien pendant un petit moment. La lecture du Livre de papa, la découverte des rapports entre maman, Marc, mon père et Charles Montagues, l'imminence de notre évasion et de l'attaque des Autodafeurs… ça commençait à faire beaucoup trop de choses à gérer. J'avais le cerveau en surchauffe, l'estomac qui se tordait dans tous les sens, je transpirais comme un bœuf et j'avais l'impression qu'un étau m'empêchait de respirer correctement.

Bref, j'avais la trouille et il était urgent que je me calme.

Évidemment, vu que les adultes ne sont JAMAIS là quand tu en as le plus besoin, je me suis retrouvé tout seul. Debout au milieu du dojo, les bras sur les hanches, j'observais les lattes du plafond à la recherche de réponses à mes questions informulées quand je me suis aperçu que ma sœur était plantée à côté de moi et me regardait avec insistance. Je sursautai.

– Bordel, Cés ! Arrête de débarquer comme ça sans faire de bruit, je vais finir par avoir une crise cardiaque !

– Tu fais quoi tout seul à regarder en l'air ? me questionna-t-elle sans prêter attention à ma remarque.

– Je cherche par quoi commencer.

– Par commencer quoi ?

– En fait c'est un peu ça la question. Je suis venu dans le dojo pour m'entraîner parce que j'avais besoin d'arrêter de penser, mais vu que je n'arrête pas de penser, je ne sais même plus par quoi je dois commencer pour arrêter de penser, soupirai-je en haussant les épaules.

Je crois que c'était la phrase la plus débile que j'avais prononcée depuis longtemps, mais c'était exactement ce que je ressentais et pour une fois ma sœur sembla parfaitement en phase avec mon délire.

– Je comprends, dit-elle en me regardant avec sérieux. Ça m'arrive souvent. Dans ces cas-là, la seule solution c'est de commencer par le commencement.

Du grand Césarine ! En même temps j'aurais pu m'en douter.

– Heuuu, c'est-à-dire ?

– Eh bien, tu reviens sur les causes de ton problème et tu les élimines, m'expliqua-t-elle comme si c'était une évidence.

– …

Voyant que je restais sans réaction, ma sœur se mit à me détailler lentement sa technique.

– Ton problème c'est bien que tu te poses des questions dont tu ne trouves pas la réponse et que ça t'empêche de penser ?

– Ouais, on peut dire ça.

– Donc il faut que tu arrêtes de te poser des questions dont tu *n'as pas* la réponse et que tu te concentres sur des questions dont tu *as* les réponses.

– Comme par exemple ?

– Est-ce que tu respires, combien tu as de doigts de pied, qu'est-ce que tu vois, qu'est-ce que tu entends… des questions dont tu as la réponse. Enfin j'espère, ajouta-t-elle en me regardant avec suspicion.

Franchement, l'idée de ma sœur était débile mais quand j'ai vu qu'elle n'avait pas l'intention de partir et commençait à s'entraîner à côté de moi, je n'ai pas eu d'autre choix que de faire ce qu'elle me demandait. Je me suis concentré sur mes sensations : l'air se glissant dans mes narines, gonflant mes poumons, caressant mes lèvres ; le léger parfum de sueur, de cuir et d'encens flottant dans le dojo ; le moelleux du tatami sous mes plantes de pieds nus ; le brillant des lames d'acier des katanas, la patine des sacs de frappe, les couleurs éclatantes des trophées trônant dans la vitrine, les couettes de ma sœur dansant autour de moi tandis qu'elle répétait doucement ses enchaînements de kendo ; le bruit léger de ses pieds frôlant à peine le sol, les battements de mon cœur, le lointain clocher du village, le claquement d'une porte et ma respiration… de plus en plus profonde, de plus en plus lente, de plus en plus apaisée.

Ma sœur avait raison, plutôt que de me perdre dans des questions sans réponses il fallait que je me recentre sur l'essentiel : le présent.

Une fois calmé, je passai donc trois heures à suer dans le dojo sans penser à autre chose qu'à lancer mes pieds plus haut, frapper plus fort ou esquiver plus rapidement et ça me fit le plus grand bien. Quand j'arrêtai enfin de gesticuler, je me sentais comme neuf… enfin, sauf l'odeur bien sûr et j'avais beau ne pas porter Marie-Lou dans mon cœur je ne pouvais pas lui infliger ce parfum de putois ! Il était temps de me préparer.

Comme je l'avais appris chez les Havasupais, j'ai commencé par me laver à l'eau claire, sans utiliser de savon ni de shampoing, pour éviter d'attirer les chiens. J'avais donné le même conseil à Néné et je croisai les doigts pour qu'il n'ait pas oublié… entre son gel zarbi et son parfum bio, il dégageait parfois une odeur si forte qu'il y avait de quoi attirer une meute complète à dix kilomètres à la ronde !

Pour la tenue, après avoir longuement hésité, j'optai finalement pour un jean noir suffisamment souple pour me permettre de me battre et mes baskets de boxe de la même couleur. Pour faire un peu plus classe j'ajoutai une chemise, noire elle aussi, et une veste cintrée à coudières sous laquelle je glissai mon gilet (noir) à capuche avant de m'observer dans le grand miroir du dressing.

Le résultat était étrange, mais plutôt réussi. Avec mes cheveux humides en bataille, mon teint pâle mis en valeur par la noirceur de ma tenue et la cicatrice que la balle avait laissée au-dessus de ma tempe droite, je ressemblais à un de ces acteurs à la mode connus pour jouer dans des films de vampires et finir en cure de désintox… ou à un mec qui se la jouait, ce qui n'était pas franchement différent. En fait c'était le parfait look *no look* et c'était idéal pour ce que je comptais faire ce soir.

– Whaou mec, t'en jettes grave, siffla Néné qui venait d'arriver dans ma chambre. Avec ta cicatrice et le regard que tu as, on dirait Anakin Skywalker sans la cape, quand il commence à passer du côté obscur.

Je grimaçai.

– Et c'est censé être un compliment ?

– Ben ouais, même s'il pète un câble c'est tout de même un beau gosse. Et moi ? t'en penses quoi ? J'ai le swag ou pas ? me demanda-t-il en tournant sur lui-même.

Que dire ? Comme à son habitude, mon pote avait opté pour une tenue « nénéesque » assez difficile à définir et je cherchais encore mes mots quand Néné, trouvant que je n'avais pas le compliment assez rapide, se mit à faire son autopromotion.

– Mate un peu ! Ça c'est du look mon pote : authentique smoking vintage des années soixante trouvé dans le grenier de mes grands-parents, chemise en lin et bambou équitable ; quant aux chaussures elles sont fabriquées au Brésil avec des pneus recyclés, ajouta-t-il en exhibant des baskets informes et bariolées.

– Tu es… incroyable ! m'exclamai-je le plus sincèrement du monde.

– Tu l'as dit, se rengorgea-t-il fièrement ; en plus j'ai bien respecté tout ce que tu m'as dit : un seul petit sac à dos pour mettre mon ordi, des fringues noires et confortables, pas de parfum et des chaussures de sport, même que ces pompes sont uniques, y en a pas deux paires identiques dans le monde entier, c'est délirant hein ?

Il y aurait certainement eu des petites choses à redire, mais de toute manière mon inspection dut s'arrêter là. Césarine venait de passer la tête par la porte pour nous prévenir que Mamina, maître Akitori et elle partaient à l'hôpital et que Marc nous attendait dans le salon pour nous donner ses dernières recommandations avant de rejoindre la Commanderie ; l'heure de la bataille avait sonné.

journal de Césarine

Maman s'est endormie, mais je sais qu'elle a hâte de quitter l'hôpital et de s'enfuir avec nous.

Pourtant, au début, quand le prof lui a expliqué le plan elle a commencé par refuser. Elle disait qu'elle allait « nous freiner » et qu'elle refusait « de nous faire prendre des risques pour elle ». C'était idiot et, comme le prof n'arrivait pas à la convaincre, il a fallu que je lui explique. Je lui ai dit que si elle refusait de partir personne ne partirait.

Mamina parce qu'elle était sa mère.

Gus parce que c'était son fils.

Moi parce que j'étais sa fille.

Néné parce que c'était l'ami de Gus.

Et Marc parce qu'il était amoureux d'elle.

C'était logique, mais maman a voulu savoir pourquoi je disais que le prof était amoureux d'elle. Alors je lui ai parlé de ses lettres que j'avais trouvées dans un carton et de la photo sur son bureau.

Quand j'ai eu fini d'expliquer, le prof avait l'air gêné et maman était toute rouge. Je leur ai demandé s'ils avaient chaud mais ils n'ont pas répondu ; à la place maman m'a dit :

« Il faut que je parle à Marc deux minutes », j'ai répondu « d'accord », mais elle n'a rien dit alors j'ai compris que ce qu'elle voulait c'était lui parler EN PRIVÉ *alors je suis allée dans le couloir pour les laisser tous les deux et je suis tombée sur Mamina (enfin, pas « tombée » pour de vrai sinon je me serais fait mal, c'est juste qu'elle était là en même temps que moi).*

Mamina m'a demandé si ça allait et j'ai répondu « non, parce que je ne comprends rien à l'amour » en lui montrant Marc et maman qui discutaient dans la chambre. Mamina n'a pas eu l'air surprise et elle m'a demandé si je voulais aller boire un chocolat avec elle à la cafétéria. Ça n'avait pas de rapport mais j'ai quand même dit oui.

À la cafétéria il y avait du bruit, le chocolat n'était pas bon, le gobelet en plastique marron brûlait les doigts et la table était gluante, mais c'était bien quand même parce que Mamina m'a fait comprendre des choses importantes sur l'amour.

Elle a d'abord dit que ça ne s'expliquait pas, que ça ne se commandait pas et que ça ne suivait aucune logique.

Un moment j'ai cru qu'elle parlait de mon frère, surtout quand elle a précisé que l'amour pouvait rendre idiot, mais ensuite, quand elle a ajouté que l'amour pouvait rendre généreux, fou, malheureux ou heureux, que l'amour était à la fois la plus belle et la plus atroce des choses, que l'amour pouvait à la fois vous arracher le cœur et vous en créer un nouveau… j'ai bien compris qu'elle ne parlait pas de Gus.

Son explication était trop compliquée, alors je lui ai demandé si elle ne pouvait pas faire plus simple parce que ça faisait longtemps que je cherchais à comprendre mais que même le dictionnaire semblait ne pas savoir, vu qu'on pouvait trouver des centaines de définitions différentes, et que quand j'avais regardé à « amoureux » ça ne m'avait pas aidée, car j'avais trouvé... : « Personne qui éprouve de l'amour. »

J'étais perdue (enfin, je n'étais pas « perdue » pour de vrai vu que je savais que j'étais dans la cafétéria de l'hôpital, mais je ne savais plus quoi penser).

Mamina a compris que j'avais besoin d'une réponse claire, alors elle a conclu que l'amour était un sentiment très fort qui nous liait à une personne et que, même s'il était difficile à expliquer rationnellement, il ne fallait surtout pas en avoir peur parce que c'était ce qui permettait de rendre la vie plus belle.

J'ai pris le temps de boire le chocolat, même s'il était mauvais et trop chaud, pour bien analyser ce que Mamina venait de me dire. Grâce à Gus je savais déjà qu'« aimer bien » et « aimer » ce n'était pas pareil, alors pour être sûre j'ai cherché si MOI *j'aimais des gens.*

J'en ai conclu que oui.

J'aime maman, Gus (même s'il est idiot) et Sara.

J'ai demandé si on pouvait aimer des gens morts et, comme Mamina m'a dit que oui, j'ai ajouté papa, papi et mamie à ma liste.

J'étais contente, parce que je venais de me rendre compte que moi aussi j'avais des « sentiments », et j'ai couru dans la chambre pour le dire à maman. Le prof était parti et maman avait l'air d'avoir pleuré. Ça m'a embêtée, alors je lui ai demandé si elle pleurait à cause de l'amour qui fait mal. Elle m'a souri et m'a juste répondu qu'elle avait décidé de partir avec nous et que c'était tout ce qui comptait.

Ce n'était pas la réponse à ma question, mais j'étais contente qu'elle ait changé d'avis alors je n'ai pas insisté. Il serait toujours temps de lui en reparler quand nous serions partis.

De toute manière c'était bientôt l'heure et il fallait que chacun prenne sa place pour pouvoir commencer l'opération, alors maman a fermé les yeux, Mamina s'est enfermée dans la salle de bains et j'ai commencé à écrire sur mon carnet.

Dans quelques minutes, Sabots marron arrivera pour faire son injection dans le goutte-à-goutte de maman. Il verra que je suis dans la chambre, mais comme il s'est habitué à ma présence ça ne le dérangera pas. Depuis quelques jours, quand je suis seule il ne se cache même plus pour opérer. Il est en confiance et c'est une chance pour nous, car Sun Tzu dit : « Vous feindrez d'être faible pour que vos ennemis, ouvrant la porte à la présomption et à l'orgueil, se laissent surprendre eux-mêmes et tailler en pièces honteusement. »

Maître Akitori, lui, nous attend dans le parking de l'hôpital ; il y a deux minutes, il a envoyé à Mamina le signal indiquant qu'il avait réussi sa mission : il est donc au volant d'une ambulance et attend que nous le rejoignions avec maman.

Mamina, elle, est cachée dans la petite salle de bains. J'ai eu du mal à la convaincre que j'étais mieux placée qu'elle pour éliminer Sabots marron, mais quand maître Akitori lui a avoué que j'avais réussi à le mettre hors de combat dans le dojo elle s'est inclinée.

Maman doit continuer à faire semblant d'être dans le coma, mais quand j'écoute sa respiration je me doute bien qu'elle s'est endormie. Elle a beau aller mieux, elle est encore très fatiguée.

Moi je reste assise à écrire sur mon cahier.

J'attends.

La porte vient de s'ouvrir, Sabots marron est pile à l'heure.

« Ta copine gogol n'est pas là ce soir ? » me demande-t-il en s'avançant vers le lit de maman.

Je ne réponds pas et je fais semblant d'être concentrée sur ce que j'écris.

« Entre la neuneu, le gros patapouf, et toi qui habites sur une autre planète, vous faites une sacrée équipe de branques ! Quand je pense qu'on m'a donné comme consigne de me méfier de vous, franchement, qu'est-ce qu'y faut pas entendre. »

Sabots marron sort sa seringue et pique la fausse poche de sérum de maman avant de lui caresser les cheveux. J'espère qu'elle ne va pas se réveiller maintenant.

« Quel dommage, un si joli p'tit lot, moi j'aurais bien eu deux trois idées pour m'en débarrasser de manière plus intéressante, mais il paraît que le gros Montagues pique une crise dès qu'on envisage de l'éliminer. Qu'est-ce que t'en dis toi la cinglée ? Tu penses que je pourrais faire un petit câlin à ta maman avant qu'elle s'endorme définitivement ? »

Ce type est un idiot, il ne se rend même pas compte que je recopie tout ce qu'il me dit et que dans quelques secondes je poserai mon stylo pour le neutraliser.

Il a fini son sale boulot et je sais que maintenant il va s'approcher de moi pour me narguer.

« Alors la crevette, t'écris quoi au fait : les mémoires d'une décérébrée du bulbe ? »

Je vais lui tendre mon cahier.

Quand il se penchera pour lire, je le tuerai.

Ce n'est pas ce qui était prévu, ce n'est pas le plan, mais il ne fallait pas qu'il touche ma maman.

« Alors ? Tu me montres ? »

Voici les derniers mots qu'il va lire, je les mets en gros et en majuscules pour être certaine qu'il les voie bien :

JE SUIS MORT

J'ai tendu mon cahier, Sabots marron s'est penché pour le lire, ses yeux et sa bouche sont devenus tout ronds et il a répété sans comprendre : « Je suis mort ? Comment ça je suis mort ? »

Alors, comme il faut toujours répondre aux questions qui vous sont posées poliment, je lui ai planté mon stylo dans la jugulaire en lui chuchotant : « Comme ça. »

Et il est mort sans bruit en faisant de jolies bulles de sang et en tachant mon chemisier.

le bal

La grande salle du gymnase avait été entièrement décorée pour l'occasion et j'ai presque eu du mal à la reconnaître ; les parents d'élèves n'y étaient pas allés de main morte sur les cotillons, les guirlandes et les accessoires. Mis à part l'odeur omniprésente de sueur et de vieilles chaussettes, on aurait presque pu se croire dans une boîte de nuit géante… enfin, une boîte de province décorée en binôme par le club de travail manuel et celui des cinéastes amateurs.

Pour que vous compreniez mieux, il faut tout de même que je vous décrive le machin. Quand nous sommes arrivés, sur tous les murs, des dizaines d'écrans de différentes tailles balançaient le clip des Daft Punk à plein volume tandis que des marées de guirlandes de crépon et de ballons enrubannaient le moindre espace restant. L'effet était carrément bizarre, c'était le mariage de *Star Trek* et de *La Petite Maison dans la prairie*, un choc culturel et spatio-temporel.

– T'as vu, c'est classe la déco ! s'exclama Néné en embrassant la salle d'un vaste geste des bras.

– Fais gaffe à tes pattes, le boloss, t'as failli m'éborgner, lui cracha Jessica en le repoussant sur le côté.

– Mille pardons ma princesse en sucre, s'excusa Néné en s'inclinant sur son passage pendant qu'elle s'éloignait dans la foule.

En guise de réponse, il n'eut droit qu'à un majeur tendu bien haut lui indiquant clairement ce qu'elle pensait de lui.

– Décidément, c'est vraiment la classe cette gonzesse, lui chuchotai-je tandis que Marie-Lou donnait son manteau au vestiaire.

Les deux filles nous avaient rejoints à l'appart il y avait à peine vingt minutes et je ne les supportais déjà plus. Entre Marie-Lou qui me prenait pour son petit ami et me collait plus qu'une moule à un rocher et l'autre pouffe maquillée comme une voiture volée qui nous faisait bien comprendre qu'elle rêvait d'être ailleurs, c'était carrément l'enfer. À peine arrivée, Jessica avait commencé à casser Néné en lui disant tout le mal qu'elle pensait de lui. Tout y était passé : son look « même pas digne d'un SDF », sa coiffure « carrément atroce », ses pompes « tu les as faites toi-même ? », et chaque mot qu'il lui adressait.

Les écouter « discuter » donnait l'impression d'assister à une mise à mort, avec Jessica dans le rôle du toréador et Néné dans celui du taureau.

Ça donnait des échanges du style :

Néné : Tu es très en beauté ce soir, Jess.

Jessica : Pas pour toi, le boloss ! Et me regarde pas, tu me salis avec tes yeux.

Néné : Ô douce Jess, comme tes paroles sonnent tendrement à mes oreilles…

Jessica : N'importe quoi ! Et puis arrête de m'appeler Jess, je t'ai déjà dit que c'était pour mes amis et que toi t'étais personne.

Néné : Tout ce que tu voudras, ma princesse…

Jessica : Ce que je voudrais, c'est que tu te casses et que je ne sois pas OBLIGÉE d'aller au bal avec toi.

Et encore, je ne vous transmets que les passages sans mots en « -ain » et en « -ulé », dont le haut niveau intellectuel aurait fait passer n'importe qui pour un agrégé de philosophie.

Du coup, même si j'étais désolé pour Néné, la voir s'éloigner ainsi de nous aussi rapidement fut un grand soulagement.

– Je crois que tu as perdu ta cavalière, mon pote…

Néné haussa les épaules en rigolant.

– De toute façon je me doutais bien qu'elle me planterait dès notre arrivée. Mais ne t'inquiète pas, je n'ai pas dit mon dernier mot.

D'un signe de tête il désigna les murs du gymnase.

– Tu vois les écrans ? C'est mon idée ; ils sont tous reliés en réseau et je peux faire passer ce que je veux dessus.

– Comment ça ? Tu veux dire que tout à l'heure, quand tu balanceras les messages que tu as piratés, ils apparaîtront en grand dans toute la salle ?

– Oui m'sieur, ce sera le double effet Kiss Cool ; chacun aura son lot de petits messages perso sur son téléphone mais, en parallèle, j'ai fait une sélection des pires petites horreurs du collège qui s'étaleront en boucle sur grand écran. Eux qui rêvent tous d'être célèbres et populaires, je vais exaucer leur vœu.

– Tu vas exaucer le vœu de qui ? demanda Marie-Lou qui avait enfin réussi à s'extraire de son manteau.

– Celui de ta sœur, bien sûr, lui répondit Néné. Je te promets que, grâce à moi, elle n'est pas prête d'oublier cette soirée.

L'ironie de sa réponse échappa à Marie-Lou.

– Eh bien tant mieux, parce que je ne te dis pas ce que j'ai été obligée de faire pour la convaincre de venir ici avec toi, soupira-t-elle en roulant bizarrement des yeux.

Néné me jeta un coup d'œil en coin en souriant avant de lui répondre.

– Si tu veux parler du petit film de ta sœur avec le prof de musique dans les vestiaires, j'en profite pour te féliciter : ton cadrage était parfait, on sent bien toute la motivation de ta sœur pour obtenir une bonne note sur son bulletin. Par contre, si tu me permets un conseil de pro, au niveau des lumières c'était un peu surexposé, la prochaine fois utilise une minicaméra plutôt qu'un téléphone, le rendu sera meilleur.

C'était tellement inattendu, tellement énorme que je n'ai pas pu m'empêcher d'éclater de rire. Quant à Marie-Lou, choquée, elle a regardé Néné avec des yeux ronds tout en ouvrant et fermant la bouche sans trop savoir quoi dire. Avec sa robe verte bouffante on aurait dit une grosse carpe couverte d'algues qui aurait sauté de son bassin et commencerait à manquer d'oxygène. Mon fou rire augmenta de plus belle.

– Mais… comment tu sais pour mon film ? finit-elle par demander à Néné.

– Chuttt, un magicien ne révèle jamais ses secrets, mais permets-moi de te dire que ce n'est pas joli joli d'espionner tout le monde comme ça, Marie-Lou. Même que je pense qu'il y en a beaucoup ici qui apprécieraient de savoir qui est leur maître chanteur… tu ne crois pas ?

Je ne savais pas vraiment de quoi il parlait, mais je n'étais pas idiot au point de ne pas le deviner : en fouillant dans l'ordi de Marie-Lou, Néné avait dû tomber sur des choses suffisamment compromettantes pour nous permettre d'avoir la paix définitivement. C'était un petit cachottier, mais je devais reconnaître que c'était un coup de maître. Moi qui cherchais encore il y a cinq minutes comment j'allais pouvoir me débarrasser de mon pot de glu, j'ai pu constater que Néné avait tout prévu.

– Tu vois, Marie-Lou, lui expliqua-t-il calmement, finalement mon pote et moi on préférerait être tranquilles entre mecs ce soir ; alors si tu ne veux pas que je révèle à tout le monde ton petit passe-temps favori, je propose que tu lâches le bras de Gus et que tu trouves quelqu'un d'autre à emmerder pour la soirée.

Marie-Lou, choquée, commença par rester là sans bouger en nous regardant alternativement sans avoir l'air de comprendre ce qui lui arrivait. Puis, semblant prendre toute la mesure de la menace de Néné, elle se décolla brusquement de moi en me regardant comme si j'étais atteint d'un virus mortel. Si un regard pouvait tuer, je pense que je serais tombé raide mort mais heureusement pour moi ce n'était pas le cas et, voyant qu'elle était coincée, Marie-Lou finit par se décider à dégager, non sans nous avoir précisé ce qu'elle pensait de nous… et que je suis trop bien élevé pour répéter ici.

En la regardant s'éloigner dans la foule, je poussai un soupir de soulagement et donnai une grande claque dans le dos de Néné.

– Bien joué ! Je ne pense pas que j'aurais supporté une seconde de plus avec cette folle. Tu m'as bien bluffé sur ce coup-là, je suis carrément refait.

– Pas de quoi, je t'avais promis de réparer ma boulette, j'ai tenu parole. Alors ? On fait quoi maintenant qu'on s'est débarrassé des filles ?

Je regardai ma montre, il était à peine 21 heures. Dans mon plan je pensais que nous mettrions plus de temps à nous retrouver seuls, du coup il était trop tôt pour déclencher la bombe de Néné. Nous avions encore une bonne heure devant nous avant de pouvoir filer. Autant en profiter pour faire quelque chose d'utile… et dans mon cas, j'avais une idée bien précise sur ce qui pouvait être qualifié d'« utile ». Sauf qu'en jetant un coup d'œil autour de moi j'ai vite constaté que nous étions sous surveillance et que nous aurions du mal à agir sans nous faire repérer.

Je donnai un coup de coude à Néné et lui indiquai discrètement les frères Montagues et Le Négrier qui avaient les yeux braqués sur nous.

– Commençons par nous faire remarquer, le but c'est que tout le monde voie bien que nous sommes là, de préférence à fond dans la fête et un peu partis, si tu vois ce que je veux dire. Ça endormira leurs soupçons et ils finiront par relâcher leur attention.

– OK… mais tu entends quoi par « un peu partis » ?

– Fais comme si tu étais bourré ou comme si tu avais fumé, comme si t'étais stone. Me dis pas que t'as jamais vu un élève déchiré !?

Néné avait repris sa tête de cocker triste et c'est un peu gêné qu'il m'avoua que « non », n'ayant jamais été invité aux soirées il n'avait pas la moindre idée de ce que je voulais dire, et il ajouta que de toute manière l'alcool était interdit à la fête de l'école et donc qu'on ne pouvait pas faire croire qu'on était bourrés. Tant de naïveté était attendrissante, mais il fallait que je le fasse atterrir dans le monde réel. L'entraînant dans la foule des élèves, je tournai résolument le dos au bar et me dirigeai vers les toilettes.

– Hé, si tu veux picoler faut aller au buffet, pas aux WC, me cria Néné.

– Justement non. Ce sont les parents d'élèves qui tiennent le bar, t'as aucune chance de trouver de l'alcool là-bas ! Par contre, si vous fonctionnez comme dans mon ancien bahut, on trouvera tout ce qu'on veut aux toilettes.

J'avais raison, agglutinés devant les WC, des grappes d'élèves se repassaient discrètement des bouteilles de Coca remplies de vodka et il me suffit d'aligner trente euros pour en choper une.

– Mais qu'est-ce que tu veux faire avec ça, me chuchota Néné, tu ne crois pas qu'on a plutôt intérêt à garder les idées claires ?

Tout en faisant semblant de m'enfiler de longues gorgées de vodka, je désignai discrètement Conrad et Guillaume qui nous mataient de l'extrémité des vestiaires.

– Évidemment, le but c'est juste que nos admirateurs y croient suffisamment pour se sentir en confiance. Vas-y fais comme moi, ajoutai-je en lui tendant la bouteille.

Néné la saisit par le goulot et s'envoya une courte rasade… avant de se mettre à tousser et à cracher. Tout rouge, les larmes aux yeux, il me rendit la bouteille comme si elle lui brûlait les doigts. J'aurais dû lui préciser qu'il fallait faire semblant !

– Putain ! C'est dégueu ce truc ! s'exclama-t-il.

Autour de nous les rires fusèrent.

– Hé, le no life ! Retourne boire du lait si t'es pas un homme ! lui lança une voix sur la droite.

– Ou une grenadine avec une paille !

– Ouais, quand on est un SAF on reste assis au fond avec les losers. T'as rien à faire ici. Casse-toi pauvre con !

J'ai hésité une seconde à reprendre ce crétin qui se prenait pour un président de la Ve République mais Néné, grand prince, me saisit le bras avant que je dérape.

– Laisse tomber, Gus, j'ai l'habitude, si tu veux te faire remarquer viens plutôt danser.

Il avait raison, ces crétins n'en valaient pas la peine. Voyant que Conrad et Guillaume étaient toujours là, je continuai mon manège avec ma bouteille avant de la jeter et de suivre Néné sur la piste de danse d'un pas volontairement hésitant.

Au moment où je passai à côté d'eux, je trébuchai sur Conrad et lui soufflai mon haleine alcoolisée au visage.

– Hé ! Dégage de là, Mars, va cuver plus loin, me dit-il en me repoussant vers Néné.

Mon but n'était pas de me bagarrer, mais de rendre crédible mon personnage de pochtron, alors je m'éloignai à reculons en levant les bras tout en m'excusant.

– Désolé mec, j'ai pas fait exprès.

Les deux Montagues se regardèrent en souriant avant de me faire signe de passer.

– Profite bien de ta soirée, Mars, me lança Guillaume tandis que je m'éloignais en vacillant.

Je souris à mon tour. Sans le savoir, il venait de tomber dans le mille ; je comptais bien profiter à fond de ma soirée… mais je n'étais pas certain que ça le fasse rire très longtemps.

journal de Césarine

Quand Mamina est sortie de la salle de bains, elle s'est arrêtée net et a mis les mains sur sa bouche en disant : « Mon Dieu ! » Je pense que c'était parce que j'avais taché mon chemisier, alors je lui ai dit de ne pas s'inquiéter car comme il était en coton, il suffisait de le plonger dans de l'eau froide additionnée de sel avant de le laver pour enlever la tache. Pourtant elle a continué à secouer la tête en disant : « Non ! Non ! » alors que je savais bien que cela fonctionnait, car j'avais déjà vu mamie le faire ! Je ne pensais pas que Mamina serait aussi embêtée que je salisse mes vêtements.

À force de gémir elle a fini par réveiller maman. Ses yeux se sont portés sur moi, puis sur Mamina et enfin sur Sabots marron allongé par terre dans une mare de sang et, à sa tête, j'ai compris que j'aurais peut-être dû suivre le plan.

Elle n'a rien dit mais elle m'a regardée bizarrement, comme si j'étais une autre personne et que je lui faisais peur. Ça n'a pas duré plus de quelques secondes, mais je n'ai pas du tout aimé ce moment. Heureusement, maman est vite redevenue elle-même, elle m'a fait un sourire en me disant de ne pas m'inquiéter et que tout irait bien. Mais ça je le savais déjà parce que mon chemisier est en coton et comme il est blanc, au pire, je pouvais toujours mettre de l'eau de Javel. Je l'ai dit à maman, mais ça n'a pas eu l'air de la rassurer. Elle a dit :

« Césarine, tu ne dois pas tuer les gens, c'est mal, tu comprends ? » C'était idiot, vu que ce n'était pas « les gens » mais Sabots marron, mais maman a insisté en me demandant de promettre de ne pas recommencer. Ça avait l'air important pour elle, alors j'ai dit « oui » même si je pense que c'est idiot.

Ensuite, même si on a perdu un peu de temps à calmer Mamina et à nettoyer la grosse mare de sang qui était sur le sol, le plan a repris son cours normal ; on a aidé maman à s'installer dans le fauteuil roulant et on a mis Sabots marron à sa place dans le lit avant de partir rejoindre maître Akitori dans le parking.

Au final, la seule différence c'était que mon chemisier était taché et que, au lieu d'être endormi, Sabots marron était mort, mais après tout c'est presque pareil.

Donc :

1 : Penser à faire tremper mon chemisier avant de le laver.

2 : Demander pourquoi je n'ai pas le droit de tuer les méchants.

petite vengeance

Au bout d'une heure passée à faire les cons sur la piste de danse avec Néné, la surveillance des BCG s'était enfin relâchée. Il faut avouer à leur décharge que le spectacle offert par Néné était proprement hallucinant ; je comprenais mieux pourquoi aucune fille ne voulait être sa cavalière. Sans vouloir être méchant, disons qu'il dansait aussi bien qu'un canard sous acide cherchant à imiter Michael Jackson qui viendrait de se prendre les doigts dans une prise… Oui, je sais, ça ne veut rien dire, mais c'est la seule image que j'ai trouvée pour décrire à quoi pouvait bien ressembler la « danse » de mon pote. Moi qui voulais que nous passions pour deux mecs bourrés j'avais touché le jackpot : en nous regardant, aucune personne saine d'esprit ne pouvait imaginer que nous étions dans notre état normal !

Sur le bord du parquet, les trois crétins se foutaient ouvertement de notre gueule en s'enfilant des verres de ce qui, vu leur tronche et leur excitation, n'avait visiblement pas grand-chose à voir avec du jus d'orange. À quelques mètres d'eux, Bart me fit soudain signe qu'il était temps d'agir. Je lançai à mon tour un clin d'œil à Néné et me dirigeai droit sur Isabelle qui dansait à quelques pas de moi.

– Salut la Belle, lui glissai-je à l'oreille en la serrant dans mes bras.

Isabelle sursauta et glissa un coup d'œil vers BG.

– T'es malade Gus, BG va te tuer ! me dit-elle en tentant de se dégager.

Voyant que ses efforts n'étaient pas si francs que ça, je la collai d'un peu plus près et l'entraînai avec moi vers l'arrière-salle du gymnase.

– Écoute, Isabelle, je sais que tu es mon amie, alors rends-moi un service sans poser de questions. Dans quelques secondes ton mec va débarquer. Ne tente rien, laisse-le faire et pars vite prévenir Le Négrier. Dis-lui où nous sommes et ce que nous faisons, et ensuite retourne t'amuser avec tes amies.

– Mais…

– S'il te plaît, Belle, dans le dojo tu m'as dit que je pouvais compter sur toi. Si tu veux me le prouver… c'est maintenant.

Avant qu'elle puisse ajouter quoi que ce soit, je déverrouillai la porte avec le passe que m'avait filé DeVergy et l'entraînai dans la réserve déserte ; la pièce n'était pas très grande, elle servait de zone de stockage aux profs pour ranger les ballons, les agrès, les maillots et autres accessoires de sport, l'espace était si encombré qu'il n'y avait pas beaucoup de place pour se retourner… et c'était précisément ce que je voulais. J'attirai Isabelle contre moi en lui répétant de ne pas s'inquiéter, mais j'eus à peine le temps de faire semblant de l'embrasser que Bernard-Gui déboulait comme un taureau furieux, suivi de près par ses abrutis de frères.

– Lâche-la tout de suite ou tu es un homme mort ! hurla-t-il en m'arrachant Isabelle des bras.

Faisant semblant d'être déséquilibré, je me laissai tomber sur une pile de tapis de gym en rigolant.

– Cool mec, on discutait c'est tout… tu sais qu'il paraît que les hommes jaloux sont en fait des types qui manquent de confiance en eux ?

Bernard-Gui s'avança d'un pas. Je pensais qu'il allait me frapper mais il se contenta de pointer un doigt rageur sur moi.

– Tu ne t'approches pas de ma copine. C'est tout ce que j'ai à te dire, articula-t-il froidement avant de tourner les talons.

Merde ! S'il se barrait mon plan tombait à l'eau. Il allait falloir que je cogne plus fort si je ne voulais pas qu'il s'en aille. Heureusement, grâce à Néné j'avais un joker dans ma manche.

– Alors… il paraît que tu fais encore pipi au lit, BG ? C'est vrai ou ton frère est un gros mytho ?

En m'entendant Guillaume devint blanc, mais BG avait dû prendre quelques leçons de self-control depuis notre dernière rencontre car seule la crispation de ses poings m'indiqua que j'avais fait mouche.

– Retourne dans la salle, Belle, lui dit-il sans se retourner.

– Mais BG laisse tomber, tu vois bien qu'il a trop bu et que…

– RETOURNE DANS LA SALLE !

Sous la violence du ton, Isabelle sursauta et recula d'un pas.

– S'il te plaît, ajouta-t-il plus doucement. On ne peut pas le laisser comme ça, s'il retourne avec les autres il va se ridiculiser. Nous allons le ramener chez lui pour qu'il cuve un peu. Hein, les gars ? conclut-il en se tournant vers ses frères.

Isabelle avait pâli, elle n'était pas idiote et voyait bien que quelque chose de louche se passait. Ses grands yeux verts se posèrent sur moi.

– Gus, tu es sûr que tu ne veux pas revenir avec moi au bal ?

Je devais la convaincre de partir.

– Non, non, je suis bien, avec mes poteaux, bafouillai-je en me redressant. Et puis je suis certain que tu as des gens à voir dans le gymnase, ajoutai-je en lui faisant un discret clin d'œil.

Isabelle comprit enfin le message et s'élança hors de la réserve.

Si mes calculs étaient bons, j'avais moins de cinq minutes pour régler leur compte aux BCG avant que Le Négrier débarque. Ça allait être chaud et il fallait que je profite à fond de l'effet de surprise pour choper les trois en même temps. Toujours titubant, je me dirigeai vers Guillaume qui, depuis ma petite révélation, était devenu carrément verdâtre.

– C'est pas cool, Guigui, de révéler ainsi les petits secrets de ton grand frère à toute l'école, c'est tout de même intime ces histoires de pipi au lit, balbutiai-je en agitant mon index sous son nez.

Sans s'occuper de moi, Guillaume se tourna vers son frère.

– L'écoute pas, BG, il dit n'importe quoi, le supplia-t-il en me repoussant.

Je secouai la tête en tendant le téléphone de Néné à BG.

– Non, non, non… c'est pas des conneries que j'te dis. Regarde, c'est écrit juste là en dessous de la photo : « BG fait le gros dur mais il pisse encore au lit. »

Sur le petit écran du smartphone, la page Facebook de Guillaume en arrière-plan de son message était suffisamment visible pour que BG la reconnaisse, et voir ainsi son drap souillé étalé devant un copain de son frère lui fit péter un plomb. Sans plus s'occuper de moi, il se jeta sur Guillaume tandis que Conrad se précipitait pour les séparer. J'avais réussi mon coup, la configuration était parfaite pour l'étape suivante du plan et je sortis tranquillement de ma poche trois des six seringues hypodermiques que m'avait préparées Mamina avant de me jeter sur la grappe humaine pour piquer les BCG.

Je ne sais pas ce que ma biochimiste de grand-mère avait concocté comme mélange, mais c'était sacrément efficace parce que les trois frères s'effondrèrent sans même avoir le temps de comprendre ce qui leur arrivait.

J'allais commencer à cacher les corps quand mon téléphone bipa deux fois ; c'était le signal convenu avec Néné pour m'indiquer que Le Négrier arrivait. Laissant les BCG bien en vue, je récupérai rapidement le flingue que Marc avait caché au fond du panier des maillots de foot à mon intention avant de me glisser derrière la porte et de décapuchonner une quatrième seringue.

Cinq secondes plus tard, Le Négrier franchissait le seuil de la salle.

– Mais… qu'est-ce qu'il se pa…

Il n'eut pas le temps d'en dire plus qu'avec un bonheur indescriptible je lui plantai l'aiguille dans la nuque en lui murmurant doucement à l'oreille : « Bonne nuit, Ducon. »

Et il s'effondra comme la merde qu'il était.

un petit détour

Quand Bart et Néné surgirent dans la réserve, j'étais en train de planquer les quatre corps derrière les tapis de gym. En voyant ses frères inanimés, Bart eut un temps d'arrêt.

– Tu leur as fait quoi ?

– Ne t'inquiète pas, Bart, ils sont juste endormis. Si les calculs de Mamina sont bons ils devraient se réveiller d'ici quatre bonnes heures avec un gros mal de crâne et aucun souvenir de ce qui s'est passé, ça nous laisse largement le temps d'aller chez toi voir ce que ton père trafique avant de nous tirer de ce bled définitivement. Regarde, on a même prévu de quoi te mettre hors du coup, dis-je en lui tendant une seringue.

Bart me lança un regard étonné.

– Qu'est-ce que tu veux que je fasse de ce truc ? me demanda-t-il en la saisissant du bout des doigts.

– C'est le même mélange que celui qu'on a utilisé pour tes frères et Le Négrier, sauf qu'il est beaucoup moins dosé. Quand tu nous auras fait rentrer dans le labo, j'aimerais que tu reviennes vite fait ici et que tu te piques. Comme ça tout le monde croira qu'on t'a éliminé en même temps que les autres et personne ne se doutera que tu nous as aidés, lui expliquai-je rapidement.

– Et tu crois vraiment que je vais vous laisser tout seuls dans le labo juste pour protéger mes fesses ?

– T'as pas le choix mon pote, tu sais très bien qu'ils ne te font plus confiance et qu'on a besoin de toi ici pour nous tenir au courant de leurs magouilles. C'est le plan idéal pour éloigner un peu leurs soupçons. DeVergy a promis que, dès que ce serait possible, il s'arrangerait pour que tu nous rejoignes mais, en attendant, c'est la seule option.

Après quelques secondes de silence Bart hocha la tête et, même si ça n'avait pas l'air de lui faire plaisir, il fit disparaître la seringue dans la poche de sa veste.

– OK, je me rends, mais vous avez intérêt à tenir votre promesse les gars, ajouta-t-il en me regardant au fond des yeux.

– Un pour tous, a lancé Néné en avançant la main.

– Tous pour un, avons-nous répondu en chœur en lui frappant dans la paume.

L'affaire était réglée.

– Bon, maintenant que nos adversaires sont hors jeu, il faut encore que nous quittions le collège sans nous faire remarquer, expliquai-je à Bart et Néné tout en fouillant les poches du Négrier à la recherche de ses clés.

– Pour ça y a pas de risque que quelqu'un s'occupe de nous, rigola Néné. Pendant que tu faisais le joli cœur avec Isabelle, j'ai déclenché l'opération « Étoile noire »… et je peux te dire que les résultats sont au-delà de nos espérances !

– Ouais, ajouta Bart, notre plus grand risque c'est encore de nous prendre un pain par erreur en traversant la salle.

Je me redressai avec le trousseau en main.

– Les clés du bonheur, les mecs ! Ça vous dit un petit détour par le bureau du Négrier avant de partir ?

Sans plus attendre, nous avons fermé la réserve à clé avant de passer par-derrière pour rejoindre le bâtiment administratif. J'aurais bien fait un détour par le gymnase pour constater les effets du piège de Néné, mais rien que les bruits et les hurlements qui s'en échappaient suffirent à me prouver qu'il avait largement atteint son but.

– Dis donc Néné, chapeau mon pote, c'est l'hystérie là-bas ! Je regrette d'avoir raté ça, j'aurais bien aimé voir leurs tronches quand ils ont découvert ce que leurs « amis » pensaient réellement d'eux !

Néné, modeste, se contenta d'un large sourire, mais je pouvais compter sur Bart pour me faire un compte-rendu enthousiaste.

– C'était dément ! La musique s'est arrêtée d'un coup et les écrans se sont mis à diffuser la vidéo de Jessica avec le prof de musique. La surprise a été totale… même si je ne suis pas certain qu'ils aient tous remarqué l'ironie de ta bande-son, Néné.

Dans ma tête j'imaginais déjà la BO de *Star Wars* se déversant à fond par les haut-parleurs, mais il faut croire que j'avais sous-estimé la subtilité de mon pote.

– Sans déconner Néné, coller un extrait de *La Flûte enchantée* de Mozart sur ta vidéo, c'était carrément du grand art !

– Ouais les mecs, ça c'est la *Néné's touch* !

Sans s'arrêter de marcher, Bart a continué à me décrire la scène.

– Je te raconte pas l'effet que ces images ont eu sur la salle : Jessica s'est jetée sur sa sœur, le prof de musique courait partout pour essayer de couper le film et les autres élèves faisaient semblant d'être choqués alors qu'ils étaient morts de rire. Ensuite les écrans ont affiché : « Vous avez un message », les téléphones se sont tous mis à biper en même temps et en quelques secondes ça a été l'apocalypse. Les soi-disant meilleurs amis se sont mis à se hurler dessus et les claques ont commencé à voler. Le plus drôle c'est que même les profs se regardaient bizarrement et je suis certain d'avoir vu la prof de SVT gifler celle d'arts plastiques !

Néné haussa les épaules en rigolant.

– Y a pas que les élèves qui ont un compte Facebook, alors tant qu'à pirater j'ai ratissé large… et je peux vous dire que les adultes n'ont pas de leçon à nous donner en termes d'hypocrisie.

Ça, je n'avais pas de mal à le croire.

Tout en parlant, nous avions rejoint l'aile des bureaux ; au loin on continuait de distinguer les hurlements en provenance du gymnase, mais les couloirs étaient déserts et nos pas résonnaient étrangement sous les voûtes de l'ancien cloître. Grâce au passe de DeVergy, il nous fallut moins de trois minutes pour atteindre le bureau du Négrier et pénétrer à l'intérieur. La dernière fois que j'étais venu ici c'était le jour de mon arrivée au collège, le jour où j'avais mis cet abruti par terre et où il m'avait confisqué mon iPod… et c'était en partie pour cette raison que j'avais décidé de venir là ce soir !

– Tenez, les gars, donnez-moi un coup de main pour fouiller la pièce, dis-je tandis que j'utilisais les clés du Négrier pour déverrouiller toutes les serrures.

– On cherche quoi ? demanda Bart en renversant un tiroir pendant que Néné se précipitait sur l'ordi.

– D'abord ses clés de voiture parce qu'il ne les avait pas sur lui, puis tout ce qui a un rapport de près ou de loin avec les Autodafeurs. Ah, et mon iPod si tu tombes dessus…

– Néné ! cria Bart, y a un portable dans sa sacoche, ça t'intéresse ?

– Un peu qu'ça m'intéresse ! Son PC ne contient que des trucs du collège. Whaou, siffla Néné en s'emparant du portable. Le dernier MacBook Pro ! Y s'emmerde pas, Le Négrier, ça vaut une blinde un joujou pareil.

– Tu n'as qu'à l'embarquer, ça lui fera les pieds à ce connard. De toute manière, j'ai mis la main sur ses clés de voiture et j'ai l'impression qu'on ne trouvera rien de plus ici, alors pas la peine de s'attarder, dis-je en renversant au sol le contenu de la dernière armoire.

Nous n'avions pas fait semblant ; autant à notre arrivée le bureau ressemblait à une pub pour maniaque de l'ordre, autant maintenant il aurait pu apparaître dans un reportage sur les résultats d'un séisme : toutes les étagères étaient vides, les tiroirs arrachés, les livres renversés… bref, le bureau était dévasté.

– Tiens, cadeau, me dit Bart en me tendant un iPod. Je ne sais pas si c'est le tien, mais c'est le seul que j'ai trouvé.

C'était bien le mien et je l'empochai prestement en remerciant Bart d'un check vigoureux.

– Mission accomplie les mecs ! Notre carrosse nous attend, on se casse ! criai-je en agitant les clés de voiture du Négrier au-dessus de ma tête.

journal de Césarine

L'ambulance nous a conduits directement à la Commanderie. Mamina est montée derrière avec maman, mais moi je me suis installée à l'avant avec maître Akitori.

Il y avait treize kilomètres et il nous a fallu sept minutes trente pour les faire, ce qui faisait une moyenne de 104 km/h, c'est-à-dire très au-dessus des limitations de vitesse. J'ai demandé à maître Akitori pourquoi quand c'était moi qui tuais un méchant c'était mal alors que, quand lui ne respectait pas la loi, personne ne lui disait rien. Il n'a pas eu l'air de comprendre, alors je lui ai montré le compteur et je lui ai dit qu'il était en infraction au Code de la route. Il m'a répondu que ce n'était pas comparable, que rouler au-dessus des vitesses autorisées et tuer un homme ce n'était pas pareil ; mais je n'étais pas d'accord parce que ce n'était pas logique.

Du coup je lui ai demandé si on pouvait choisir les lois qui nous convenaient. Il a dit que « non » mais que, parfois, il était nécessaire d'enfreindre la loi pour mieux la préserver.

C'était idiot, parce que si je suivais son raisonnement ça voulait dire que j'avais eu raison de tuer Sabots marron. Vu que c'était un méchant.

C'est ce que je lui ai démontré.

Il a soupiré très fort et il m'a expliqué que j'avais raison sur le principe mais que, au fond, il était important que je comprenne que je devais éviter de tuer les gens, même méchants, si je pouvais faire autrement, parce que la vie humaine était sacrée et que je n'étais qu'une petite fille de sept ans et qu'à mon âge il y avait certaines choses que je devais laisser aux adultes.

Encore une fois c'était n'importe quoi et je ne voyais pas ce que mon âge venait faire là-dedans. Soit on pouvait tuer, soit on ne pouvait pas… À moins que ce soit comme le permis de conduire et que je puisse avoir le droit de tuer des gens quand j'aurais dix-huit ans ?

J'allais lui demander de confirmer mon hypothèse, mais je n'ai pas eu le temps de lui poser la question parce qu'on était arrivés.

Bien à l'abri dans la cour de la Commanderie, DeVergy était occupé à trifouiller à l'arrière de son 4x4. Dès qu'il nous a vus il s'est précipité vers l'ambulance. Pendant que maître Akitori aidait Mamina à descendre le fauteuil roulant, le prof lui a demandé comment ça s'était passé à l'hôpital. DeVergy parlait à maître Akitori, mais j'ai bien vu que la seule chose qui l'intéressait c'était de vérifier que maman allait bien. La preuve c'est que quand Mamina lui a dit ce que j'avais fait à Sabots marron il a à peine réagi.

De son côté maman faisait comme si le prof n'était pas là, agrippée aux accoudoirs de son fauteuil elle regardait autour d'elle comme si elle ne savait pas où elle était ; son visage était tout blanc et luisait de transpiration, elle respirait très vite et j'ai bien vu qu'elle n'allait pas très bien. Alors je suis allée lui prendre la main pour la rassurer.

Sa main tremblait, mais elle a serré la mienne et j'ai senti que ça lui faisait du bien. Je lui ai dit que c'était normal d'avoir peur, mais qu'il fallait qu'elle se calme parce que sa peur ne l'aiderait pas. Ça l'a fait sourire et elle m'a dit de ne pas m'inquiéter pour elle. Que tout se passerait bien, qu'elle était juste très fatiguée.

Ce n'était pas vrai, mais ce n'était pas grave parce que j'ai compris qu'elle disait ça pour me rassurer ; du coup j'ai fait semblant de la croire et comme ils étaient déjà trois pour s'occuper d'elle je suis partie voir ce qu'il y avait d'intéressant dans le 4x4 du prof.

C'était une bonne idée, parce que j'ai découvert qu'il était allé chercher les coffres que nous avions trouvés dans la pièce secrète sous la chapelle et qu'il était en train d'en transférer le contenu dans un grand caisson métallique posé au centre d'un filet noir.

Je ne suis pas quelqu'un de très curieux, mais j'avais tout de même envie de savoir ce qu'ils renfermaient alors j'ai avancé la main vers le couvercle du seul coffre qui n'avait pas encore été vidé.

C'était un tout petit coffre en métal précieux et en bois sculpté représentant des perroquets, des vagues et des bateaux. Un gros cadenas était glissé entre le couvercle et le corps du coffre, mais le prof l'avait coupé à l'aide d'une grosse pince juste avant que nous arrivions. Comme personne ne me regardait, j'ai soulevé le couvercle ; l'intérieur était tendu de velours rouge sur lequel reposaient deux épais carnets de cuir identiques. Ces carnets ressemblaient à ceux de papa et de papi, mais en beaucoup plus vieux ; ce n'est pas très rationnel mais j'y ai vu un signe, le signe qu'il fallait que je les lise.

Sauf que je n'avais pas le temps et que le prof ne voudrait certainement pas me les laisser ; alors j'ai fait comme pour Sabots marron, je n'ai rien demandé à personne et j'ai fait ce dont j'avais envie : j'ai pris les carnets et je les ai mis dans mon sac à dos avant de refermer le gros caisson métallique juste au moment où le prof arrivait.

Il a regardé le petit coffret ouvert, puis le gros caisson fermé, et il m'a demandé si je m'étais occupée de transvaser les livres à l'abri.

J'ai répondu « oui ».

Même que ce n'est pas un mensonge, vu que je suis certaine qu'ils sont bien à l'abri dans mon sac à dos.

chez Bart

La voiture du Négrier était à la fois rapide et confortable. Ce type était peut-être un salaud, mais il aimait les belles mécaniques et sa Porsche Panamera était réglée comme une horloge.

Au grand déplaisir de Bart, qui aurait volontiers conduit le bolide sur quelques kilomètres de plus, il nous fallut moins de dix minutes pour arriver aux abords de la propriété des Montagues et nous garer dans un petit chemin de traverse.

– Tout de même, soupira Bart en claquant sa portière, ça c'est de la caisse !

– Désespère pas, tu auras aussi le voyage du retour pour te faire plaisir, dis-je pour le consoler en lui tendant une des cagoules noires que m'avait confiées Marc.

– Ouais… avant de penser au retour faudrait plutôt s'occuper de l'aller, les mecs, ronchonna Néné.

Installé sur le capot, très concentré, notre geek préféré s'était connecté sur le réseau Wi-Fi de chez Bart et pianotait à une vitesse folle sur le clavier de son ordi tout en marmonnant des sons indistincts qui n'auguraient rien de bon.

– C'est quoi le problème ? ai-je fini par lui demander.

– Le problème c'est que depuis notre dernière petite visite ils ont modifié les codes d'accès de leur serveur et renforcé la sécurité, alors je veux bien pirater leur système vidéo, mais il va falloir que vous me laissiez un peu plus de temps.

Zut ! Le temps c'était malheureusement ce dont nous disposions le moins. DeVergy avait été très clair : si nous voulions nous échapper avec eux, il fallait que nous soyons à minuit dans la cour de la Commanderie, sans quoi ils partiraient sans nous.

À mon poignet, les chiffres lumineux de ma montre digitale brillaient comme un reproche. 11 heures. Si je voulais avoir une chance de contrecarrer les plans des Autodafeurs, je ne pouvais pas me permettre de perdre une seule seconde. Il allait falloir improviser.

– Bart, il nous faut combien de temps pour atteindre ta maison d'ici ?

– Je dirais une dizaine de minutes… peut-être plus.

Je hochai la tête et me tournai vers Néné en commençant à enfiler ma cagoule.

– Néné, tu restes ici et tu as dix minutes MAXI pour couper leurs putains de caméras ; dès que c'est fait, tu me préviens par sms et tu profites d'être connecté pour foutre la merde dans leurs données.

D'un simple signe de tête il m'indiqua qu'il avait compris et se remit immédiatement au boulot, tandis que je rabattais le tissu noir sur mon visage et m'enfonçais dans les sous-bois à la suite de Bart.

Nous progressions vite, en silence, et c'est à peine si je vis le temps passer que nous étions déjà en vue de la maison.

– La vache, sifflai-je en contemplant la façade plus illuminée qu'un stade de foot un soir de finale. C'est Noël ou quoi ?

Bart soupira.

– Disons que votre petite visite de l'autre nuit ne leur a pas laissé un bon souvenir et qu'ils ont tout fait pour que ça ne se reproduise pas.

Néné ne s'était toujours pas manifesté et je regardais l'espace découvert à parcourir pour atteindre la maison avec désespoir ; plus de trois cents mètres de pelouses éclairées comme en plein jour, sans aucun obstacle pouvant nous servir de cachette et surveillées par plus de cinq caméras. Même en courant comme des fous, il nous faudrait au moins une minute pour arriver à couvert… Il fallait se rendre à l'évidence, si Néné n'arrivait pas à prendre le contrôle de leur système de surveillance, nous n'aurions plus qu'à repartir !

Je regardais ma montre pour la cinquantième fois quand mon téléphone se mit enfin à vibrer.

> Apelé moi Dieu : je voi tou,
> j'enten tou, je dirige tou !!!
> Kski frai plaisir à ses mesieur ?

Ce type était un génie.

Coupe la lumière et les caméras
extérieures pendant une minute
puis coupe et remets
les alarmes au fur et à mesure
que nous avançons...
essaie de faire passer
ça pour un dysfonctionnement
si possible.

No problémo...
et dieu créa la nuit !

À peine avions-nous fini de lire son texto que toutes les lumières se sont éteintes d'un coup et nous nous sommes mis à courir en comptant les secondes. À 56 nous avions atteint le pool-house. À 60 secondes pile, les lumières se sont rallumées et les gardes sont sortis de la maison tandis que nous refermions la porte derrière nous.

– Ouf, c'était moins une, haleta Bart en reprenant péniblement son souffle.

– Tu l'as dit, mais on a réussi, c'est le principal. Aide-moi plutôt à déplacer l'étagère, s'te plaît, je n'arrive pas à la faire pivoter.

Bart s'est mis à côté de moi et nous avons tiré de toutes nos forces… sans résultat.

– Bordel, c'est quoi le problème ? La dernière fois tu l'as pourtant bien déplacée tout seul ?

– Je te le confirme, ce n'est pas normal. Éclaire un peu le mur, que je regarde s'il n'y a pas quelque chose qui la coince.

J'ai sorti ma lampe de poche et me suis exécuté, pendant qu'il se tortillait sur le sol à la recherche du problème.

– C'est mort mon pote, ils ont dû comprendre que nous étions passés par là ; la porte est scellée et l'étagère est clouée dessus, dit-il en se relevant.

La tuile. Il était 23 h 12 et nous étions coincés dans le pool-house sans moyen d'accéder au labo.

– T'as une autre idée ?

Bart se gratta deux secondes la tête avant de répondre.

– Ben… y aurait bien les conduits d'aération. Je sais par où on peut y accéder, mais je ne sais pas trop où ils débouchent… ni même si tu ne risques pas de rester coincé dedans, alors c'est *Risky Business*.

– C'est loin ?

– Non, y a un accès juste au-dessus dans la salle des machines, on n'a même pas besoin de ressortir. Suis-moi.

Effectivement c'était juste à côté, mais Bart n'avait pas menti, l'accès était vraiment étroit et j'ai dû me débarrasser de ma veste et de mon sweat pour pouvoir me glisser dans la gaine. Par sécurité je gardai tout de même mon automatique et connectai un casque à mon téléphone. J'adorais ce truc, car il avait un côté James Bond, mais j'avais encore un peu de mal à l'utiliser et Bart dut venir à mon aide pour mettre en place les écouteurs et le micro sous cette saleté de cagoule.

– Néné ? Tu me reçois ?

– 5 sur 5 mon poteau. Mais t'es où là ? Je ne vous vois toujours pas sur les écrans.

– Changement de programme, je suis dans les conduits d'aération et si tu pouvais me guider ce serait cool.

– Deux secondes… ouais c'est bon, j'ai le plan. Tu veux aller où ?

Je consultai Bart du regard et il me chuchota sa réponse pour que je puisse la transmettre à Néné.

– Dans la salle de réunion du labo. C'est là qu'ils ont transféré la cabine.

– OK, c'est parti pour la salle de réunion. Alors toujours tout droit et au premier embranchement tu prends sur ta gauche.

Pendant une poignée de minutes (qui me semblèrent bien plus longues), je rampai dans le noir en suivant ses indications à la lettre ; la voix de Néné me parvenait très clairement et c'était tant mieux, parce qu'entre l'obscurité et l'exiguïté des conduits d'aluminium je commençais à me sentir un peu oppressé ; aussi, quand il m'annonça enfin que je devais être arrivé, je poussai un soupir de soulagement avant de me positionner devant la grille d'aération qui donnait sur la salle de réunion.

– Néné, tu peux me dire s'il y a du monde dans la salle ?

– Négatif, Gus, tu peux y aller.

J'enlevai doucement la grille et la déposai à côté de moi avant de me pencher en avant ; le sol était à plus de trois mètres, mais une étagère, placée juste en dessous, me permit de descendre sans me rompre le cou.

– Néné, il me faudra au moins trente secondes pour rejoindre le conduit, alors regarde bien les couloirs alentour et préviens-moi dès que quelqu'un approche.

– Affirmatif, je suis tes yeux, mec.

23 h 30, en comptant mon retour jusqu'au pool-house et les quinze minutes de trajet jusqu'à la Commanderie, j'avais à peine six minutes devant moi, autant dire pas grand-chose ; il allait falloir être efficace et je me dis que c'était le moment de mettre en pratique la grande théorie de ma mère : « Si tu es pressé, va lentement », alors je commençai par regarder autour de moi avant de faire n'importe quoi.

La pièce avait visiblement été préparée pour une démonstration. La photocopieuse que nous avions vue la dernière fois au cœur d'une cage de verre trônait maintenant à l'air libre sur une estrade entourée d'une dizaine de fauteuils, tandis que sur un écran géant clignotait la veilleuse d'un PowerPoint.

– Néné, je pense qu'ils ont prévu de projeter des infos, regarde si tu arrives à choper quelque chose.

– OK, man.

Je me rapprochai de la photocopieuse et dévissai rapidement le boîtier surmonté des deux diodes, encastré sur la façade de la bécane. J'en avais discuté avec Mamina, elle aussi était convaincue que le seul motif pour lequel les Autodafeurs n'avaient pas activé plus tôt leurs bestioles… c'est qu'ils ne savaient pas encore comment les arrêter. La scène à laquelle nous avions assisté la dernière fois nous avait prouvé qu'ils avaient enfin trouvé la méthode qu'ils cherchaient et que ces fichues diodes y étaient forcément pour quelque chose.

C'était ce truc dont il fallait absolument que je m'empare ; d'abord pour faire échouer leur démo et retarder un peu leur plan, mais aussi pour permettre à Mamina de l'étudier et de nous rendre maîtres de ces satanés insectes.

J'ai sorti délicatement le boîtier de son emplacement, avant de le remplacer par celui que Bart m'avait procuré ; ce n'était pas exactement le même mais, à moins de s'approcher au plus près, il devrait faire l'affaire suffisamment longtemps pour que nous ayons le temps de nous enfuir. Je n'étais pas super doué en électronique, mais grâce aux explications de Néné je réussis à faire le changement en quelques minutes ; je n'avais plus qu'à croiser les doigts pour que mes branchements ne soient pas foirés et que notre plan réussisse.

Juste avant de remonter dans le conduit d'aération, pris d'une impulsion, je décidai de cacher mon téléphone dans la salle de manière à pouvoir espionner ce qui allait s'y dérouler. Grâce à Néné on avait déjà l'image… mais pour en savoir plus l'idéal était encore d'avoir le son !

– Néné, je vais laisser mon téléphone ici. Résume-moi le chemin du retour s'te plaît avant que je te quitte.

– T'es sûr que c'est une bonne idée ?

– Pas le temps de discuter, si tu ne me réponds pas je le laisse et je tente ma chance tout de même.

– OK. Première intersection à droite, passe deux intersections tout droit, puis à la troisième à gauche, passes-en encore deux puis droite. Je répète ?

– Pas le temps. Si je ne suis pas là dans douze minutes, tu te tires et tu vas direct à la Commanderie.

– Reçu.

Rapidement je débranchai mon casque, cachai l'appareil dans une plante verte et me hissai dans la bouche d'aération tête la première avant de commencer à ramper le plus vite possible. Il était déjà 11 h 35, j'étais en retard ; impossible de remettre la grille derrière moi. Il ne me restait plus qu'à prier pour que personne ne le remarque.

journal de Césarine

On a installé maman bien au chaud dans ce qui restait de la cuisine de la Commanderie, puis les garçons sont repartis attendre Gus et Néné dans la cour en nous laissant ensemble.

C'était bizarre parce que, malgré tout ce qui nous arrivait, Mamina et maman ne se parlaient pas ou alors que pour dire des choses sans intérêt.

On aurait dit moi quand je veux exprimer ce que je ressens et que je n'y arrive pas ; du coup je leur ai demandé si elles aussi souffraient d'une forme d'autisme, mais elles m'ont regardée sans comprendre.

Maman a dit : « Mais... ma puce, pourquoi tu dis ça ? »

Mamina a répété : « Oui, pourquoi ? »

Alors, comme elles me l'avaient demandé, j'ai expliqué.

Je leur ai dit que je savais ce que ça faisait d'avoir plein de choses qui bouillonnaient à l'intérieur sans qu'on puisse mettre des mots dessus. Que je savais à quel point ça faisait mal, ça rongeait et ça faisait monter la colère, et que je voyais bien qu'elles en étaient à ce stade toutes les deux. Je leur ai dit que je voyais ça à leurs yeux qui s'évitaient, à leurs mots qui hésitaient, à leurs mains qui se cachaient pour ne pas se frôler. Je leur ai parlé de la mouche qui se cognait dans les parois de verre du bocal de mamie et comment elle s'était envolée, légère, quand j'avais brisé sa prison. Je leur ai parlé des mots qu'on garde et qui paralysent, des mots qu'on avale et qui étouffent, des mots qu'elles avaient la chance de pouvoir utiliser alors que moi je ne pouvais pas. Je leur ai dit que soit elles étaient autistes, soit elles étaient idiotes... mais qu'elles ne pouvaient pas être les deux en même temps.

Pour moi c'était un très long discours. Ça m'a fatiguée, alors quand j'ai eu fini je les ai laissées se débrouiller toutes les deux et je suis allée compter les carreaux du carrelage de l'entrée pour me reposer.

Donc :

1 : Communiquer, c'est compliqué.
2 : Il y a 252 carreaux dans l'entrée de la cuisine.

fumer tue

J'étais à peine revenu au niveau de la salle des machines que j'ai compris qu'il y avait un problème. La grille avait été reposée à sa place et j'entendais une voix discuter… sauf que ce n'était pas celle de Bart.

– Allez, t'endors pas dessus, fais tourner le oinj, Max !

– Minute ! je viens à peine de l'allumer, t'excite pas on a tout notre temps, les autres bouffons sont partis quadriller les bois à la recherche de l'homme invisible et le patron vient de s'enfermer au labo avec les pingouins en costard. On est peinards, j'te dis !

Les deux voix étaient jeunes et à l'odeur de shit qui montait à travers la grille d'aération il ne me fallut pas longtemps pour saisir le topo : deux crétins de gardes s'étaient planqués dans la salle des machines pour fumer leur pétard en douce. C'était plutôt rassurant sur le degré d'implication du personnel de la sécurité… sauf que du coup Bart et moi étions coincés et que l'heure continuait de tourner.

J'allais devoir prendre des risques.

Je me rapprochai de la grille le plus doucement possible pour avoir une vue d'ensemble de la pièce et juger des options qui s'offraient à moi. Ça aurait pu être pire : un garde était assis dos au mur juste en face de moi avec son arme accrochée à la ceinture, tandis que la fumée qui montait bien droit vers moi m'indiquait clairement que le deuxième devait être adossé au mur face à lui, c'est-à-dire… juste en dessous de moi !

Ils étaient deux et ils étaient armés, mais vu leur total manque de précautions ça ne devait pas être des membres des forces spéciales… Avec de la rapidité et une bonne coordination, c'était jouable et un plan se dessina dans mon esprit.

Utiliser mon arme était hors de question. Trop bruyant. Il me fallait une solution rapide et silencieuse, alors j'ai enlevé le lacet d'une de mes chaussures et l'ai entouré autour de mes poings avant d'en tester la solidité. Ce n'était pas idéal, mais ça devrait suffire.

Je jetai un dernier coup d'œil dans la salle avant de prendre appui sur les côtés du conduit en bandant mes muscles au maximum ; ça allait se jouer au millimètre.

D'un seul coup j'éjectai la grille avec mon poing et la projetai sur le garde assis en face. Tête en avant, je me laissai tomber directement sur le deuxième garde et lui passai ma corde improvisée autour du cou avant de me rétablir. Puis je pivotai sur moi-même et envoyai mon pied droit dans le visage de son collègue ; déjà surpris par la grille, atteint de plein fouet par mon attaque, il tomba sur le côté sans même esquisser un geste vers son arme, tandis que celui dont je serrais le cou s'affaissait évanoui entre mes bras. L'action n'avait pas duré plus de quatre secondes, les deux gardes étaient K.-O. et leur pétard se consumait tout seul sur le sol.

Bart sortit de sa cachette en sifflant.

– Depuis le temps qu'on nous dit que fumer tue… si ça c'est pas une super démo, je ne m'y connais plus, mon pote !

– Ouais, t'as raison, j'espère que ça leur servira de leçon, dis-je en récupérant les armes des deux types avant d'en tendre une à Bart.

– Prends ça, on ne sait jamais. A *priori* on risque de tomber sur du monde dans la forêt, autant être équipés.

Bart saisit le pistolet sans rechigner et le glissa à sa ceinture avant d'entrouvrir la porte avec précaution.

– Personne en vue, t'as plus qu'à prévenir Néné qu'on est prêts pour l'extinction des feux et on se casse d'ici.

Zut ! Je savais bien que j'avais oublié quelque chose.

– Heu… j'ai plus mon téléphone, tu peux le prévenir, s'te plaît ? dis-je en remettant mon lacet.

– Mais qu'est-ce que tu en as fait ?

– Je l'ai caché dans une plante verte pour qu'on puisse entendre ce qu'ils vont se dire pendant leur réunion. Mais en échange j'ai pris ça, ajoutai-je en lui montrant le boîtier de commande de la photocopieuse.

Bart n'avait pas besoin de plus d'explications ; il leva le pouce en l'air en geste de victoire et envoya rapidement son message à Néné.

Deux secondes plus tard, les lumières se coupaient et nous bondissions vers les arbres en emportant notre précieuse cargaison avec nous.

journal de Césarine

Il est 23 h 50 ; le gros caisson métallique est bien installé au centre du filet noir, DeVergy est parti voir maman et maître Akitori est resté dehors avec moi.

J'en ai profité pour lui demander s'il savait ce qu'étaient tous ces vieux livres, parce que je ne voyais pas bien pourquoi on faisait tant de problèmes pour de l'encre et du papier alors que, des livres, il y en avait plein partout.

Maître Akitori a respiré profondément sans répondre et s'est assis en tailleur sur le sol de la cour. C'était très malpoli alors je le lui ai dit, mais il a répondu que je manquais de patience.

C'était faux. Un jour j'ai compté tous les grains de riz de deux paquets différents pour vérifier s'il y en avait le même nombre (il y avait 37 510 grains de riz dans le premier paquet et 36 456 dans le deuxième). Ça m'avait pris beaucoup de temps, c'est donc la preuve que je suis patiente (en tout cas plus que la vendeuse du magasin), mais maître Akitori n'a pas pris la peine de me répondre.

À la place il a continué de respirer, alors je me suis assise à côté de lui et j'ai fait pareil en me concentrant bien.

L'air sentait la terre humide, les feuilles décomposées, le vieux papier mais aussi l'amande amère et la crème pour les mains ; dans le fond, je pouvais même trouver l'odeur des roses anciennes et du jasmin plantés par mamie derrière la cuisine ; et puis l'odeur de l'incendie par-dessus toutes les autres, plus forte, plus âcre. Et j'ai repensé à papa, qui était mort, à papi, qui était mort, à mamie, qui était morte, et à Sabots marron, que j'avais tué.

J'ai commencé à me demander si tout ça en valait bien la peine.

J'ai réfléchi.

J'ai conclu qu'il FALLAIT *que tout ça ait un sens.*

Parce que je ne voulais pas que papa, papi et mamie soient morts pour rien.

Parce que je ne devais pas avoir tué un homme pour rien.

Alors j'ai cherché ce qui pouvait VRAIMENT *être important : j'ai tout de suite éliminé l'argent, car sans rêves il ne sert à rien ; puis j'ai éliminé la liberté, car libre, personne ne l'est jamais vraiment ; j'ai éliminé l'art et la beauté qui sont trop subjectifs, la connaissance, car certains n'y ont pas accès, l'amour trop insaisissable, l'égalité qui ne veut pas dire grand-chose… Je cherchai ce qui pouvait être* VRAIMENT *important pour tout le monde, sans exception, et j'ai fini par trouver une réponse qui englobait toutes les autres.*

Alors j'ai reposé ma question différemment à maître Akitori.

Je lui ai demandé si ce que nous faisions pouvait permettre aux gens d'être heureux.

Il m'a dit que « oui » et j'ai trouvé ça bien.

Donc :

Je n'ai pas taché mon chemisier pour rien.

Mister Hyde

Le cauchemar a débuté quand nous sommes arrivés à couvert sous les grands arbres. Je ne sais pas si les gardes dont parlaient les deux abrutis que je venais d'étaler dans le pool-house nous attendaient, ou si c'était juste la faute à pas de chance, mais le fait est que nous leur sommes tombés directement dans les bras.

Ils n'étaient que trois, mais leur regard de brutes et leur allure menaçante ne laissaient aucun doute sur leurs intentions : ces types-là n'avaient rien à voir avec les deux crétins que nous avions vus dans la maison… et nous n'avions pas intérêt à bouger une oreille si nous voulions avoir une chance de nous en sortir vivants.

Les Havasupais m'avaient appris à lire dans le regard des bêtes sauvages pour savoir détecter le moment critique où l'animal était décidé à tuer, le moment où il fallait savoir s'avouer vaincu pour sauver sa vie. C'est ce que je lus dans le regard de ces hommes, aussi je n'hésitai pas une seconde et levai les bras en douceur en faisant signe à Bart de ne rien tenter.

Le plus âgé des trois hocha la tête d'un air appréciateur.

– Bon réflexe, les gamins. Continuez sur cette voie et il ne vous arrivera rien.

Ça, j'en doutais fortement, mais tant que je n'en savais pas plus sur leurs intentions il était de toute façon plus intelligent de les laisser penser que nous étions inoffensifs.

– Regarde, ils sont armés, lui lança le gros balèze à sa droite.

Il était inutile de mentir, l'automatique que j'avais piqué au garde faisait une bosse bien visible sous mon sweat et celui de Bart dépassait de sa ceinture. Par contre, si je la jouais fine, j'avais peut-être une chance de garder celui que m'avait filé DeVergy et que j'avais glissé dans mon dos.

Sans rien dire je soulevai doucement le devant de mon pull et le laissai prendre le flingue du garde.

Bart fit de même.

Je m'attendais à une remarque cinglante, à quelques coups, mais rien. Ces types étaient des mercenaires, ils n'agissaient que sur ordre et, de toute évidence, ils n'en avaient pas eu concernant une invasion de gamins.

Pendant que les deux plus costauds nous tenaient en joue, le troisième, qui semblait diriger le trio, s'éloigna pour demander des consignes à son commanditaire avant de revenir vers nous pour faire un topo à ses collègues.

– On reste ici, le patron ne veut pas que ses invités se rendent compte qu'il y a des failles dans la sécurité.

– Et on fait quoi des morveux ? J'suis pas baby-sitter, moi ! râla Testostérone N° 1.

– Le patron veut qu'on les garde ici, il arrive pour juger par lui-même de la situation.

Malgré sa cagoule j'ai vu que Bart blêmissait. Si son père le surprenait ici avec moi, un flingue à la ceinture et le visage masqué, ce serait difficile de lui faire croire que je l'avais forcé à me suivre.

Nous étions coincés. Même si j'avais beaucoup progressé dans ma maîtrise des arts martiaux ces dernières semaines, je ne pouvais rien tenter contre trois hommes bien entraînés dont deux avaient, en plus, leur flingue pointé droit sur nous ; j'avais beau envisager de multiples scénarios, à chaque fois ils se terminaient de la même manière : Bart ou moi avec une balle logée dans une partie de notre anatomie. J'ai dû me rendre à l'évidence, je ne m'appelais pas Jason Statham et on n'était pas dans un film américain ; même si j'avais réussi à garder mon automatique, il n'y avait rien d'autre à faire qu'attendre la suite des événements en croisant les doigts pour qu'une opportunité se présente.

– Tiens, v'là le patron, lança Testostérone N° 1.

– Même qu'il n'est pas seul, vous avez le droit au traitement VIP les gosses, ajouta Testostérone N° 2.

Il avait raison, même si Néné n'avait pas rétabli les spots sur la grande pelouse nous voyions nettement deux cercles de lumière se diriger rapidement vers nous. Si les contours massifs du premier homme ne laissaient aucun doute sur son identité (M. Montagues n'avait pas franchement maigri depuis notre dernière rencontre), la silhouette de l'autre, très grande, très maigre, ne me disait absolument rien.

– C'est qui le deuxième ? chuchotai-je en direction de Bart.

Je n'eus pas l'occasion d'entendre sa réponse : Testostérone N° 1 m'assena une gifle magistrale. Le message était clair : nous n'avions pas droit à la parole. Néanmoins, le léger haussement d'épaules de Bart me fit comprendre qu'il ne connaissait pas l'identité de l'homme qui accompagnait son père.

– On allait commencer la démonstration, alors j'espère que vous ne nous dérangez pas pour deux braconniers, beugla Charles Montagues sans même un regard vers nous.

Le garde, très raide, s'avança pour lui tendre les deux flingues qu'il nous avait confisqués.

– On les a vus sortir du pool-house, monsieur, et je ne connais personne qui chasse le lapin avec des automatiques.

C'est à ce moment-là que le regard de Montagues s'est enfin tourné vers nous… et qu'il a reconnu Bart. Sa bouche s'est entrouverte sans laisser sortir une parole et son visage s'est affaissé, exprimant successivement la surprise, la colère et enfin, ce qui était plus surprenant… la peur ! Au moment où le grand type qui l'accompagnait s'apprêtait à nous retirer nos cagoules, il l'arrêta d'un geste ; qui que soit cet homme, Charles Montagues ne souhaitait pas qu'il découvre que son propre fils l'avait trahi.

– Pas la peine, je connais ces gamins, ce sont des crétins du village qui ont vu trop de jeux vidéo et qui se croient dans *Modern Warfare*. Regardez, mentit-il en secouant nos pistolets, ce sont des armes factices.

– Mais… monsieur, je vous assure que…, tenta de le contredire Testostérone N° 2.

Montagues, plus énervé que jamais, s'approcha du garde jusqu'à le toucher.

– Je vous dis de retourner prendre votre poste devant la maison et de les laisser partir, on a perdu assez de temps comme ça.

Le garde n'avait pas l'air convaincu, mais il était habitué à obéir aux ordres. Sans ajouter un mot, il fit signe aux deux autres de le suivre et ils repartirent vers les jardins.

Pendant toute la durée de cet échange, le grand type était resté là sans rien dire ; il s'était positionné en spectateur et son regard vif, gris acier, passait alternativement sur chacun de nous comme un rayon laser désagréable. Ce type, je ne le sentais pas, pour une obscure raison il me filait la chair de poule et, à la sueur qui coulait le long de sa nuque, j'ai bien vu que le père de Bart lui aussi en avait peur.

Les gardes étaient à peine partis que Charles Montagues se tourna vers nous. J'espérais qu'il nous fournirait une explication pour son étrange attitude mais même pas. Il continua à faire semblant de ne pas nous reconnaître et nous gratifia même d'un étrange discours.

– Bien. Maintenant ça suffit les garçons, vous allez rentrer chez vous et que je ne vous revoie plus sur mes terres ou je vous promets que j'appellerai la gendarmerie.

C'était totalement inattendu, clairement surréaliste, mais au final ça nous arrangeait bien… enfin, surtout moi, parce que Bart avait beau en vouloir à son père, l'entendre lui dire qu'il ne voulait plus le revoir a eu l'air de lui faire un choc. Complètement pétrifié, mon pote fixait son père sans bouger et n'arrivait plus à réagir. Il allait dire quelque chose quand M. Montagues le devança :

– C'est bien compris : je ne veux plus JAMAIS vous revoir ici. Fichez le camp !

C'était notre chance, il fallait la saisir. J'ai chopé Bart par le bras et j'ai commencé à l'entraîner avec moi quand la main du grand type s'est posée sur son épaule en le retenant avec la puissance des serres d'un grand rapace.

– Pas si vite, vous deux. Enlevez vos cagoules avant de partir, que je voie à qui j'ai affaire !

– Mais A…

– Pas de nom, Montagues ! Ces deux gamins connaissent déjà mon visage, ne leur donnez pas plus d'informations qu'ils ne peuvent en supporter.

Les deux hommes s'observaient fixement, mais autant le plus grand dégageait une froideur extrême et toisait le père de Bart avec condescendance, autant ce dernier semblait de plus en plus mal à l'aise et presque terrifié. Son regard passait de son fils à l'homme rapace dans un ballet désordonné soulignant l'extrême agitation de ses pensées et tout à coup je compris. L'homme qui tenait Bart n'avait aucunement l'intention de nous laisser repartir vivants de ce bois et le père de Bart le savait parfaitement. Impossible pour lui de sauver son fils sans dévoiler son identité… mais difficile pour lui d'avouer que sa propre famille l'avait trahi ; il était coincé et il le savait, mais il tenta tout de même le tout pour le tout.

– Laissez-les partir, ce ne sont que des gosses, ils ne vous connaissent pas et ils ont tellement mauvaise réputation dans le village que ce n'est pas eux qui iront raconter qu'ils traînaient par ici en pleine nuit, n'est-ce pas les garçons ? plaida-t-il en se tournant vers nous.

Son regard me suppliait de jouer le jeu, aussi je rentrai dans sa combine.

– Ouais m'sieur, ça c'est sûr que si nos vieux et les flics apprennent qu'on était là, c'est clair qu'on se prendra une sacrée rouste, alors comptez sur nous pour fermer not' gueule, m'sieur, me mis-je à geindre avec l'accent le plus traînard possible pendant que Bart se contentait de hocher la tête avec conviction.

Mais l'homme rapace aux yeux de fer ne comptait pas se laisser convaincre aussi facilement.

– Les gardes soutiennent pourtant vous avoir vus sortir du pool-house, vous y faisiez quoi exactement ? insista-t-il sans lâcher Bart.

Il me fallait une idée, vite.

– Ben, c'est à cause de la fête qu'est organisée ce soir, comme on est pas invités on pensait pouvoir piquer des boutanches pour faire chier les fils Montagues, mais on a rien trouvé m'sieur, j'vous jure. Hein Kevin, qu'c'est vrai qu'on a rien piqué ?

Bart opina vigoureusement pendant que le grand type se tournait vers Montagues.

– C'est quoi cette histoire de fête, Charles ?

– Ils disent la vérité. Mes fils ont organisé une grande fête à partir de 1 heure pour clôturer l'année scolaire, c'est pour ça que j'ai prévu notre rencontre ce soir, il va y avoir beaucoup d'allées et venues et je m'étais dit que vous passeriez plus inaperçus en traversant le village. Sauf que cette année la fête est prévue dans le pavillon de chasse à l'autre bout de la propriété, pas dans le poolhouse, ce que ces deux abrutis ne savaient pas, conclut-il en assenant une claque sur la tête de son fils.

Son geste était bien calculé, car il obligea l'homme à lâcher l'épaule de Bart et celui-ci en profita pour s'éloigner de lui.

Nous ne saurions jamais si notre bluff avait marché car juste au moment où l'homme rapace allait reprendre la parole, son téléphone a sonné et il s'est interrompu pour prendre la communication. Celle-ci n'a duré que quelques secondes, mais quand il a raccroché sa main droite tenait un pistolet braqué droit sur nous. Son geste avait été tellement rapide que c'était comme si l'arme s'était matérialisée par magie.

– Charles, je ne sais pas ce que tu trafiques, mais ces soi-disant gamins ont assommé deux gardes et, au dire de mes hommes, c'était du boulot de pro, alors je me fiche complètement de savoir qui ils sont, mais ils ne partiront pas d'ici vivants.

C'était le moment ou jamais. J'ai poussé Bart vers les bois en lui hurlant de courir et je me suis jeté sur l'homme pour dévier son tir ; la balle est partie derrière moi, j'ai entendu Bart crier. Et c'est là que tout a basculé.

En entendant hurler mon ami, tout s'est mélangé dans ma tête et au cri de Bart s'est superposé celui de mon grand-père dans la clairière de la chapelle.

Je ne pouvais pas être à nouveau responsable de la mort de quelqu'un, alors j'ai pété un plomb. Toute la colère qui bouillonnait en moi depuis des semaines est remontée à la surface, un voile rouge s'est glissé devant mes yeux et je me suis mis à frapper ; pas pour me défendre, pas pour sauver ma peau. Non. Je me suis mis à cogner pour tuer. Je voulais la mort de ce type. Je la voulais plus que tout au monde et, pendant les quelques minutes où je le frappais, où je le brisais, où je l'exterminais, rien d'autre ne comptait plus pour moi que de le voir mort.

J'étais devenu une machine et la rage qui m'animait m'avait transporté dans une autre dimension où plus rien d'autre n'existait que mes poings qui frappaient, cognaient, écrasaient, éclataient, tabassaient, encore, encore et encore… jusqu'au moment où je m'aperçus que le voile rouge posé sur mes yeux avait une odeur de fer et que ma cagoule me collait au visage comme une hideuse peau dégoulinante.

Ce n'était pas une illusion, c'était du sang, chaud, humide, poisseux… et j'en étais couvert.

J'en étais couvert parce qu'à mes pieds gisait le cadavre de l'homme rapace, un cadavre défiguré, battu à mort.

Par moi.

Je tombai à genoux, incapable de détacher mes yeux de ce qui avait été un visage et qui n'était plus maintenant qu'une infâme purée d'os, de cartilage et de chair mêlés, une bouillie écarlate où des dents, des cheveux et de la peau encadraient un œil unique dardant encore sur moi sa pupille noire et dilatée de surprise.

C'est en fixant ce sombre regard que je pris conscience de ce que j'avais fait.

Ma colère avait fait de moi un monstre et, comme tous les monstres, je me suis mis à hurler.

journal de Césarine

À 23 h 55, Néné et mon frère n'étaient toujours pas arrivés et malgré les nombreuses tentatives de DeVergy, ils ne répondaient pas au téléphone. Tout le monde était tendu, ce qui ne servait à rien, alors j'ai préféré m'isoler pour réfléchir.

J'ai fait le tour de la maison et je suis allée m'asseoir sur la balançoire du petit jardin derrière la cuisine. D'ici, le jasmin sentait encore plus fort et je me suis souvenue que papi m'avait dit qu'en médecine chinoise ces fleurs étaient utilisées pour leurs vertus calmantes. Alors j'ai respiré le plus fort possible en fermant les yeux et en me balançant.

Papi avait raison, au bout de deux minutes je me sentais mieux et j'ai pu recommencer à réfléchir correctement.

L'équation était simple :

DeVergy avait dit que « quoi qu'il arrive » nous partirions à minuit.

Minuit c'était dans une minute.

Mon frère n'était pas là.

Nous allions partir sans lui.

Sauf que moi je n'étais pas d'accord et que je savais qu'il suffisait de faire varier une donnée dans une équation pour en modifier le résultat.

DeVergy pourrait peut-être forcer maman à abandonner Gus pour me sauver MOI, *mais jamais il ne pourrait la convaincre de nous abandonner tous les deux… et lui ne pourrait pas partir sans elle.*

Alors j'ai pris mon sac à dos et je suis partie chercher mon idiot de frère là où j'étais sûre de le trouver… c'est-à-dire là où le prof lui avait interdit d'aller.

du sang sur les mains

Je ne sais pas combien de temps je suis resté prostré sur le cadavre de l'homme rapace, mais quand j'ai enfin repris mes esprits la première chose que j'ai entendue furent les sanglots de Bart. S'il pleurait, c'est qu'il était vivant et au milieu de toute cette horreur je pense que c'est ce qui m'a forcé à réagir. Je détachai mon regard du visage massacré de l'homme pour chercher autour de moi d'où venait la plainte que j'entendais, mais ne distinguai rien.

– Bart ? Tu es blessé ?

Pas de réponse. Où qu'il soit, Bart semblait trop enfermé dans sa bulle de souffrance pour m'entendre. Les sanglots venaient d'un buisson juste derrière moi. J'essuyai mes mains pleines de sang sur le sol avant de me redresser en tremblant pour franchir le faible espace me séparant de mon pote.

Lui aussi était couvert de sang, mais ce n'était pas le sien. Allongé sur le tapis d'humus et de feuilles recouvrant le sol, son père semblait dormir entre ses bras, mais la large fleur rouge s'étalant sur sa chemise blanche ne laissait aucun doute sur le type de sommeil qui l'avait saisi en plein vol. Un sommeil éternel, de ceux dont on ne revient pas et qui laissent aux vivants un goût amer de solitude. La balle que l'homme rapace destinait à Bart, celle que j'avais déviée en me jetant sur lui, cette unique balle avait terminé sa course dans la poitrine de Charles Montagues. Le père de mon ami était mort et c'était ma faute. Encore.

– Bart, je…

Je m'avançai vers lui mais les mots restèrent perchés au rebord de mes lèvres ; je ne savais pas quoi lui dire. Fallait-il que je m'excuse ? Que je lui dise que j'étais « désolé » ? Les mots traversaient mon esprit sans qu'un seul paraisse à la hauteur de ce que je ressentais. Alors j'ai préféré me taire, m'agenouiller auprès de lui et poser ma main sur son épaule. Un geste dérisoire, inutile, mais qui l'a décidé à me parler.

– Il m'aimait, Gus. C'était un sale type, il me battait, me rabaissait, mais je sais qu'il m'aimait.

C'était son père, il n'y avait rien à dire à cela, aussi je me contentai de hocher la tête pour lui montrer que je l'écoutais et il poursuivit.

– Quand l'autre a tiré dans ma direction, j'ai vu dans les yeux de mon père qu'il ne voulait pas que ça arrive… C'est parce qu'il s'est précipité vers moi qu'il a été touché ; il m'a sauvé, Gus, me dit-il d'un ton presque surpris.

Nous n'avions pas le temps ; il fallait vraiment que je l'oblige à se lever, à partir, mais je ne trouvais pas les mots. Caressant les cheveux de l'homme qu'il avait appris à détester, Bart semblait ne plus pouvoir s'arrêter.

– Il m'a parlé, Gus. Pour la première fois de sa vie. Il a dit… qu'il m'aimait et qu'il ne fallait pas que je suive son exemple ; que j'étais le plus fort de ses enfants et que je lui ressemblais…

Je ne pouvais pas le laisser dire un truc pareil sans réagir, mais Bart dut le sentir parce qu'il précisa immédiatement sa pensée.

– Il a dit que je ressemblais à celui qu'il était AVANT de quitter la Confrérie, avant de vendre son âme aux Autodafeurs.

– Bart, tout est ma faute, si je n'avais pas…

Mon ami m'arrêta d'un geste.

– Ne dis pas n'importe quoi, Gus, ce sont les erreurs de mon père qui l'ont conduit là, pas toi. Ce sont ses désirs de vengeance qui l'ont tué… je ne ferai pas la même erreur que lui. Tu n'es pour rien dans sa mort, Gus.

Tout en prononçant ces derniers mots, Bart avait fait glisser légèrement sa main sur le visage de son père, fermant à jamais ses paupières sur des années de souffrance. Puis, après avoir doucement posé la lourde tête sur le sol, mon ami se redressa et me tendit la main.

Il avait raison. Je m'emparai de son bras tendu et me laissai tirer vers le haut. L'heure n'était pas aux jérémiades, nous avions l'histoire de l'humanité à sauver et ça ne se ferait pas tout seul.

Comme pour souligner cette dernière pensée la lumière se ralluma brutalement sur la grande pelouse, nous permettant d'observer les gardes qui se dirigeaient vers nous.

– Ils ont dû entendre le coup de feu ! Barronsnous d'ici et vite, criai-je à Bart en jetant ma cagoule ensanglantée sur le sol et en m'élançant avec lui dans la forêt.

Nous avions attendu trop longtemps et ne pouvions rien faire de plus que courir, en espérant que la découverte des deux cadavres les ralentirait suffisamment pour nous permettre de rejoindre Néné et de filer avant qu'ils nous rattrapent.

journal de Césarine

J'avais à peine fait quelques centaines de mètres qu'un ronronnement au-dessus de ma tête m'a fait comprendre pourquoi le prof avait sanglé le caisson métallique dans un grand filet noir et pourquoi il était si important d'être à l'heure : il avait prévu que nous nous échappions à bord d'un hélicoptère.

Du coup j'étais encore plus contente d'être partie à la recherche de Gus, parce qu'il était hors de question que j'emprunte ce moyen de transport. D'abord parce que je ne l'avais jamais fait, et que moi, les choses nouvelles je n'aime pas ça, ensuite parce que comme je ne sais pas voler, l'idée de me retrouver enfermée dans une boîte à plusieurs centaines de mètres du sol ne me plaisait pas du tout.

Une fois, papa et maman avaient essayé de me faire monter dans un avion, ça c'était très mal passé. J'avais mordu une hôtesse de l'air qui voulait m'empêcher de me cogner la tête contre le hublot et ensuite j'avais crié tellement fort que le commandant de bord avait été obligé de nous demander de descendre de son appareil pour pouvoir décoller. À mon avis, c'est pour ça que le prof avait gardé le secret, il voulait sûrement me mettre devant le fait accompli pour que je sois obligée de monter dans l'hélicoptère.

Sauf que c'était raté, parce que je n'étais plus là et que maintenant que je connaissais son plan je n'étais pas pressée de revenir. Sun Tzu a beau dire que tous les moyens doivent être employés pour parvenir à la victoire, il ne faut tout de même pas exagérer, d'autant que pour lui c'était facile de dire ça… à son époque les hélicoptères n'existaient pas, sinon je suis certaine que ça l'aurait fait réfléchir.

séparation

Revenir sur nos pas nous a pris encore moins de temps qu'à l'aller ; l'idée de nous retrouver à nouveau entre les mains des clones gonflés à la testostérone avait de quoi nous motiver, d'autant que nous nous doutions bien que notre petit numéro de braconniers du dimanche ne passerait pas une deuxième fois. Heureusement, Néné ne m'avait pas obéi ; il avait promis de partir sans nous attendre… mais il était toujours là quand nous sommes arrivés à la voiture et nous avons été accueillis par une rafale de questions.

– Bordel, les mecs ! Qu'est-ce que vous foutiez ? Ça fait dix minutes que vous auriez dû être là et dans la baraque c'est la panique totale, ils sont en train de faire évacuer tout le monde ! Vous avez posé une bombe ou quoi ? et c'est quoi tout ce sang, vous êtes blessés ?

Debout à côté de la Porsche du Négrier Néné semblait complètement hystérique, mais nous ne pouvions pas nous permettre de perdre du temps à tout lui expliquer. Pendant que Bart se précipitait dans la voiture, je lui résumai la situation du mieux possible.

– On s'est fait repérer, le père de Bart est mort et j'ai éliminé un autre mec. Les gardes sont à notre recherche ; il faut filer d'ici tout de suite !

Pour le coup ça lui a coupé le sifflet et, pendant qu'il assimilait ce que je venais de lui dire, j'en profitai pour tenter une dernière fois de convaincre Bart de partir avec nous. Installé derrière le volant, il avait baissé sa vitre et me regardait ; en quelques minutes il semblait avoir vieilli de plusieurs années.

– Bart, tu es vraiment sûr de vouloir rester ? Tu sais que tu peux venir avec nous si tu veux.

– Certain. Maintenant que mon père n'est plus là, ma mère va avoir besoin de moi, je ne peux pas lui infliger ma disparition en plus du décès de papa… et puis, il faut bien que quelqu'un reste sur place pour surveiller les Autodafeurs.

Il avait raison et c'était le plan d'origine… mais je tentai tout de même un dernier argument.

– Et tes frères ? Même si tu pars, ils sont tout de même trois pour s'occuper d'elle.

Une étincelle d'humour s'alluma dans son regard et, l'espace d'un instant, je retrouvai mon pote.

– T'es pas sérieux là, Gus ? On parle des BCG je te signale ; tu les crois vraiment capables de gérer quoi que ce soit sans faire de conneries ? Et puis tu ne peux tout de même pas me priver du plaisir de voir leur tronche et celle du Négrier à leur réveil, ajouta-t-il dans un sourire.

J'étais battu et les aboiements des chiens me rappelèrent que nous ne pouvions pas perdre une seconde de plus à discuter.

Je tendis mon poing par la vitre.

– Un pour tous, mec ?

– Tous pour un, Gus, répondit-il en frappant sa main serrée contre la mienne.

Dans un rugissement de chevaux, Bart lança le moteur de la Panamera et partit en trombe en faisant fumer les quatre pneus. Si avec ça les gardes ne comprenaient pas que nous avions filé en voiture, c'est qu'ils étaient tous sourds ! Il ne nous restait plus qu'à prier pour que leurs chiens ne repèrent pas nos traces et que DeVergy nous ait attendus. Dans quelques minutes, nous serions fixés sur notre sort.

journal de Césarine

Juste après avoir entendu l'hélicoptère, j'ai entendu un autre bruit de moteur. C'était celui d'une voiture de sport et je me demandai bien ce qu'elle faisait dans la forêt. Comme c'était plus ou moins dans ma direction, j'ai bifurqué pour me diriger vers elle et c'est là que mon frère m'est rentré dedans. Enfin, pas rentré dedans vraiment, parce que ça ce n'est pas possible à moins d'être chirurgien, mais il m'a fauchée en me projetant à terre avant de me prendre par le col pour me frapper. Au début j'ai eu très peur, parce qu'il sentait le sang et que ses yeux étaient plus froids que ceux d'un serpent. Je pense qu'il m'aurait frappée si Néné ne lui avait pas crié que c'était moi. Quand il a entendu mon prénom, ses pupilles se sont agrandies d'un coup et son poing est retombé mollement à côté de ma tête.

Je l'ai félicité pour ses réflexes mais lui, tout ce qu'il a trouvé à me dire, c'est : « Putain, Cés ! qu'est-ce que tu fous là ?! » et c'était très malpoli.

J'allais lui expliquer pour le caisson métallique, l'hélicoptère et l'équation que j'avais dû modifier pour empêcher DeVergy de les abandonner, quand nous avons entendu des chiens aboyer. Mon frère doit comprendre leur langage, car immédiatement il m'a coupée en disant : « Pas le temps, ils nous ont repérés » et il m'a remise sur mes jambes avant de me demander de courir le plus vite possible à la Commanderie avec Néné pendant qu'il se débarrassait de nos poursuivants.

Je n'étais pas d'accord.

Je ne voulais pas monter dans l'hélicoptère.

Alors j'ai grimpé dans un arbre.

le meilleur ami de l'homme

Pourquoi, oui, pourquoi fallait-il toujours que la situation dégénère à ce point ? Non, parce que, franchement, être coincé dans une forêt, en pleine nuit, avec des vêtements couverts de sang et des chiens aux fesses ce n'était déjà pas glorieux ; mais si vous ajoutiez à ça votre petite sœur de sept ans perchée dans un arbre vous disant qu'elle ne descendrait pas parce qu'elle « ne voulait pas voler »... ça devenait clairement l'enfer !

Si j'en avais eu le temps, je pense que je me serais assis et que j'aurais pleuré un bon coup ; sauf que ça n'était pas une option envisageable (enfin, à moins de souhaiter servir de dîner aux molosses qui s'approchaient à toute vitesse, mais inutile de préciser que le plan « suicide canin » ce n'était pas mon truc).

Je ne savais pas ce que j'allais faire, mais j'ai vite fait le tour de ce que je ne pouvais PAS faire : je n'avais pas le temps de convaincre Césarine de descendre et je ne pouvais pas non plus l'abandonner là. Du coup, une fois éliminé l'impossible, ne me restait qu'une solution : me débarrasser rapidement des clébards avant d'envisager quoi que ce soit d'autre.

J'ai sorti le boîtier électronique que j'avais réussi à voler chez les Montagues et l'ai confié à Néné pour le convaincre de s'en aller.

– Inutile que tu restes, tu nous seras plus utile en allant donner ça à Mamina et en prévenant les autres de la situation. Fonce ! ajoutai-je en le poussant dans la direction de la Commanderie.

Néné prit le boîtier en hésitant mais, conscient qu'il n'était pas de taille à se battre, il finit par hocher la tête et partir en courant.

« Un souci de moins », pensai-je en me retournant pour accueillir mes ennemis à quatre pattes.

Il était temps.

Le premier clébard a jailli des sous-bois comme une bombe et m'a sauté à la gorge dans le même élan pendant que les deux autres se mettaient en position d'attaque. J'esquivai et frappai le molosse en pleine tête alors qu'il était encore en vol. Ma manchette était puissante et aurait dû le sécher sur place, mais le rottweiller ne poussa pas un gémissement, se contentant de rouler sur le sol avant de se retourner vers moi en secouant la tête.

Rendu plus prudent, il me regardait sans s'avancer en retroussant les babines sur ses gencives dans un grognement sourd qui n'augurait rien de bon. Les trois bêtes m'observaient ; je ne sais pas trop ce qu'elles pensaient de moi, mais moi j'ai tout de suite vu à quoi j'étais confronté : j'avais affaire à trois bêtes de combat, des masses de muscles qui semblaient avoir été pensées uniquement pour l'attaque ; de courtes pattes nerveuses, une absence totale de cou, une tête massive prévue pour porter la gueule et non le cerveau. Bref, on était plus près de la bête sauvage que du gentil toutou à sa mémère et s'ils attaquaient tous les trois en même temps (ce dont je ne doutais pas une seconde) j'allais avoir du mal à m'en sortir sans faire de la peine à Brigitte Bardot.

J'aurais préféré éviter ce qui allait suivre, mais je n'avais pas le choix, aussi, tout en glissant doucement la main dans mon dos pour saisir mon automatique, je demandai à ma sœur de fermer les yeux.

Il allait falloir faire très vite, ces chiens étaient dressés et je savais que dès que je tendrais le bras, ils attaqueraient, le tout c'était d'être plus rapide qu'eux... et de bien viser.

Je ne m'étais pas trompé ; au moment exact où je levai mon bras droit, les trois molosses déclenchèrent leur attaque et tout se joua en une fraction de seconde. Je logeai une balle dans le crâne du chien le plus proche avant qu'il n'ait le temps de sauter tout en recevant le deuxième d'un coup de poing sur la truffe au moment exact où le troisième se lançait sur moi.

Je n'ai pas pu l'esquiver totalement et le choc fut si brutal que je manquai un instant de basculer au sol. Contre un chien d'attaque, tomber à terre, c'était la mort assurée. Pendant quelques longues secondes j'ai oscillé à la limite de mon équilibre, puis il est revenu à l'attaque et ses crocs se sont refermés brutalement sur ma jambe. Il avait raté mon cou, mais il venait d'enserrer mon mollet droit dans une gaine de souffrance pure ; je pouvais sentir chaque dent incrustée dans ma chair avec une précision insupportable et je lus dans le regard fou de l'animal que rien ne pourrait le décider à lâcher sa proie. C'était lui ou moi et sans aucune hésitation je posai le canon de mon arme sur son crâne et lui tirai une balle à bout portant entre les deux yeux avant de me laisser glisser sur le sol en gémissant.

La douleur était atroce ; le molosse avait tellement serré la mâchoire que, même mort, il restait obstinément accroché à ma jambe et je dus tirer de toutes mes forces pour réussir à lui desserrer les dents.

Tout tournait autour de moi et, sans la présence de ma sœur au-dessus de ma tête, je pense que je me serais évanoui. Mais ce n'était pas le moment et je me forçai à écarter les bords lacérés de mon pantalon pour inspecter ma blessure… Je venais de réussir à éviter de me faire bouffer par trois clébards, alors ça aurait été con de me vider de mon sang juste après.

J'avais peur de ce que j'allais trouver, mais la morsure avait beau être profonde elle était nette. Je serrai les dents et nettoyai d'un revers de main la terre mêlée de sang qui maculait la plaie, et constatai avec soulagement que le muscle ne semblait pas déchiré et qu'aucune artère vitale n'avait été touchée. Si j'arrivais à oublier la douleur, j'avais encore une chance de nous tirer de ce guêpier.

Il ne me restait plus qu'à convaincre ma sœur de descendre de son perchoir avant que nos poursuivants débarquent.

– Césarine, maintenant ça suffit ! Viens ici tout de suite !

Sa réponse me parvint immédiatement ; concise, nette et sans appel :

– Non !

Crier ne servait à rien, il me fallait un argument imparable ou elle ne descendrait jamais. Je croisai les bras derrière ma nuque, m'allongeai et, prenant la voix du mec qui n'en a rien à foutre, lui lançai le plus nonchalamment possible :

– Bon, OK, si tu restes là, je reste aussi.

Elle mordit à l'hameçon.

– C'est idiot, si tu restes ils vont t'attraper.

– Oui, c'est idiot, mais comme je SUIS idiot c'est logique, donc je ne te laisserai pas, ce qui fait que nous serons prisonniers tous les deux et donc que maman se rendra elle aussi pour nous sauver. Tout ça parce que tu ne veux pas descendre de ton arbre… il en penserait quoi ton Sun Tzu ? conclus-je ironiquement en levant les yeux vers elle.

Accrochée comme un koala à sa branche, ma sœur soupira avant de commencer à descendre avec souplesse.

– Je te préviens, Gus, je ne monterai pas dans l'hélicoptère, me dit-elle en sautant sur le sol.

Je hochai la tête. Même si je me doutais bien que maman et DeVergy ne lui laisseraient pas le choix, ce n'était pas le moment de l'avouer. L'urgence, c'était de se tirer vite fait d'ici, aussi je me relevai en serrant les dents et m'enfonçai dans la forêt avec ma sœur avant qu'elle change d'avis.

journal de Césarine

Comme mon frère est un idiot, il a fallu que je descende de mon arbre pour retourner à la Commanderie, mais nous n'y sommes pas allés très vite car il avait du mal à courir à cause du chien qui l'avait mordu ; je le voyais parce qu'il boitait et qu'il faisait des grimaces. Pour l'aider à penser à autre chose, je lui ai demandé s'il avait trouvé ce qu'il cherchait chez les Montagues et si ça c'était bien passé. Il m'a dit que oui, mais quand je lui ai demandé pourquoi il était couvert de sang il n'a pas répondu : il a fait une grimace et, cette fois-ci, ce n'était pas à cause de la morsure.

J'ai compris qu'il y avait un problème.

J'ai pensé que c'était à cause de ses vêtements, parce ce qu'ils étaient tachés, et je me suis dit que cette obsession des taches ça lui faisait au moins un point commun avec Mamina. Alors je lui ai dit de ne pas s'inquiéter, parce que moi aussi il allait falloir que je fasse tremper mon chemisier dans de l'eau salée avant de le laver et qu'il n'aurait qu'à mettre ses vêtements avec les miens. Mais il n'a pas eu l'air de comprendre ce que je lui disais, car la seule chose qu'il a trouvé à me répondre a été : « Comment ça il y a du sang sur ton chemisier ? Tu es blessée ? »

J'ai répondu « non » et je lui ai expliqué ce qui s'était passé avec Sabots marron : qu'il avait touché maman, que ça m'avait mise en colère, que je l'avais tué en lui plantant mon stylo dans la jugulaire et que son sang avait taché mon chemisier.

Quand j'ai fini de lui expliquer, Gus m'a jeté le même regard que maman, comme s'il me voyait pour la première fois (ce qui est idiot parce que, vu que c'est mon frère, il me voit depuis sept ans, onze mois et quatre jours), mais après il m'a dit qu'il me comprenait parce qu'il lui était arrivé presque la même chose avec l'homme rapace et que ça allait être « compliqué à gérer ».

J'étais bien d'accord avec lui et j'ai tout de suite vu pourquoi ça allait être plus compliqué pour lui que pour moi. C'est que lui, avec ses vêtements noirs, si le sang ne part pas au premier lavage, il ne pourra pas mettre de Javel et ça, c'est vraiment embêtant.

une famille de tarés

L'an dernier, au collège, la prof de français nous avait fait tout un cours sur les surréalistes ; à l'époque avec les copains on avait passé notre temps à ricaner parce que, franchement, quand on regardait leurs tableaux ou qu'on lisait leurs poèmes sans queue ni tête, on se demandait bien ce que ces mecs avaient pu fumer pour délirer comme ça. La prof avait beau parler d'« inspiration » et de « recherche artistique », nous, tout ce qu'on y voyait, c'étaient des trucs débiles sur des sujets débiles, écrits ou peints par des types ayant franchement besoin de se faire soigner. Sauf que là, dans cette forêt, en écoutant ma sœur m'expliquer tranquillement que le seul problème posé par la mort d'un homme c'était de savoir comment enlever des taches de sang sur nos fringues, j'ai vraiment compris le sens du mot « surréaliste » et, croyez-moi, ça m'a fait passer toute envie de ricaner.

J'aurais mille fois préféré croire que je rêvais, mais la douleur lancinante qui irradiait dans ma jambe à chacun de mes pas était là pour me convaincre du contraire. J'étais bien éveillé, je venais bien de tuer un homme à coups de poings, le père de Bart était mort, et ma petite sœur de sept ans avait enfoncé un stylo dans la jugulaire d'un type et bavardait sur le chemin en m'expliquant que, la prochaine fois, elle calculerait mieux l'angle de projection du sang pour éviter de salir son chemisier.

Plus surréaliste que ça, ce n'était pas possible, et je pense que Dalí aurait pu peindre la scène en lui donnant un titre du genre : « Promenade nocturne entre les dents d'un chien pendant que le sang sèche autour du stylo » ; sauf que moi je ne me sentais pas l'âme d'un artiste et que les seuls mots qui me trottaient en boucle dans la tête étaient : « Putain de bordel de merde ! ».

J'avais intérêt à me raccrocher à quelque chose de concret si je voulais avoir une chance de ne pas perdre la tête, aussi j'ai interrompu ma sœur dans ses calculs de projection de sang pour lui demander ce que c'était que cette histoire d'hélicoptère.

– DeVergy et maître Akitori ont transféré le contenu des coffres de la chapelle à l'intérieur d'un gros caisson métallique qu'ils ont placé dans un grand filet noir. Au début je ne comprenais pas pourquoi ils avaient fait ça, mais quand j'ai entendu l'hélicoptère, j'ai compris qu'ils voulaient l'utiliser pour fuir. Mais moi je ne veux pas parce que je ne sais pas voler, me répondit Césarine sans cesser d'avancer.

C'était logique, utiliser un hélico permettait de prendre les Autodafeurs par surprise. Le temps qu'ils s'aperçoivent de notre départ, nous serions tous très loin et en sécurité. Je comprenais mieux pourquoi DeVergy avait été si insistant sur le lieu et l'heure du départ : la cour de la Commanderie était suffisamment grande pour accueillir un appareil, mais le manque de discrétion d'un tel moyen de transport nécessitait aussi qu'on ne traîne pas trop dans les parages. Ça aurait pu être un bon plan si DeVergy n'avait pas oublié de tenir compte de deux paramètres humains fondamentaux :

1 : j'étais un idiot qui n'écoutait JAMAIS ce qu'on lui disait.

2 : ma sœur n'accepterait JAMAIS de monter dans un hélico.

Pour le premier point il était trop tard pour faire quelque chose, je venais de jeter un coup d'œil à ma montre ; il était déjà minuit vingt-sept et mes conneries avaient mis tout le monde en retard.

Pour ce qui était du deuxième point, j'avais peut-être une solution, une solution qui ne me plaisait pas du tout et qui risquait de me fâcher sérieusement avec ma sœur, mais c'était pour son bien alors je n'avais pas vraiment le choix. Restait à réussir à mettre mon idée en pratique sans me faire étaler… j'avais suffisamment observé Césarine s'entraîner au dojo pour ne pas faire l'erreur de la sous-estimer.

DeVergy et maître Akitori surgirent devant nous juste au moment où je venais de me décider à agir, me fournissant ainsi l'ouverture que j'attendais pour utiliser la sixième et dernière seringue que m'avait confiée Mamina, celle à utiliser « au cas où ».

Connaissant les réflexes de ma sœur, je n'aurais droit qu'à un seul essai.

En un centième de seconde, j'ai décapuchonné la seringue d'un mouvement du pouce avant d'enfoncer l'aiguille dans la nuque tendre de ma sœur et d'appuyer sur le piston. Césarine n'avait pas eu le temps de réagir que, déjà, j'avais réussi mon coup.

– Je suis désolé, Cés, je n'avais pas le choix, lui dis-je tandis qu'elle glissait doucement entre mes bras.

Césarine comprit tout de suite ce que je venais de lui faire.

– Dormir… hélico… c'est… logique… Sun Tzu dit…

Mais je ne saurais jamais ce que Sun Tzu aurait dit d'un tel acte de trahison, parce que ma sœur s'endormit avant de finir sa phrase.

– Bien joué, Gus, me dit Marc en prenant délicatement ma sœur dans ses bras.

Maître Akitori, qui s'était penché pour regarder ma blessure, m'aida à me relever.

– C'est bon, ça doit être douloureux mais le muscle n'est pas touché, il faut que tu serres les dents encore quelques minutes et je te donnerai de quoi te soulager dès que nous serons en sécurité. En attendant il faut courir, Néné a capté les fréquences des gardes des Autodafeurs, ils ont repéré l'hélico et ne vont pas tarder à arriver, nous ne devons plus perdre une seconde.

– On les a trouvés, tout va bien, on arrive dans cinq minutes, annonça DeVergy dans son micro-casque avant de s'élancer sur le chemin.

Le message était clair et je me suis mis à courir de toutes mes forces pour ne pas me faire distancer. Devant moi, ma sœur dans les bras, Marc ouvrait la marche sans même utiliser de lampe de poche. Il courait avec la souplesse d'un félin, sautant sans un bruit par-dessus les obstacles, se baissant au millimètre près avant chaque branche basse sans freiner une seconde son allure. Soit ce type avait un sixième sens très développé, soit c'était un extraterrestre, mais quel que soit son truc c'était vraiment très impressionnant et j'avais toutes les peines du monde à rester dans sa foulée ; si maître Akitori n'avait pas été là pour me rattraper une bonne dizaine de fois, je n'aurais jamais réussi à rejoindre la Commanderie en un seul morceau.

Tout à coup, Marc porta la main à son oreillette et pila net avant de nous faire signe de nous baisser.

– Le pilote a repéré des mouvements et Néné a capté des conversations : les Autodafeurs sont en train de nous barrer l'accès principal à la cour.

– Je comprends mieux pourquoi nous n'avions personne à nos trousses, ils étaient devant nous, lui répondit maître Akitori.

– On fait quoi alors ? demandai-je en chuchotant.

Marc me fit signe de me taire et posa quelques questions à Néné et au pilote avant de se tourner vers nous.

– Bon, *a priori* ils ne sont que six et attendent des renforts pour agir, leurs ordres sont de n'attaquer que si l'hélico décolle. Le pilote a lancé les pales il y a cinq minutes et ils n'ont pas réagi, c'est plutôt bon signe pour nous. Avec Césarine endormie, c'est trop risqué de tenter un passage en force. Le mieux serait de réussir à nous glisser dans l'hélico sans nous faire repérer et de décoller avant qu'ils aient le temps de se retourner.

– Mais ils vont tirer sur l'appareil ! C'est super dangereux ! m'exclamai-je.

J'avais dû dire une connerie, car maître Akitori me répondit en rigolant à moitié.

– Les gardes sont probablement trop loin pour s'en rendre compte, mais nous ne partons pas dans un hélico de tourisme et je leur souhaite bien du courage s'ils comptent abattre un Hind avec des fusils… autant tenter de stopper un taureau avec une tapette à mouches !

Bon, la mécanique n'étant pas mon truc je ne savais pas ce qu'était ce fameux Hind, mais vu le sourire de maître Akitori je présumai que ça ferait l'affaire… et quelque part c'était tout ce qui comptait.

– Gus, tu connais mieux les lieux que moi, comment tu t'y prendrais pour rejoindre la cour discrètement ? me demanda Marc.

– Il est posé où exactement l'hélico ? le questionnai-je en retour.

– Sur le côté gauche de la cour, devant le perron.

– Et votre Hind, on peut rentrer par les deux côtés ?

Marc hocha la tête.

Je réfléchis dix secondes avant de répondre. Vu la disposition des lieux, le plus simple était encore de contourner la maison, d'entrer par l'arrière de la cuisine puis de ressortir par les portes-fenêtres de ce qui restait de la bibliothèque ; ce n'était pas le plus court, mais vu que les Autodafeurs étaient planqués face à la cour nous serions cachés par l'hélico et nous pourrions nous faufiler dedans sans qu'ils nous voient… enfin je l'espérais.

J'ai expliqué rapidement mon plan aux deux autres et nous avons commencé à nous glisser vers les jardins de la cuisine.

Nous avions échangé les rôles ; c'était maintenant maître Akitori qui portait ma sœur et moi qui ouvrais la marche. Arme au poing, j'avançais le plus discrètement possible. Chaque brindille était devenue mon ennemie et le moindre bruit déclenchait les battements de mon cœur. Il ne fallait pas que je me plante et pourtant c'est bien ce qui faillit arriver.

C'est l'odeur qui nous sauva et, pour la deuxième fois de la soirée, j'ai béni ces abrutis de gardes d'être aussi nuls : le parfum âcre de la nicotine n'avait rien à faire dans le jardin d'herbes aromatiques de mamie.

Poing en l'air, je stoppai notre avancée et fermai les yeux. Il n'y avait pas un souffle d'air ce soir et l'odeur était sur ma gauche, vers le petit mur de pierre. Un rayon de lune éclaira tout à coup la zone, la chance était avec moi car je repérai aussitôt que la fumée opérait un léger mouvement de balancier qui ne pouvait s'expliquer que d'une seule manière.

– Il y a un garde assis sur la balançoire, murmurai-je à Marc en désignant la fumée.

Il me fit signe de ne pas bouger et s'avança prestement dans la direction que je lui avais indiquée. En une seconde il avait franchi le mur et, un léger bruit sourd plus tard, il nous tendait les bras pour que nous lui passions le petit corps endormi de ma sœur.

La première chose que je vis en arrivant dans le jardin fut le corps du garde au pied de la balançoire ; la deuxième fut l'angle étrange que son cou formait avec sa tête. Bon, j'aurais bien balancé une connerie du style « Fumer tue » mais cette blague avait déjà été faite dans le pool-house il y avait moins d'une heure et j'avais peur que Marc et maître Akitori aient moins d'humour que Bart. Du coup, je préférai m'abstenir et me contentai de rejoindre les autres dans la cuisine.

journal de Césarine

Je dors, mais j'entends tout ce qui se passe autour de moi et je sais que ce sommeil n'est pas normal.

Mon frère m'a planté une aiguille dans le cou, par-derrière, pour m'obliger à monter dans l'hélicoptère.

Je sais qu'il a eu raison, je sais que c'est logique, mais...

Je lutte, mais le sommeil est de plus en plus fort.

Le bruit autour de moi est sourd, atténué, ouaté.

Je vole sur les chemins au milieu des arbres.

C'est impossible, alors je comprends.

Quelqu'un me porte.

Je suis collée contre un corps que je ne connais pas.

C'est insupportable.

Je ne peux rien faire ; ni crier, ni me battre, ni mordre.

Je suis une poupée, un paquet de linge dont on peut disposer.

Je ne maîtrise plus rien.

Je suis impuissante.

Terrifiée.

Il,

faut,

que,

ça,

s'arrête.

Je vais, compter, et, tout, s'arrêtera,

23, 24, 25, 26, 27, 28, 29, 30, 31, 32, 33, 34, 35, 36, 37, 38, 39, 40…

décollage

Nous avons traversé la maison sans rencontrer plus de problèmes ; enfin, sans problèmes PHYSIQUES, parce que pour le reste j'avoue que je n'en menais pas large. Je n'étais pas revenu ici depuis le jour de la mort de mes grands-parents et, être au milieu de leurs meubles, de leur vie, me ramena brutalement à leur disparition.

Dans les pièces désertes, une odeur tenace de brûlé recouvrait le parfum de mon enfance et des flashs remontaient par vagues puissantes et douloureuses : les bottes de papi derrière la porte de la cuisine, le chapeau de paille de mamie accroché à la patère, une photo de mes parents le jour de leur mariage, le vase que papi avait recollé sans rien dire après que je l'ai cassé en jouant au foot dans la maison. Chaque pas était un souvenir, chaque souvenir était une souffrance, chaque souffrance une graine de colère.

Il n'y avait que cinquante mètres entre la cuisine et la bibliothèque, mais ce furent les cinquante mètres les plus difficiles de toute ma vie et, arrivé devant la porte-fenêtre qui devait nous permettre d'échapper aux griffes des Autodafeurs, j'étais redevenu une masse de haine brûlante contre la terre entière.

– Bien joué, Gus, tu avais raison, nous sommes pile face à l'hélico et nous devrions réussir à monter avant qu'ils nous repèrent, me lança Marc en scrutant la cour.

– Et s'ils nous voient quand même ?

– Le Hind est un hélico blindé, même s'ils se mettent à tirer dans notre direction leur angle est trop mauvais pour nous atteindre, l'appareil nous servira de bouclier. De toute manière, au moindre tir, vise à l'aveugle dans leur direction, ça devrait suffire pour nous permettre de nous mettre à couvert, me répondit maître Akitori pendant que Marc prévenait l'hélico de notre plan.

– OK, ils sont prêts à lancer le décollage. Je passe en premier, Gus ferme la marche et Aki et Césarine restent entre nous. C'est bon pour vous ?

Dans un même élan, maître Akitori et moi avons levé nos armes avant de nous positionner devant la porte-fenêtre.

Puis tout est allé très vite, Marc a ouvert la porte et s'est précipité dehors tandis que nous courions derrière lui en restant attentifs au moindre bruit suspect. Il n'y avait que quatre-vingts mètres à parcourir. Autant dire rien… mais ce fut encore trop.

Le premier coup de feu retentit au trentième mètre et se logea dans l'épaule de DeVergy. Dans l'ARRIÈRE de l'épaule ; ce n'était pas normal et en une seconde je compris que tous les gardes n'étaient pas en face de nous.

J'avais été idiot, le garde du jardin n'était pas seul et son pote avait dû nous suivre en attendant une occasion de nous sniper.

– Courez ! criai-je en me retournant et en me jetant sur le sol tandis qu'autour de moi se déchaînait l'enfer.

Tous les gardes s'étaient mis à tirer en même temps, mais un seul m'intéressait. DeVergy avait eu raison sur un point, les balles provenant de la forêt s'écrasaient sur la carlingue de l'appareil sans même l'érafler. Seul le tireur de la maison était dangereux.

Il ne me restait plus que quatre balles mais c'était bien suffisant, à condition d'avoir le bon angle et un peu de lumière. Concentré, je guettai la porte-fenêtre ; la lune venait de sortir de derrière un nuage et, se reflétant dans la vitre, la gueule noire d'un fusil se détacha lentement. Je bloquai ma respiration, alignai ma mire et tirai un seul coup. Un cri retentit et le fusil tomba sur le perron, immédiatement suivi du son mat d'un corps qui s'effondre.

Sans attendre de voir si le tireur se relevait, je me précipitai vers l'hélico qui commençait à s'élever dans les airs.

Cinquante mètres à parcourir.

À trente, les patins de l'hélico étaient déjà à cinquante centimètres du sol ; à dix mètres, ils étaient à plus d'un mètre dans les airs ; je n'étais plus totalement protégé par le blindage de la carlingue et les tirs ont commencé à fuser. Je voyais ma mère hurler avec une terreur folle au fond des yeux. Mes cheveux volaient autour de mon visage, ma jambe n'était plus qu'un bloc de douleur pure et je sentais que mes dernières forces m'abandonnaient.

C'était trop loin.

C'était trop haut.

C'était trop tard…

Alors, parce que je savais que je n'arriverais pas à atteindre la cabine mais que je refusais de m'avouer vaincu, je sautai en avant et m'agrippai de toutes mes forces au filet entourant le caisson, juste au moment où celui-ci s'envolait dans les airs.

où je découvre que ma sœur avait raison : l'homme n'est pas fait pour voler !

Je déteste les manèges, tous les manèges, et ce, depuis aussi longtemps que je m'en souvienne. Déjà, tout petit, je pleurais quand on m'installait sur le moindre cheval de bois, camion de pompier ou autre Pikachu tournant. Vous aviez beau me parler d'attraper la queue de Mickey, ou me décrire les mille et une joies ressenties par les autres enfants, rien à faire. Mes parents avaient été longs à la comprenette, mais ils avaient fini par assimiler le concept : JE N'AIMAIS PAS LES MANÈGES !!!

Alors, bordel de Dieu de putain de merde, qu'est-ce que je FOUTAIS accroché sur un p… de filet qui tournait dans tous les sens à plus de dix mètres du sol ?

Ma sœur avait raison, j'étais définitivement, incurablement, le dernier, le plus grand et le pire des idiots que la terre avait portés. Tiens, pour paraphraser Audiard, « si la bêtise se mesurait, j'aurais pu servir de mètre étalon ».

N'empêche que là, suspendu dans les airs entre ma mère affolée semblant toute prête à se jeter dans le vide pour tenter de m'aider (comme quoi je ne suis pas le seul idiot de la famille) et les tarés de la gâchette du bas trop contents d'avoir enfin une cible, je n'en menais pas large.

Complètement tétanisé, mon cerveau refusait de fonctionner correctement ; il fallait que je grimpe, vite, je le savais, mais j'étais incapable de coordonner mes mouvements, comme si les connexions entre mon esprit et mon corps ne se faisaient plus. Pourtant mes sensations, elles, étaient décuplées : le vent fouettant mon visage, le hurlement du rotor ponctué par les cris de ma mère, les mailles du filet cisaillant mes doigts crispés, l'odeur du sang séché imprégnant mon col, mes chaussures dérapant sur le caisson sans réussir à trouver de prise stable et les images à 360 degrés produites par ma rotation effrénée… je ressentais tout, mais je n'arrivais pas à m'en sortir.

Marc dut comprendre que je n'y arriverais pas tout seul, car tout à coup je l'ai senti à mes côtés. Arrimé à un filin, il avait réussi à se glisser derrière moi et, me saisissant sous les aisselles malgré son épaule blessée, il me tira vers le haut avec lui.

Pour nous aider, le pilote s'était mis en vol stationnaire à peine à vingt mètres au-dessus du sol. Bizarrement, les gardes s'étaient arrêtés de tirer et l'un d'entre eux dirigeait même un gros téléobjectif vers nous. Attendait-il de nous voir tomber pour nous prendre en photo ?

Ce n'est qu'une fois allongé sur le plancher de la carlingue que je compris en une fraction de seconde que le gros tube que j'avais aperçu du coin de l'œil n'avait rien à voir avec un appareil photo.

Arrachant son casque à Néné qui s'était approché de moi pour m'aider à me relever, je hurlai à pleins poumons dans le micro :

– Ils ont un lance-roquettes dirigé vers nous ! Il faut bouger ! Vite !

Le pilote m'entendit, car j'avais à peine fini ma phrase que l'hélico partit violemment sur la gauche, évitant l'impact de quelques dizaines de centimètres.

J'avais été projeté au sol avec Néné, mais DeVergy avait réussi à rejoindre le cockpit et grâce à mon casque je l'entendais discuter avec le pilote :

– Je ne peux pas monter, disait ce dernier, nous sommes trop lourds. Il faut larguer la caisse ou nous sommes morts !

– Impossible, il faut prendre le risque, ces archives sont vitales pour la Confrérie, lui répondit froidement Marc.

À la suite de son écart désespéré l'hélico s'était rapproché du sol et, par la vitre de la porte, je voyais clairement le tireur recharger. Ce crétin de DeVergy allait nous faire tuer, tout ça pour des archives qui m'avaient déjà coûté la mort de mes grands-parents. Il était hors de question que je le laisse faire.

Il me restait trois balles, c'était plus que suffisant.

J'arrachai mon casque et me précipitai vers le nez de l'appareil et, avant que qui que ce soit puisse faire le moindre geste, j'appuyai la gueule de mon arme sur la tempe de DeVergy.

– Larguez le caisson ! Maintenant ! criai-je au pilote tandis que sous le nez de l'appareil nous distinguions le garde épauler son lance-roquettes.

Mais aucun des deux ne bougea ; le pilote restait concentré sur ses commandes et DeVergy se contenta de me regarder d'un air surpris.

– Marc, il faut réagir, je sais que ce trésor est important… mais morts nous ne servirons à rien ! ajoutai-je en plongeant mes yeux dans les siens.

Le tireur, au sol, nous avait presque dans sa ligne de mire ; encore quelques secondes et nous serions dans une position idéale pour lui : suffisamment près pour qu'il ne puisse pas nous rater, suffisamment bas pour qu'il puisse nous atteindre sans détruire les archives. Le pilote l'avait visiblement bien compris et essayait désespérément de redresser l'appareil de manière à maintenir le caisson juste entre le tireur et nous. Ça semble dingue, mais c'est à cet instant que j'ai compris ce qu'il fallait faire.

– Rapprochez-vous le plus possible du tireur, mettez-vous juste au-dessus ! criai-je au pilote avant de crisper mon doigt sur la détente. Marc, c'est maintenant ou jamais, largue ce putain de caisson ou je…

Les mots restèrent coincés dans ma gorge. J'étais à court d'arguments et DeVergy ne bougeait toujours pas. Il n'y avait plus rien à faire et j'allais me résoudre à tirer quand j'ai vu une main fine se glisser entre nous, soulever un petit cache en plastique jaune, et abaisser un levier rouge.

Aussitôt, soulagé du poids qui l'attirait au sol, l'appareil bondit dans les airs tandis que le caisson dégringolait de toute sa masse sur le tireur au sol et explosait avec la roquette qui nous était destinée.

Maman, le visage tendu par l'effort, retira lentement sa main en me lançant un sourire crispé, mais je n'eus pas le temps de le lui retourner parce qu'au même instant DeVergy me balançait son poing en pleine gueule ! Sous l'impact je chutai lourdement sur le sol de la carlingue en lâchant mon pistolet, avant de sombrer dans une inconscience bienvenue.

journal de Césarine

Quand je me suis réveillée, nous étions à l'arrière d'un camion, dans un conteneur en route pour le port de Bilbao. On ne voyait pas l'extérieur, ça sentait mauvais et les virages me donnaient envie de vomir. Maman, Gus, Néné et maître Akitori étaient à côté de moi, mais Mamina et DeVergy n'étaient plus là. Maman m'a dit qu'ils étaient partis de leur côté avec le boîtier que Gus avait volé chez les Montagues pour tenter de trouver une parade au plan des Autodafeurs. En prononçant le nom du prof j'ai bien remarqué que maman avait la voix qui tremblait un peu et que ses yeux étaient tout rouges, mais je n'étais pas en état de lui demander pourquoi. Quand elle a vu que j'étais bien réveillée, elle m'a expliqué que nous avions passé la frontière espagnole et que le conteneur allait être chargé sur un cargo à destination des Antilles, car la Confrérie y avait une base secrète où nous serions en sécurité, et qu'il fallait que je sois patiente, car nous ne pourrions pas sortir du conteneur avant que le bateau soit en mer.

Les murs de métal se refermaient sur moi comme un piège, m'empêchant de respirer et de penser, alors je me suis enfermée dans la maison que j'ai construite au fond de mon esprit pour ne pas hurler.

Ma maison est blanche avec des volets violets mais elle n'a pas de fenêtres. À l'intérieur il y a deux étages et un escalier carré qui monte et descend en s'enroulant sur lui-même ; ses vingt-deux premières marches n'existent pas et c'est très bien comme ça. Quand la vie devient trop dure à supporter je rentre dans ma maison, je monte l'escalier carré qui descend et je me promène dans l'espace vide en écoutant résonner le silence de mes pas jusqu'à la plus petite des pièces, celle où je ne rentre jamais car elle me fait peur.

Pendant les dix-huit heures et quarante-deux minutes que nous avons passées enfermés dans ce conteneur, je suis restée dans ma maison et j'ai repeint la totalité des pièces en blanc avant de tracer les signes de notre histoire sur les murs pour m'en débarrasser.

En lettres vertes sur les murs blancs de ma cuisine, j'ai écrit la mort de papa, de papi et de mamie qui vont nourrir les vers de terre et finir dans des poules et leurs œufs ; en lettres d'or sur les murs blancs de ma chambre, j'ai raconté Sara dont le sourire me manque comme la pièce d'un puzzle ; en lettres rouges sur les murs blancs de ma salle de bains, j'ai tracé les jets de sang projetés par Sabots marron sur mon chemisier blanc, puis, avec un bambou noir trempé dans de l'encre de Chine, j'ai recopié sur les murs blancs de ma bibliothèque la totalité des préceptes de Sun Tzu.

Au bout de dix-huit heures et quarante-deux minutes la porte du conteneur s'est ouverte ; le soleil m'a fait mal aux yeux mais, quand j'ai pu les rouvrir et que j'ai vu la mer à perte de vue autour de moi, ça a été encore pire que dans le conteneur.

Le conteneur était peut-être trop petit, mais la mer était trop grande ; alors je suis allée m'enfermer dans le placard de ma cabine et je suis retournée dans ma maison blanche aux volets violets pour relire le livre de Sun Tzu.

Redonda

Ça fait maintenant vingt jours que nous nous sommes enfuis de la Commanderie, et deux que nous avons débarqué sur l'île de Redonda.

Le voyage a été long, surtout que, Marc étant parti avec Mamina, je me suis retrouvé tout seul avec Néné et maître Akitori pour gérer les angoisses de Césarine et la fatigue de maman. Croyez-moi, ce n'était pas une partie de plaisir ; entre ma sœur qui a refusé pendant trois jours de sortir de son placard et ma mère qui faisait semblant d'aller bien alors que je voyais qu'elle passait son temps à pleurer, c'était l'enfer. Heureusement, grâce à Néné qui avait réussi à pirater le Net, Césarine a fini par se trouver une occupation : elle a appris l'espagnol en quinze jours et, depuis, elle passe son temps à lire dans la bibliothèque de l'île.

Je n'ai toujours pas réussi à parler à Marc. Maître Akitori m'a expliqué qu'il était en mission avec Mamina au Brésil. L'enregistrement que Néné avait fait grâce au téléphone que j'avais laissé dans le sous-sol des Montagues leur avait prouvé que les Autodafeurs comptaient bien détruire les livres grâce à ces saletés d'insectes et, devant l'urgence de la situation, Mamina et Marc sont partis dans un labo pour tenter de trouver une parade contre les IGM à l'aide du boîtier que j'avais réussi à faucher.

Akitori n'en dit pas plus, mais je sens bien que l'heure est grave et qu'il nous cache des choses. De toute manière, je pense qu'il m'en veut d'avoir sacrifié le trésor de la chapelle et me voir braquer un flingue contre la tempe de Marc dans l'hélico a changé son regard sur moi : il ne me fait plus confiance.

Et encore, il ne sait pas tout, car si je lui ai expliqué comment le père de Bart était mort, je n'ai parlé à personne du type à la tête de rapace que j'ai tué à coups de poings. D'ailleurs, même si j'en rêve toutes les nuits, j'ai encore du mal à comprendre comment j'ai pu faire une chose pareille. Quand j'essaie d'y repenser, un voile rouge, opaque et gluant se pose sur mes souvenirs et un goût de fer envahit ma bouche. Dans ces moments-là, c'est à peine si j'arrive à respirer, mon front se couvre de sueur, mes mains tremblent, tout se met à tanguer autour de moi… et depuis qu'on a débarqué je sais bien que ça n'a rien à voir avec le roulis du bateau.

Notre nouveau chez-nous est une île des Caraïbes. Dit comme ça, je suis certain que vous imaginez des plages de sable, des cocotiers et une eau turquoise. Eh bien pas du tout ; je pense même que la Confrérie a trouvé la pire de toutes les îles des Caraïbes. Pour faire court Redonda est un caillou pelé, sans aucune plage, couvert de fientes d'oiseaux et dont le seul avantage est qu'il est entièrement creusé de galeries invisibles de l'extérieur qui nous permettent d'être en sécurité. Évidemment, l'intérieur, avec ses quartiers d'habitations, ses salles de cours de sport et même sa salle d'opérations, est parfaitement adapté, mais après nos dix-huit jours en mer ce confinement me pèse ; d'autant que pour l'instant, il ne se passe rien.

Nous sommes bloqués sur cette île avec d'autres jeunes qui, comme nous, ont été envoyés ici pour échapper aux Autodafeurs et nous attendons. Quoi ? Personne ne sait, ou, si quelqu'un sait, il se garde bien de nous mettre au courant.

Je m'en veux aussi pour Néné, car je me sens responsable de son exil. À la Commanderie tout est allé si vite que nous avons été obligés de l'embarquer avec nous et nous n'avons aucun moyen de savoir quand il pourra rejoindre sa famille en toute sécurité. Le pauvre est coincé ici avec moi, pourtant ça n'a pas l'air de le déranger plus que ça ; mieux, non seulement il semble s'être facilement mélangé aux autres, mais il a même trouvé une fille encore plus geek que lui et c'est lui qui me tanne pour que je les rejoigne pour les activités de groupe. Il faut dire qu'ici, côté activités, c'est pire que le Club Med : combat, plongée, usage des explosifs, tir ou (le préféré de Néné) piratage informatique.

Sauf que moi, je n'y arrive pas ; dès que je regarde mes mains je n'y vois qu'une machine à tuer, des os, du sang et des cartilages écrasés et je ne sais pas comment faire pour m'en sortir.

Alors je reste dans mon lit, j'observe mon reflet dans le petit miroir fendu pendu sur le mur de pierre brute de ma chambre… et j'attends qu'il se passe quelque chose.

épilogue
Block Island
siège social de *Goodbooks*
quartier général des Autodafeurs

Depuis qu'il avait assisté à l'évasion de la famille Mars et à la destruction du trésor de la chapelle, Adam Murphy ne décolérait pas. Il aurait mieux fait de prendre les choses en main lui-même plutôt que de laisser cet abruti de Montagues diriger les opérations. Résultats, son Grand Inquisiteur et Montagues s'étaient fait descendre et les Mars, qui étaient au courant de l'opération XIe plaie d'Égypte, leur avaient échappé.

Les faits avaient beau s'être déroulés il y a plus de trois semaines, personne n'avait réussi à mettre la main sur les fuyards et il y avait fort à parier qu'ils avaient quitté le territoire ; à l'heure qu'il était, ces salopards de la Confrérie pouvaient être n'importe où à comploter dans son dos et cela le rendait dingue.

Ressassant sa colère, Adam Murphy tournait comme un lion en cage dans son bureau et le monde, habitué à son image posée de golden boy 2.0, aurait été bien surpris d'entendre les jurons qu'il proférait à jet continu depuis près d'une heure :

– Fucking bastards de Français ! Toujours là pour foutre le bordel et refuser de courber l'échine ! Comme si ça ne leur avait pas suffi de nous faire chier en finançant La Fayette ou en diffusant leur *Encyclopédie* et leurs idées de merde dans le monde entier ! Mais non ! Et vas-y que je fais la révolution, que j'impose la laïcité et que je déclare les hommes libres et égaux avant de donner des leçons à la terre entière !

Gesticulant comme un animateur de one-man-show, Murphy, la bave aux lèvres, hurlait si fort que ses cris hystériques arrivaient à transpercer la paroi capitonnée de la porte de son bureau, faisant craindre le pire à son assistante.

– Même en 40 quand on pensait les avoir matés il a fallu que cet idiot de général de Gaulle dise « NON » au nom de la « France libre », comme il disait ! Libre mon cul !!! Je déteste ce peuple d'emmerdeurs, toujours à se révolter, à râler, à s'indigner. Même quand on pense les tenir, il y en a toujours au moins UN qui continue à réfléchir et qui arrive à secouer les autres ; c'est eux qu'il fallait éliminer pendant la guerre, ces PUTAINS DE BORDEL DE FRANÇAIS DE MERDE !!! conclut Murphy en abattant son poing sur le panneau de verre de son bureau.

Sous l'impact, l'immense panneau feuilleté explosa en envoyant voler des morceaux de verre dans toutes les directions et Adam Murphy sembla enfin reprendre ses esprits. Contemplant sa main ensanglantée, il prit calmement un mouchoir blanc dans sa poche pour panser sa blessure avant d'enjamber les restes de son bureau et se diriger à grands pas vers la porte.

– Mary ! hurla-t-il à la secrétaire tétanisée qui attendait dans l'antichambre.

Celle-ci se leva brusquement.

– Oui, monsieur Murphy ?

– Convoquez-moi immédiatement la totalité des membres du Consistoire. Je les veux tous demain matin dans la salle de réunions.

– Oui, monsieur…

– Et convoquez aussi l'héritier de ce connard de Montagues, son fils… le gros…

– Bernard-Gui, monsieur ?

– Oui, c'est ça, connard junior ! Et tant que vous y êtes, virez-moi cet abruti de décorateur qui n'a même pas été fichu de me fournir un bureau digne de ce nom et rangez-moi ce bordel ! lança-t-il à la secrétaire avant de s'éloigner à grands pas.

Il allait leur faire voir à tous qui il était, le temps n'était plus à la rigolade et aux faux-semblants, que les autres le veuillent ou non il allait déclencher la XIe plaie d'Égypte et on verrait bien à ce moment-là si ces crétins de Français trouveraient encore la force de s'indigner !

Sans plus attendre,
découvrez les premières pages du tome 3.

doado

Marine Carteron

LES AUTODAFEURS 3

rouergue

Séville
archives générales des Indes
appartement du conservateur
de la bibliothèque Colombine
1h30 du matin

Clac !

Un bruit sourd résonna dans la chambre d'Inès avec un claquement sinistre qui la réveilla en sursaut. Le cœur battant à tout rompre, la jeune fille tendit la main vers son poignet pour vérifier que le lourd bracelet d'argent que son père lui avait confié y était toujours bien accroché, avant de se souvenir de ce que ce signal signifiait : elle devait fuir, immédiatement et sans se retourner. Elle l'avait promis à son père quand le code noir avait été déclenché il y a trois mois.

À la première alerte, au premier bruit suspect, elle devait partir par le souterrain sans attendre. C'était à cette seule et unique condition qu'il l'avait autorisée à rester à Séville avec lui au lieu de l'envoyer se cacher avec les autres jeunes sur l'île de la Confrérie. Et elle avait juré, juré de s'enfuir sans se retourner dès que le signal se déclencherait.

Projetant ses draps au sol, Inès attrapa les couteaux de lancer posés sur son bureau et se précipita vers la porte de sa chambre. Elle avait donné sa parole mais, en cet instant précis, abandonner son père lui semblait tout simplement impossible. Elle savait se battre, elle était même une des meilleures au combat du groupe de Maître Akitori et absolument insurpassable dès qu'elle avait une lame entre les mains. Si les Autodafeurs pensaient qu'ils allaient pouvoir s'en prendre à son père sans y laisser des plumes, ils se trompaient lourdement.

Des profondeurs de la maison montaient déjà le fracas d'étagères qui se brisent et des bruits de lutte.

« Tiens bon, papa, j'arrive ! », murmura-t-elle en abaissant la poignée de sa porte.

Mais rien.

Une fois, deux fois, dix fois, Inès s'acharna sur sa porte sans que rien ne se passe et elle comprit tout à coup à quoi correspondait le « clac » qui l'avait réveillée : son père avait condamné sa porte dès l'arrivée des Autodafeurs pour être sûr qu'elle lui obéirait. Comme quoi, il la connaissait bien.

En bas, le vacarme s'était arrêté et avait été remplacé par un silence glaçant tandis que des bruits de pas résonnaient dans l'escalier et que des odeurs de papiers brulés commençaient à se répandre dans l'air.

Inès devait se rendre à l'évidence, il était inutile qu'elle reste une seconde de plus. Elle devait obéir à son père et fuir retrouver les autres membres de la Confrérie pour sauver ce qui pouvait encore l'être.

Les intrus s'étaient arrêtés au premier étage mais elle savait qu'elle disposait de peu de temps avant qu'ils en inspectent toutes les pièces et comprennent qu'elle n'y était pas. Il fallait qu'elle fasse vite.

Ravalant ses larmes, la jeune fille s'habilla sans bruit, se glissant dans la tenue de combat noire qu'elle affectionnait tant et se saisit du petit sac que son père lui avait confié et qu'elle tenait toujours prêt… « Au cas où », lui avait-il dit. Le « cas » était arrivé et Inès se mit en mode automatique pour éviter de se demander s'il était encore en vie.

Repoussant les cintres de son placard, elle appuya sur le mécanisme qui déclenchait l'ouverture du passage secret et se glissa dans l'obscurité avant de refermer derrière elle et de s'élancer vers les entrailles de la ville.

Il était temps.

Quand les Autodafeurs enfoncèrent quelques minutes plus tard la porte de la chambre d'Inès Nina Gallega Colomb, ils n'y trouvèrent qu'un lit défait et des étagères bien rangées. La jeune fille s'était échappée, emportant avec elle le précieux héritage que se transmettait secrètement sa famille depuis cinq cent dix ans et dont elle était maintenant la seule à connaître l'existence.

Merci à l'équipe du Rouergue ; à Sylvie pour son humour, à Popo pour supporter que je lui pique son job, à Olivier pour ne pas craquer quand je réécris 42 fois le même passage… et à la pauvre Adèle qui ne sait plus comment expliquer aux libraires que « Non, l'auteure ne fait pas de dédicaces si ce n'est pas en bas de chez elle ».

Merci à la joyeuse bande de la salle des profs du CFA pour leur soutien et leur enthousiasme.
Partager les aventures de ce livre avec vous autour d'un café trop fort (les garçons, c'est trois cuillères, pas cinq, bordel !) ou trop fade (je plaide coupable), est un plaisir de tous les instants.
Merci à D. pour recharger mes accus à coup de fraises tagada ; à F. pour ne pas soupirer quand je l'appelle pour la dixième fois de l'année histoire de vérifier si j'ai cours parce que « j'ai un doute » ; à H.B. pour capter mes blagues idiotes ; à G.,C. et V. pour m'en faire ; à S. pour remettre un peu d'ordre là-dedans ; à la reine des chimistes pour me laisser déborder sur son espace vital (comment ça, je suis bordélique !) ; à M. pour sa souplesse sur la gestion de nos groupes ; à C. pour les jeux de cache-cache avec les clés et, évidemment, à Chef qui supporte tout ce bazar sans perdre sa bonne humeur et son sens de l'humour !

Merci à mes apprentis mécanos pour avoir lu les premiers chapitres du tome 1 avec intérêt (personne ne s'est endormi, youpi !) et pour les avoir trouvés « bien », alors qu'ils ne savaient même pas que j'en étais l'auteure. Félicitations aux terminales pour avoir obtenu leur bac ; je vous souhaite le meilleur pour la suite, vous le méritez tous.

Mention spéciale pour les deux courageux qui se sont levés un samedi matin pour venir se faire dédicacer leur exemplaire à plus de trente bornes de chez eux alors qu'ils ne m'auront même pas comme prof l'an prochain !

Merci aux libraires, documentalistes, blogueurs, journalistes qui ont lu, commenté et conseillé le tome 1 de la série. Je ne peux pas tous vous citer mais, comme le disait Marc DeVergy « Un livre, tant qu'il n'est pas lu, n'en est pas vraiment un » alors, sans vous, cette série n'existerait pas tout à fait, ce ne serait qu'un bel objet de papier, d'encre et de carton. C'est grâce à vous qu'il est en vie ; c'est grâce à vous que la famille d'Emmanuelle n'a pas vu passer ses 7h30 en voiture lors de leur retour de vacances ; que Lily et ses sœurs ont passé un bon moment sous leur tente ; que Lona a découvert que, oui, elle était VRAIMENT en train d'échanger des messages avec l'auteure et que c'était « trop délire » ; que Marine est venue, toute timide, se faire dédicacer son livre ; que « le-neveu-qui-ne-lit-jamais » a réclamé la suite ; que j'ai discuté avec Mina, Owen, Ophra, Lucie, Corentin, Fatima, Ani et tous les autres... Merci pour ce magnifique cadeau.

Et, évidemment, parce que je ne le dirai jamais assez, merci à mon homme d'être celui qu'il est, mon merveilleux mari qui a tellement confiance en moi qu'il chante les louanges de mon livre... alors qu'il ne l'a même pas lu ;-)
Ne change pas, je t'aime comme ça.

Ouvrage réalisé par
Cédric Cailhol Infographiste.
Reproduit et achevé d'imprimer
par l'Imprimerie France-Quercy à Mercuès
en septembre 2016.

Dépôt légal : octobre 2014
N° d'impression : 61003/

ISBN : 978-2-8126-0717-2

Imprimé en France.